麒麟

之生死與共

桔子樹◎著

你曾與誰擁抱過？

在你最需要的瞬間……

當你一身浴血，疲憊而歸，污濘的血漬滲入每一個毛孔，將你與這個世界隔離。你站在人間的大路邊回頭望，眼前是美好的生活與鮮活的生命，而你格格不入。

誰曾與你擁抱過？

在你將滅頂的那一秒……

抱緊你，奮力地，將你從泥濘中拔出來。他說：沒關係！是真的沒關係，因為我的手上也沾過血！

夏明朗終於放肆地把手掌放上去，在陸臻背上擦出暗色的血痕。

只有同類，是的，他們是同類。

只有在同樣的屍山血海中走過，才能安慰疲憊的心靈，只有同樣沾過血的手，才能毫無間隙地握緊，只有同樣堅定強韌而又熱愛生活的人，才能這樣擁抱。

一瞬間，天地玄黃。

下一秒，宇宙洪荒。

而當我與你擁抱在一起，時間就可以停止。

這一生，我們生死與共！

第一章

他的愛情

陸臻的光棍支隊成立沒多久就迎來一次考驗，基於之前演習時暴露出來的種種問題，尤其是如何在複雜的電磁形勢下進行干擾與反干擾、通訊與反通訊的作戰研究，由軍區授意全軍都重點開展了關於這個問題的針對性訓練，而這事著落到麒麟，責無旁貸地落到了資訊中隊王隊長和陸臻的身上。

結果夏明朗就更不爽了，自家兒子為別人賣命不說，最倒楣的是連老子都得陪。自然，夏大人是不喜歡給別人打工的，可是更自然的，當嚴頭三分淡笑清凌凌地瞄了他一眼之後，他也只能乖乖就範，去給人家當陪練的靶子，餵貓的耗子。按嚴正的意思，要玩就得玩得像個樣子，他和軍裏研究策劃了好幾次，調了個王牌電子營過來配合工作。

出發那天等陸臻收拾好衝到集合點夏明朗已經在那兒等著了，王朝陽開車，旁邊是馮啟泰，後面還有兩個行動隊的老通訊兵。老王一看到他就熱情洋溢地攬著脖子拖上車，陸臻扒著門邊兒問道：「我們隊長呢？」

王朝陽抬手崩了夏明朗一槍：「他現在與我們的敵人沆瀣一氣。」

夏明朗配合地按住胸口，眼神哀怨，不多時他手下的人也齊了。陸臻一看，全是王牌的突擊手，心裏頓時喜孜孜的：夏明朗雖然嘴上不情不願，可是真要幹起事兒來，還是精英盡出，配合工作。

就這麼著兩車一路開往軍部，電子營的兄弟們也靠譜，陸臻他們在大門口沒等多久就看到三輛電子干擾車浩浩蕩蕩地開了過來。車停後一個高大挺拔的少校軍官從車上跳下，走路虎虎生風，陸臻才看了一眼就在感慨：這他媽才像個軍人！氣質！氣質！！

少校同志站老遠就開始自我介紹：「我，周源，過來配合你的任務的。」說完又指著身邊跟著的一個中尉說道：「這位叫肖立文，我的副手。」

陸臻一看這人就覺得眼熟，再一問，巧了，校友啊這是！比陸臻小幾屆，也是國防科大電子對抗專業出來的。陸臻立馬就樂了，肖立文就更別提了，握著陸臻的手不肯撒，一轉眼兩人就混一塊兒去了。

周源瞅一眼，頗瞧不上的聲氣：「搞什麼搞，上車啦，是爺們兒的爽快點兒——」周源最後一個兒話音忽然拖長，嘴巴張成一個O型固定在某個方向。

陸臻詫異起來，順著看過去，心裏靠了一聲：太有範兒了，太有味兒了，太帥了，太酷了——他們的大隊長。

那天剛好是週末，其實對於麒麟大部分的隊員來說週末不週末的都沒太多分別，只是偶爾他們的大隊長週末會回一次在軍部的家。嚴大隊長正在家被老婆指使著幹活，心中無聊透頂，忽然想到今天孩兒們出門辦事，老子不如去壯個行。於是理直氣壯地大手一揮，也不顧夫人卓琳的怒視，左牽黃，右擎蒼，派頭十足地出門去也。

只見嚴正大隊長手牽一隻黑背大狗，肩上停了一隻鷹，行雲流水似的踱來，周源啪的一個立正靠步，給嚴正行了一個標標準準的軍禮。嚴正於是笑笑，抬手回禮，動作剛柔相濟，既不繃著又不失莊重，肩上那隻鷹受到震動，跳起來飛了半個弧，又重新落回去。陸臻雖然不是第一次看到自家大隊長的風姿，照樣還是被迷得七葷八素，至於周源，那就更是別說了，眼睛都直了，只有夏明朗見多不怪，攤開手掌哄破軍坐下去。

周源結結巴巴地指著黑背問道：「這狗，這狗，叫啥名？」

「破軍。」嚴正微笑道，順便指著那隻鷹說道，「牠叫七殺。」

陸臻順勢瞧向夏明朗，用口型道：這個是貪狼。

沒想到居然讓夏明朗一錯眼瞄著了，夏隊長讀口型是經過專業培訓的，馬上笑瞇瞇地甩了他一句：那你就是廉貞！

陸臻一開始沒看清，等反應過來，耳朵尖兒上透出一點紅。

嚴正對周源鼓勵幾句，夏明朗恭維說小破又帥了，嫂子的飯就是養人，嚴正感慨說你嫂子明天又要出差了，夏明朗一怔。嚴正與夏明朗又寒暄幾句，方帶著七殺和破軍施施然離開，周源瞧著那清矍的背影，眼神景仰。陸臻嘆氣：「還是咱們大隊長鎮得住啊。要說啊，那真是，什麼人養什麼狗，破軍可真帥吶……」

夏明朗正盯著嚴正消失的方向，忽然特淒慘地蹦出兩字兒：「發財！」他馬上衝回車裏用車載電臺與基地聯絡：「快點，幫我帶個話給小侯爺，就說破軍明天去基地，讓發財躲遠點。」

陸臻望天，忽然想起上回嚴夫人出門開會，破軍無奈蒞臨麒麟基地縱橫操場所向無敵時，可憐的發財那風中零亂的樣子，頓時心中掬了一把同情淚。

周源把對嚴正大隊長的仰慕之情恩澤了一點到夏明朗身上，瞬間態度大好。一行車隊開出基地，就直奔演習場而去。嚴正在軍區通報了一個縱深好幾百公里的山地平原區，打算在這裏好好地玩一下貓鼠遊戲，檢測複雜地形和複雜干擾情況下的探測問題。

於是勞心碌苦，整整八天。

八天後，當陸臻灰頭土臉地回到基地看了日曆才發現他犯了一個毀滅性的錯誤，忽略了一個要人命的大問題，連忙把手機插好虔誠充電，心中只盼著自家的女王大人可以饒過他這一無心之過。房間裏的地主正在鬥得歡，陸臻腦子裏累得嗡嗡的，揣著手機去樓下花壇裏吹風兼組織賠罪語言。

八天，摩托化加強行軍跑了接近三千公里，另外還得動腦子，另外還得啃樹皮，另外還得……哦，算了，陸臻躺在草地上仰望了一下浩瀚星空，忽然覺得在這麼美好的夜晚還是不要去回想那麼不美好的事比較好。總而言之他現在的感覺是全身的骨頭都被人打散過，酸、軟，所以能坐著絕不站著，能躺著絕不靠著。

這個秋天最後一朵玫瑰已經快開敗了，依稀記得他走的時候那還是位含羞帶怯的二八嬌娘，現如今……唉，怎麼說呢，一朵花最美麗開放的歲月，懂得欣賞她的人卻不在她身邊，這是多麼讓人唏噓的一件事啊。陸臻摘了幾瓣花塞到嘴裏嚼，玫瑰的味道酸辛而澀，卻有濃郁的香氣，是很特別的體驗，像某種難以言明的心事。

心悅君兮，君不知。

當夏明朗把最後一個參數算出來存檔備分之後，忍不住在電腦桌前跳了幾下。他娘的，這些日子他捧著一個電腦終端在各種密閉空間裏窩了好幾天，全身的骨頭縫都長合到了一起，動的時候能聽到咔咔的響。顯示幕上畫出一條光碟拷錄的進度帶，夏明朗抽出菸盒裏最後一根菸站到窗邊去抽。

對面的花壇裏躺了個人，手裏頭抱著一個明晃晃的東西在發簡訊，映得一張臉鬼氣森森的。夏明朗不用細看也知道那是陸臻，整個基地裏從頭往下數，只有一個半文藝人，嚴隊算半個，陸臻是個整的。不過嚴隊的人文情結偏豪放派，講究的是大江東去浪淘盡，不像陸臻，沒事愛整個醉臥花蔭夜黃昏什麼的。

夏明朗看了一會兒，嘴角浮出一絲詭笑，無聊啊無聊……這狗屁演習真是整得他筋酸骨軟，大腦過度興奮，嘴裏淡出個鳥來，看來有空得去問問嚴隊，一年三百四十天坐在辦公室裏是什麼滋味？估計那滋味也不好受，要不然怎麼一聽說有大兵團演習眼睛裏就能放光呢？夏明朗把拷好的光碟用密封條封好鎖進檔案櫃裏，心裏思忖著他可千萬不能老，老了就沒得玩兒了！

陸臻按完一條簡訊，抬頭看到對面辦公樓裏那盞燈已經熄了，隨手把手機扔在身旁的草地上，闔上了眼。

夏明朗繞了個圈，悄無聲息地摸到了他身後去，夏大人摸哨的功夫整個基地裏能拔頭籌，連個蒼蠅都驚不起，更別說現在已經累得像灘泥似的陸小臻。夏明朗正在思考著他應該是直接撲上去，還是佯裝咳嗽一聲，還是……總之要怎樣才能更好地消遣這個在自己全身骨頭最癢、腦子最神經的時候恰到好處地撞到他門上來的倒楣蛋，卻猛然看到寂靜的黑夜裏白光一閃，陸臻的手機又亮了。

天地良心，向黨和人民保證，夏明朗沒有故意偷看隊員的私人信件，實在是擋不住他視力好，眼風一掃之下，整句話都印到了心裏——

「親愛的，我回來了，妳在幹嘛呢？妳老公睡了沒？」

噹一下子，夏明朗看到一整盆狗血砸到他頭上，全身澆透，冰涼粘膩。媽的，夏大人在心裏咬牙切齒地哼了一聲。

陸臻閉著眼睛摸摸索索地把手機摸到手裏，退出去看簡訊：「幹嘛，現在想到我了？這些天死哪裏去了？

你個死沒良心的臭小子。」

陸臻嘴角一勾在笑，劈劈啪啪地按鍵：「我出任務了啊，妳也知道嘛，我一出任務就得跟妳咫尺天涯相隔了。」

這次的回覆很快：「又有新任務？怎麼樣，沒傷著吧？」

「沒事，我能有什麼事啊？我是誰啊，雙槍在手百步穿楊，千里之外取敵首級，十步一人殺氣縱橫……哈哈哈。」

夏明朗在背後看得臉上發青，一口鮮血鬱在喉間，恨不得上去掐死這小子。

「你就吹吧，明天發張照片給我看看沒缺胳膊沒少腿，我才信你。」

「沒問題，小事一樁。對了，親愛的，妳現在不生氣了吧，妳看我任務一結束衝回寢室第一件事就是給手機充電，手機充好電馬上就給妳發簡訊，所以，看在我認罪態度這麼誠懇的份上，妳能不能就原諒我呢？」

「我考慮一下看看。」

「親愛的，生日禮物翻倍兒給，保證比妳老公送得好送得大，這樣妳還是不能原諒我嗎？」

「行了，受不了你，你有這份心就夠了，我什麼也不缺，你照顧好自己是真的。」

「那妳就是不生氣了？太好了，妳早點兒睡，別老是上網玩到三更半夜的，我聽說女人過了二十五歲就得開始保養了，當然，您還年輕，沒關係。」

「死小子，你皮又癢了是不是？不跟你囉嗦了，我去睡覺了。」

「好好，晚安！」

陸臻心滿意足地發出最後一條，磨磨蹭蹭地把自己支撐著爬起來，頭一轉，看到面前的黑影，背著月光的臉看不太分明，只看到一雙幽黑的眼睛，似乎閃著火光。

「啊……」陸臻心跳一停，手機筆直地落下來，夏明朗從半空中伸手一抄，撈進了手裏，拇指從光滑的顯示幕上擦過，看著螢幕慢慢暗下去。

「解釋一下！」夏明朗挑了挑眉毛，手掌攤開，把東西托在手心裏。

「哦……」陸臻的臉色變了幾變，忽然輕輕巧巧地笑出來，「隊長，現在是休假期間，我用手機，不算違規。」

「你知道我不是在說這個，我的意思是，你發給誰？」

「隊長，這麼私人的問題我能拒絕回答嗎？」

陸臻伸出手，把手機從夏明朗手心裏拿了回來，理直氣壯地塞進了褲袋裏。

鑑於此君一貫的不知好歹和標新立異，夏明朗強行把一肚子的火星都暫時壓了下去，不動聲色地挑了挑下巴：「坐。」

陸臻倒也不反抗，順從地坐下來。

夏明朗換了個親切的姿態，從背後攬著陸臻的脖子，一副推心置腹的架式：「陸臻哪，按理說你的私事不歸我管，你也不是新兵了，不過我到底大你幾歲，論起來我也算你哥。」

「明朗哥！」陸臻笑瞇瞇乖巧地應了一聲。

夏明朗手背上的青筋一爆，忍下想要把這小子捏死的衝動，淡定地繼續誠懇：「你看啊，你還這麼年輕，前途無量，將來什麼樣的女孩子找不到，你至於跟一個有夫之婦這樣糾纏下去嗎？軍隊畢竟是個傳統的地方，生活作風這個問題，如果，如果鬧出來的話，還是很要命的。」

「可是我愛她啊！您會去告發我嗎？」陸臻轉過臉去微笑地看著他，眼睛很圓很亮，含了星光，一閃一閃的。

夏明朗的瞳孔急遽地收縮起來，疑惑：「你愛她？」

「是啊，她是我這輩子最愛的女人了。」陸臻把誠懇裝了滿眼。

夏明朗上上下下地打量了他一番，疑惑地，探究地，陸臻預感到危險逼近，全身的汗毛自動炸了起來，然後一重黑影猛地撲了過來，氣流刮在臉上，像是夜風忽然變了性子。陸臻「哎喲」一聲仰面躺倒，象徵性地掙扎了一下，鑑於實力差異太過巨大，索性，就不動了。

「到底怎麼回事？」夏明朗把陸臻的四肢全部固定住，居高臨下地逼視過去，眼神很危險，赤裸裸的威脅。

「隊長，能怎麼回事呢？就是你看到的那麼回事啊！」陸臻笑嘻嘻的，打定了主意就是不抵抗，四肢放鬆，躺得軟綿綿的。這年頭，誰給他一百萬也別想讓他多出一分力，他是真的累慘了。

夏明朗的眸光閃了閃，一手伸到陸臻的褲袋裏去摸手機，手指從貼身的衣褲裏滑進去，只隔了一層薄薄的布料，擦過他腿側的皮膚。陸臻的瞳孔一暗，略微偏過頭。夏明朗捏著手機迅速地往上翻，對方的紀錄名是林同學，光從一個名字看不出什麼端倪來，可是一條一條翻上去，終於，夏明朗手指一停：「兒子啊，你家林同學最近火氣很大啊，為父的日子不好過啊，記得回去之後馬上發個消息過來安撫一下，你要體諒一個更年期的女人，還有她無辜的老公。」

夏明朗咬了咬牙，慢慢地轉過臉去，揚起手機：「啊？」

「哦……」陸臻無辜地看著夏明朗，笑意蔓延。

「臭小子，你他媽敢耍我！！」夏明朗抛了手機撲上去掐他脖子，陸臻扭動掙扎，哀號不已：「小生，小生冤枉啊……明明是大人你行為不軌在先！！」

「啊，冤枉？你媽是你這輩子最愛的女人！？」夏明朗揪著陸臻的衣服把這根麵條給拎起來抖直。

「隊長，這你可不能怪我，這是我的真心話。」

「那你這輩子最愛的男人是誰？你爹？」

「不是。」陸臻忽然站直了，搖頭，一本正經的。

「那還有誰？」夏明朗失笑。

「你啊！」

「哦，好好……」夏明朗淡淡然微笑點頭，忽然一腳發力踹過去，「小混蛋，又消遣到老子頭上了。」

陸臻迅速地閃了一下，不過到底腳軟，還是被掃到一點，就勢貼地一滾，撈回自己的手機便逃了出去。

夏明朗站在他背後插腰：「哎，我什麼時候說你能走了？」

「隊長，現在是休假期間……恕末將盔甲已卸不領君命……」陸臻一邊跑，一邊遠遠地把話遞回來。

當天晚上，陸臻同志終於犯了一個男人都會犯的錯——做春夢。

夢中的夏明朗狂野而強勢，緊緊地壓在他身上令他反抗不能，也欲罷不能。

陸臻三更半夜捧著被子萬般羞愧地囧了，太沒志氣了，忒墮落了！

做為一個生在紅旗下，長在春風裏，經歷過改革開放浪潮洗禮的新時代有為Gay青年，就算是本著公平合理雙贏的原則，在與伴侶友好溝通的基礎上，放棄純1的無禮要求，退守0.5，那也是他陸小臻同志熱愛公平的天性所決定的，怎麼能夠心甘情願自甘墮落得連做個夢都直奔著純0而去呢？

這是絕對不可以的！陸臻！

做人要有志氣有追求！陸臻同志！

嗯！

嗯！

陸臻用力地點了兩下頭，而後反手一掌把自己拍倒在床上。ＹＹ真好啊，做夢真好，反正春夢時的性幻想對象又不會提著刀來殺他，還可以這樣從容不迫地羞愧著關於0還是1還是等等的問題……

但其實，那個人，連一個吻都不會給他。

什麼叫無能為力？

樹欲靜而風不止，子欲養而親不待……你想趴下，那個人都不樂意操你！

陸臻鬱悶地捲舖蓋跳下床，徐知著迷迷糊糊地問：「幹嘛去啊？」

陸臻說：「洗被子！」

徐知著瞠目，三更半夜洗被子？天還沒亮吶！！尿床啦？

注：何謂「殺破狼」，殺、破、狼，指「七殺」、「破軍」、「貪狼」三星，出自紫微斗數，最早見於《易經》。另外，貪狼與廉貞是一對對星，貪狼是正桃花主，廉貞是副桃花主。都是主理著慾望、感情的敏感性星系曜。至於隊長的那句話，TX的成分當然有，另外還有一點是，陸臻嘛，很容易就想到廉貞星，因為音同啊，是少校自己想得更歪了一點。

2.

有句老話，叫做偷得浮生半日閒，可是這話用在鄭楷老大身上，就變成了抽空回家結個婚。

據說一個男人的價值是由他背後的女人來標價的，於是整個中隊的人都覺得，鄭楷這回真是賣得太貴了，因為楷嫂相當的漂亮，不僅漂亮而且熱情，不僅熱情而且相當的會心疼人。由此，鄭楷在廣大人民群眾心目中的地位像火箭一樣拔地而起，擊碎了一眾少年心。很明顯，嚴刑拷打是少不了的，一幫子光棍們正嗷嗷待哺地等待著泡妞技巧的大放送大分享。可是據鄭楷老大真誠的回答，說是楷嫂對他一見鍾情，而且楷哥由於人生第一次的豔福就福成了這樣，還對現實產生了一些不信任感，對楷嫂的態度一度相當的冷淡，哦，應該也不能說是冷淡，而是茫然無措。

他媽的！

於是廣大人民群眾只能拍著大腿在心裏罵上一句，怎麼這等好事就撞不到我頭上呢？其實楷哥很委屈，他怎麼說也是一個響噹噹的軍官，身高腿長，五官端正，憑什麼就不能讓一美女一見鍾情了呢？後來倒是陸臻向他解釋了其中的奧妙：因為這個地界上，公的不值錢，母的才稀罕，你看，就連操場上那條狗，牠都是一公狗。

於是定情半年之後的最近，鄭楷非常豪邁地給夏明朗送了兩條中華。正趕上陸臻跟夏明朗加班搞多小組體系下協同作戰的指揮模型，貿然看到紅通通的兩條長方體，連有錢人也忍不住驚嘆了一下：「楷哥，你發財啦？」

鄭楷嘿嘿笑了一聲，瞧著夏明朗不說話。

夏明朗手指搭在菸上敲了兩下，心情複雜地抬起眼：「做兄弟這麼久了，你就直接點兒吧。」

「那啥，老家催我回去結婚了，爭取年前把事兒給辦了！」楷哥同志盡量克制地笑得十分陽光燦爛。

「啊……那恭喜了！趕明兒紅包一定給包個大的。」夏明朗拱了拱手，「來，現在咱們討論一下這個菸錢的問題。」

「我沒假了！」楷哥真不愧是好兄弟，非常直接，一點不玩虛的。

他上一次回家是半年前，就此邂逅鄭家娘子，瞬間陷入熱戀，十天假變成十五天，十五天撐到了二十天，徹底地把存貨休完，十八相送地回了基地，那一陣還在訓新兵的尾聲，夏明朗代他班代得心頭滴血。現在時隔不到一年，從火星上也沒辦法給他湊出幾天假來回去領證辦事擺酒，好從根本上讓楷嫂落袋平安。

雖說這年頭一紙婚約也綁不住什麼人了，可破壞軍婚的罪名還是很大滴。

「鄭楷啊鄭楷，我早就說過了，做人要留點餘地。」夏明朗知道他算盤是怎麼打的，整張臉哭喪著，哀哀怨怨的，「那你說現在怎麼辦吧！」

鄭楷燦爛的陽光黯淡下去：「其實，其實吧，我媳婦也說大不了再拖半年，也沒事兒，主要是我媽她急著要抱孫子……」

陸臻聽得不忍心：「楷哥，我這裏倒是有假，就是不知道能不能……」

「去去去，你邊兒去啊，別添亂，你跟他都不是一個路子的，你的假能給他用嗎？」夏明朗鬱悶地揮揮手。

「那怎麼辦啊？這萬一要是遲則生變了，那可是關係到我們家楷哥一輩子幸福的事啊。」陸臻睜大了一雙圓眼睛盯住了夏明朗，只差沒做小白兔雙手合十狀。

夏明朗左看看，右看看，攤開手：「怎麼個意思？逼宮是吧？」

鄭楷和陸臻面面相覷，賠笑：「不敢，不敢，這怎麼敢呢？」

夏明朗抓抓頭髮：「本來嘛，我手上還有點假都給了你也沒關係。」

鄭楷站直了不出聲，等著他的但是。

「不過我媽最近一直在催我年底回去一下，說是手上攢了十七八個姑娘，讓我無論如何都得見一面。我原本就想著那十幾天假還夠不夠，你看現在還要分給你的話……」夏明朗做為難狀。

「明朗，我以後一定還你。」鄭楷做哀求狀，人不為己，天誅地滅。

夏明朗抬起眼在鄭楷臉上滾過一圈，繼續做為難狀：「倒不是還不還的問題，主要是我媽那邊催得緊，成天跟催命似的，要讓她知道我今年又不回去，我這日子就沒法過了，所以……」

「隊長……」陸臻是為民請命，到底臉皮比較厚，「您要向老太太闡述一下，幼吾幼以及人之幼，她不能為了還存在於遙遠將來的一點可能性而阻撓了既成事實的發展……哦，我這麼說你能聽懂嗎？」

「可以，」夏明朗無奈地點頭，「不過我擔心我媽會聽不懂。」

鄭楷心中一陣絕望。

「那，要不然這樣吧，你們兩個打電話向我媽解釋一下，如果她老人家能答應，我就把假都送給你算了，好歹結一次婚，也別太寒磣。」夏明朗看著那雙絕望的眼睛，最後終於猶豫地，為難地，心痛地鬆了口。

陸臻和鄭楷對視一眼，捲了捲袖子開始舌燦蓮花地矇騙老年人的工作。

事實證明薑不一定就是老的辣，而語言，永遠是複雜的會讓人著迷的存在，總之夏家老媽屈服了，因為鄭楷正直的好名聲，還有陸臻即興編出來的那段心酸催淚的愛情故事。夏明朗坐在桌前豎起耳朵聽，無聲地笑到抽搐，陸臻看著他抽動的嘴角，一邊繼續地鼓動著自己的三寸不爛之舌，一邊無可奈何地滑過一絲心虛。

這兩人掛了電話，回頭看到夏明朗一臉的無可奈何花落去，不由然齊心虛地矮下三寸。

「明朗……」鄭楷動容，欲言又止。

「行了行了……啊！」夏明朗一巴掌拍在他背上，推著他往門外走，「你少給我貓哭耗子假慈悲。走吧，利索點，再讓你耽誤一會兒，我今晚上就得通宵了。」

鄭楷走到門口還捏著夏明朗的胳膊：「明朗，你放心……」

你放心，兄弟我虧待不了你！！

「得了，我放心得很！你日子訂了通知我一聲，我好調假。還有啊……」夏明朗忽然壓低了嗓子神色曖昧，「你給我辦事效率高點，我可是讓了你十幾天假啊，你要是十幾發都不能中靶，回來別怪我不認你這個兄弟，我夏明朗丟不起這個人。」

鄭楷疑惑地眨巴了一下眼，忽然一點血色從他臉上爆開來，整張臉紅成了豬肝，逃命一樣地竄了出去。夏明朗撐在門口大笑，笑聲十分囂張猥瑣。陸臻頭疼地坐在自己電腦前面按太陽穴，心道自己這算是什麼眼光，多少美人如玉從自己眼前過，到頭來栽到這麼一個流氓手裏？

夏明朗笑完了又坐回去繼續幹活，臉上的哀怨一點痕跡都沒了，眉飛色動喜氣洋洋的。陸臻心想他是由楷哥帶著出道的，情分到底不一般，再怎麼心疼自己的休假沒了，也是兄弟大喜，他也陪著高興。陸臻這麼一想就沒了邊際，眼睛盯著顯示幕上的一串串代碼，腦子裏就開始跑馬，過了一會兒終於忍不住叫了一聲：「隊長？」

「啊？」夏明朗還以為他遇上了什麼問題，腳下一蹬就滑了過去，一手扶到他肩膀上，探過身去看螢幕，陸臻被他衣服的領子擦到耳朵，頓時就覺得癢，偏過頭揉了一會兒，失神了幾秒。

「怎麼了？」夏明朗草草掃了一下沒看出什麼問題來。

「哦，那個，我是想說，我的假你能不能用？」

「喲……」夏明朗轉過頭去看他，「今天什麼日子，太陽打西邊出來了啊？陸臻哪，你的紀錄太差，無事獻殷勤……」

陸臻的視線略微偏了偏，又馬上彈開了去，牢牢盯著螢幕上的數字，太近了，相隔不到三寸的距離，所有溫熱的呼吸都拂到他臉上，臉頰上的每一個毛孔都像瘋了似的在興奮著。陸臻在桌子上踢了一腳，座椅帶他轉了半圈，變成個面對面的格局。

呼，安全了！

夏明朗看他清清亮亮的圓眼睛裏沒什麼怒氣只餘幾分生澀尷尬，頓時有點不好意思，怎麼說人也是好心不是，卻被他這麼酸了一把，想想也真冤枉，馬上又笑道：「行了，我心領了，這事你就別管了，我再難也不至於跟你們小孩子搶假休啊！」

「我怎麼了？」陸臻忽然認真起來，「我也不小了，我都二十四了，晚婚年齡都過了，你憑什麼說我是小孩呢？」

「這……」夏明朗實在忍不住笑，把那小子又按回到椅子上去，「我知道，我知道，陸臻同志，我不是這意思，你知道吧……不過，晚婚年齡都夠了……」夏明朗雙手扶著他的肩，慢慢彎下腰去貼到他耳根悄聲慢語，「陸臻，你這是在暗示什麼啊？我們的小陸少校紅鸞星動了吧……說說吧，什麼時候能管我這兒請假啊？」

夏明朗故意要逗他，聲音黯得不像話，曖昧難當。

陸臻順著這個角度看過去，夏明朗軍裝T恤的領口有點斜，露出從脖子到肩膀的一小塊深麥色的皮膚，看起來並不是很光滑，卻莫名地讓人覺得柔軟，像亞麻，舊的，沙沙的麻，柔軟而貼服，可以融化皮膚的質感，陸臻於是心跳。如果現在靠過去，十分之一秒之後，他的唇就可以落到他的皮膚上，然後夏明朗應該會有兩秒鐘的愣神，這段時間應該足夠他把舌尖滑到鎖骨的位置，再然後夏明朗應該就會把他推開了。

他應該會很詫異，神情古怪地追問：你想幹什麼？

要怎麼回答呢？

說我喜歡你與說我一時衝動，那聽起來都很無厘頭。

這是件比較低級的事，無論有多少愛做掩護，都沒有辦法把這種強人所難的事裝飾得有多高尚。不過，相信以夏明朗的為人，他應該不會拿他怎麼樣。甚至，陸臻深信就算是他做得再過分一點，夏明朗也不會把他怎麼樣。最多是找個合適的藉口，把他踢出基地了事，說不定還會在他的履歷上漂漂亮亮地寫上幾筆，看起來倒像是他在忍痛割愛一樣。然而，那不是他想要的關係，那也不是他想擁有的夏明朗。

所以，陸臻迅速地在自己的下嘴唇上咬了一口，有點疼，會讓人警醒。可他實在控制不住整隻耳朵都充血發燒起來，紅到半透明。

當兵當久了多半臉皮都有城牆厚，男人堆裏窩著，唯一的刺激就是過過嘴癮，每個人多多少少的都有幾個看家的黃段子，彼此眼風一掃，心照不宣，偶爾猥瑣一把也算是男人的劣根性。多少年了，夏明朗已經很久沒在基地裏遇上過這種一句話就血噴心的主，偏過頭看著那隻通紅的小圓耳朵發了一會兒愣，心想，也沒怎麼著他啊？內容挺健康挺陽光的，一點兒也不黃色下流，何至於此啊？更何況他陸臻也不是這麼禁不起說的人啊？

「哎……」夏明朗抬手戳他。

陸臻一手捂著耳朵，血色一點點地蔓延開，整張臉都紅透，連眼眶裏都燒出了紅影，眼睛亮得像是能滴下水來。

「哎，我說你至於嗎？」夏明朗有點汗，忽然覺得自己像個欺負了小白兔的大灰狼，可問題是……他真的沒怎麼著他啊，冤枉吶。

陸臻沒說話，悲憤地轉頭看了他一眼，又馬上別過去。

「哎，你這……好好，是我不對，我……底層兵痞習氣重！碩士少校，你就別跟我這麼一粗人一般見識了成嗎？」夏明朗鬱悶，心想，他媽的這叫什麼事兒？手下幹將一個兩個地都讓女人勾了魂，他老人家不光得成全，現在還要負責開導純情少年不成？？

陸臻好不容易定下心，抽抽鼻子，用力揉耳朵：「我沒事，從小就這樣，我耳朵經不起事，跟你沒關係……隊長，你以後別這樣了行不行？說話就好好說，幹嘛老是貼得人這麼近？」

「好好。」夏明朗笑得挺無力，造反了造反了，這年頭的小兔崽子都爬到頭上來耀武揚威了，不過實在是擋不住這場面太喜感，他笑得臉上發抽，道歉的誠意被沖掉了一大半。

「可是，隊長，那你為什麼不結婚呢？」反正臉紅也紅了，陸臻橫下心，索性就問下去。

「哦……」夏明朗本來是習慣性地要唬弄，可是看著那雙黑白分明的眼睛就這麼盯牢了自己，莫名其妙地就覺得有點理虧，好像不得不認真地回答這個問題，他沉吟了一下：「想結婚也要人肯嫁給我啊！」

「老佛爺不是把秀女都選好了嗎？就等著您回去翻牌子呢。」

「小兔崽子，」夏明朗踹過去一腳，笑罵，「主要是覺得沒什麼意思，結個婚，一年見不到十幾天，你說有什麼意思，將來有了孩子都不認識我是他爹。」

有些話題一旦說開了，不自覺就會沉下去，想輕浮都飄不起來。

「你可以讓嫂子隨軍啊？」

「隨軍……你看這窮山惡水的，你讓一個女人隨過來幹什麼，嫁給我又不是賣給我，人家也有自己的人生的，憑什麼跟我耗著？」夏明朗的神色有點暗，不再是那個意氣風發囂張肆意的夏明朗，每個人都有自己的愁，每個人都一樣。

陸臻想了想：「其實也不一定，說不定她喜歡你，覺得有你就夠了。」

「那更不好！」夏明朗很乾脆地搖頭，「你也知道我們這工作性質，說不定哪天人就沒了，你讓一個女人怎麼過？」

越說越僵，說到後來倒像個死局似的，這下子連陸臻都不安了起來：「那鄭楷？」

「鄭楷……這麼說吧，陸臻，每個人想要的東西都不一樣。可能對於我來說，就算是隨軍，娶個老婆，一個月回家睡幾晚，自己做了什麼幹了什麼都不敢跟她講，剛剛殺過人的手，不敢去抱老婆孩子，怕有血，怕嚇到她。這種感情，怎麼說呢，我不知道你能不能明白，太單薄了，有和沒有也沒什麼分別。我這輩子做過最得意最驕傲的事，她都不知道。」夏明朗笑了一下，自嘲似的，「還不如一個人簡單點好，娶了老婆就得為別人活著了，我這人怕麻煩。」

「可是隊長，你如果這麼想，可能就……」

「也不一定啊，」夏明朗倒是滿不在乎，「很可能再過上幾年，我退到二線想法就會變……行了，幹活吧別廢話了。」

他扶著椅背把陸臻推到電腦前面，順手敲敲他的頭：「給我專心點兒。」

陸臻深呼吸定了定神，劈劈啪啪地開始按起鍵盤，房間裏又安靜了下來，過了不知道多久，陸臻忽然伸了個懶腰，腦子裏靈光一閃，模模糊糊地抓到一些靈感。

「隊長……」他蹬腳滑到夏明朗身邊，「我怎麼覺得，你好像應該也不是很想回家相親去啊？」

夏明朗敲了敲滑鼠，慢慢地轉過頭去，似笑非笑的神色很曖昧，輕輕挑了挑下巴：「哦……？」

「喔……」陸臻恍然，「隊長……」

夏明朗豎起食指在自己面前晃了兩晃，佛曰：不可說，不可說！

陸臻感慨，果然如此，從夏明朗嘴裏說出來的話，連一個錯別字都不能信！！這是永恆不變的真理。

「隊長，不如這樣吧，你要還想再榨點什麼好處就跟我說，我去幫你在楷哥面前吹風。」陸臻堅定不移地要做共犯，眼睛閃閃亮。

夏明朗望了一眼天，忽然發現他這隊裏的風水可能真是不怎麼地，甭管他多白的兔子，進來了之後人品都是直線下降。

說不通宵說不通宵，那天還是忙到了旭日初升，夏明朗伸懶腰看著天幕慢慢變紅，忽然聲音變得低沉，異樣的柔軟與醇厚，他問道：「陸臻，你為什麼待在麒麟？」

陸臻愣了一下，只覺得有什麼東西，清涼的，像水流一樣滑過他心頭，半晌才反應過來，笑道：「隊長，怎麼忽然想起來問這個？」

夏明朗撐到窗臺上看天色的變化，東邊半個天幕像是著了火似的燒起來，陸臻走過去站到他身後很近的地方，晨風送給他夏明朗的味道，帶著淡淡菸味的，微苦的清爽氣息。

「你看旭陽初升，會比較想聊點有豪情的事。」夏明朗轉過頭來看著他。

陸臻笑道：「是啊，一個人早上六點鐘的時候，都會比較興奮，覺得一切剛剛開始，自己無所不能。」

「為什麼來麒麟，為什麼待在這裏，這個問題每個人我都問過，我沒問你，是因為我覺得你自己知道理由。」夏明朗雙手交叉撐著自己，「不過，現在，能說說嗎？」

「如果我說，我是為了建設中國的國防事業，你會不會覺得特虛偽？」

「不會，」夏明朗回答得很乾脆，「我留在這裏，就是為了保家衛國。」

陸臻失笑，露出漂亮的牙齒，他將視線投向窗外，遙遠的遠方。

「我應該算沒受過什麼苦，」陸臻說，「父母的教育也並不把金錢當成很重要的事，所以我從小就明白我將來只能從兩個領域得到滿足，一個是學術，一個是慈善。」

夏明朗悶笑：「但是你現在既不學術也不慈善。」

「高中的時候我體育成績很好，我爸說做人要揚長避短，我就想我一定要找到一個行業既可以發揮我聰明的頭腦，又能充分運用我強壯的身體……隊長，您想笑不用忍著。」說到最後陸臻自己也忍不住憋了一絲笑。

被挑明了夏明朗反倒不好意思太樂，偷偷轉頭張大嘴無聲地哈哈大笑。

「然後我考了軍校，畢業之後不顧一切地要去一線，結果……當了一年排長之後我不得不承認，如果只是帶兵的話我並不比別人更強一些。於是我又回去繼續念書，做自己更擅長的事，我一直在尋找自己的定位，我希望可以做得更多，我有一個模糊的夢想，我希望我能讓這個國家更好。」陸臻慢慢轉過頭看向夏明朗，有些羞澀，有如初戀時的少年，向夢中的情人吐露人生夢想。

「會的！」夏明朗看著他鄭重點頭。

陸臻頓覺心中大定。

夏明朗抬起手攬著他的脖子低聲道：「那你打算什麼時候走？」

陸臻身體一僵，愣道：「隊長？」

「你不是會在這裏待一輩子的人，你總是要走的。」夏明朗道。

「但不是現在。」陸臻很冷靜。

「對，不是現在，所以我希望你不要太心急，好好感受這個地方，那麼即使你離開了，這片土地，也會持續地給你力量。」夏明朗的聲音很低沉，起伏間有奇妙的折轉，讓陸臻覺得好像有流金的沙，緩緩地就這麼在他的指縫間流過。

基地的建築在晨光中逐漸清晰起來。

陸臻感覺到一種奇異的脈動，讓人熱血沸騰想要與之一起共振頻率。

那是他們腳下的土地，無數人用熱血和激情澆鑄而成的土地，那樣深沉厚實，是他們力量的源泉，他們共同的信仰。

陸臻沉默很久很久，最後他問道：「我看起來很心急嗎？」

「沒有，你很好，非常。」與最初的尖刻不同，如今的夏明朗已經不再吝嗇他的稱讚。

陸臻笑得非常開心。

「有沒有想過，將來給自己找個什麼樣的老婆？」夏明朗眨了眨眼，眼神戲謔。

陸臻笑道：「給自己找個伴。」

「呃？」

「生命是漫長的旅程，而我，不希望一個人走。」陸臻微笑地看著夏明朗，只看了一眼，然後，別過。

此時此刻，他眼中可能會流露太多情感，而這些，不適合讓夏明朗看到，他的愛情，應該像靜靜開放的玫瑰，暗夜流香，不膩人。

3.

冬日裏南方的清晨，帶著某種濕乎乎的涼寒，沁人肺腑。水杉的葉子在寒風中染成鐵繡紅色，簌簌地落下來，如此蕭殺，看在陸臻眼裏仍是綺麗的美景。

陸臻一夜未眠但精神抖擻，他覺得自己快成仙了。廣東人有句話，叫：有情飲水飽。陸臻現在覺得太他媽有道理了，他建議所有的懶人都應該愛上他們的上司或者搭擋，這樣一定會幹勁十足，拼命到底。所以說古底比斯的神聖軍團那絕對是有道理的，對於男人來說，還有什麼比保護愛人，向他們展示自己的力量與智慧更重要的？

清晨六點，麒麟基地已經開始了運轉，最早一批起早操的部隊已經開始晨練。陸臻走在與他們相反的方向往資訊中心那邊去，昨天忙乎了一個晚上的指揮模型要拿過去做檢測。陸臻輸完密碼刷卡進入，資訊中心裏開著暖氣，有些房間還亮著燈，有通宵工作的戰友還在伏案，陸臻開了一台公共伺服器跑測算。馮啟泰準時八點出現，眼神單純而迷濛。此人從小就賴床，早上昏沉如綿羊，晚上兩眼似銅鈴，在部隊改造了這麼多年也沒有徹底扭轉。

陸臻見人大喜，忙不迭地把模型扔給阿泰捉BUG，自己趴到一邊補眠，你不得不承認天分這個東西它就是存在的，就像馮啟泰幹別的也不見得多出彩，糾錯找漏寫病毒……沒誰比他玩得更溜。

陸臻在公共場合睡覺當然不敢睡得太死，半夢半醒的腦子裏還在跑著程式，忽然聽到防空警報響，嚇得他一個激靈就跳了起來：「怎麼回事！」

「演習！」馮啟泰已經手忙腳亂地開始退程式打包備分。

「防空演習？怎麼沒通知？」陸臻大驚。

「演習怎麼會有通知，那不成演戲啦！」馮啟泰一本正經地瞪他，同時把一疊稿紙扔到陸臻懷裏：「門口，幫我拿去粉碎。」

陸臻頓時羞愧。

門口的走廊上有一台大型碎紙機，吞進雪片似的紙頁，吐出雪沫子，陸臻看見走道裏來來往往的全是人，統統是一溜的小跑，穿梭來去忙而不亂。王朝陽大步流星地從他面前走過，忽然停住：「你怎麼在這兒？」

「過來算東西！」陸臻連忙說。

「哦，行，那你跟著阿泰吧，常規演習。」王朝陽匆匆摞下句話拔腿就走。

保存程式、整理備分、拆硬碟、粉碎所有不帶走的稿紙檔……廣播電臺裏一個機械的女聲在報警：「預計第一輪導彈襲擊還有八分鐘！」

陸臻這才回過味來，這是一次資訊中隊的內部演習，不需要各部門配合也沒什麼真槍真刀的，難怪事先沒有一點通知。馮啟泰終於把他吃飯的傢伙收好，叫上陸臻直奔地下室。王朝陽就站在一樓的轉角處督戰，手裏按著碼錶，神色焦急。電梯門闔上，報警的女聲在電梯裏仍然刻板地迴圈：「預計第一輪導彈襲擊還有五分鐘！」

高速電梯下降劇烈，陸臻落地時居然感覺到一絲暈眩，電梯門嘩的打開，陸臻隨著人流湧出來往通道盡頭狂奔，戰鬥人員的優秀素質終於有了用武之地，陸臻幫馮啟泰扛著電腦跑得一馬當先。

第一輪導彈襲擊進入讀秒倒數計時，起爆時廣播裏放了一個地動山搖的音效，陸臻一時不察被震得兩耳嗡嗚。

「各單位注意，地面設施自毀還有十分鐘！」

馮啟泰在狂奔中慶幸地淚流滿面：「我就知道他們得來這手！NND，還好老子的家當都帶齊了！」

「真會自毀？」陸臻不信。

「他們會把你的資料都抹平！你放心，他們絕對幹得出來！」

地下沒有參照物標記，但陸臻覺得自己這一通亂跑怎麼也跑了有兩公里，身邊的人流逐次分散，最後他跟著馮啟泰拐進一個地下隔間裏。陸臻一進門就震驚了，這個地下房間的佈置與地上幾乎一模一樣，只是格局更緊湊，也就是說這裏的備分是徹底的，地上有一個位置，你在地面以下就能找到自己的位置。

「哦耶！」馮啟泰興奮地握拳，熟門熟路地擠進自己那一畝三分地，連接終端輸入密碼，進入並網調試，抬頭見陸臻還傻站著，連忙拉他蹲下，「行了，沒咱們什麼事兒了，我們是等徵招的，不出事兒就沒咱可忙的。」

廣播裏在報告演習進度：「本地備分啟動成功！通信鏈無斷裂！」

陸臻反正無事，實在忍不住偷偷地問：「你們有幾個系統備分？」

「不算本地，一共有九個，分佈在全國各地，理論上說就算整個中國在瞬間陷落，我們都能啟動。而且除了光纜連接，我們還有衛星頻道，當然這樣速度會慢很多。」

陸臻舒一口氣，喃喃自語：「果然不錯。」

接下來的工作主要是等待，各個備分逐一啟動，並網調試……馮啟泰甚至打開電腦繼續給陸臻幹小工。地下工事裏的味道陰冷，陸臻仔細回憶了自己的奔跑路線，終於確定自己正在麒麟的東南方，也就是武備庫下面，就是那個陳默說過的核防級的工事。就是嘛，當時領裝備就覺得了，這麼個牛掰的工事怎麼也不能只為了放幾杆槍啊……果然有大用場。

演習持續了大半天，直到下午三點人員才分批撤出工事，陸臻回去試開了一下電腦，果然，所有的資料被洗得雪雪白。馮啟泰隔壁桌那位小哥備分時出現程式錯誤，一個禮拜的工作成果化為東流水，悲痛得難以自抑。

傍晚，嚴大頭子站在資訊中心的大門口負手嚴立，一臉的殺氣，一身的煞氣，唬得方圓十里鳥獸妖邪無顏色。

馮啟泰心驚膽顫地扯了扯陸臻的袖子與他並肩站在一起，陸臻困惑，怎麼了？演習失誤了？頭號領導守在門口，資訊中心馬上嘩啦啦傾巢而出在門口的大路上齊刷刷站起幾排。嚴正冷冰冰的視線從左往右在大家臉上掠過，半晌微微一笑，陸臻頓感心口一涼。

「看到大家都還活著，我真高興呀！當然按理你們都該死了！」嚴正說完臉色一寒，轉身走人。

馮啟泰使勁地扯陸臻的袖子，嚇得眼眶都紅了。

王朝陽目送嚴大隊長遠去，怒氣衝天，啞著嗓子吼：「五十分鐘，警報發出去五十分鐘備分系統才徹底動起來！五十分鐘可以幹什麼？啊？自己想想！地面自毀了還有人沒下來，想幹什麼？啊？留著陪葬嗎？」

陸臻發現自己身邊的國家精英們已經被訓得悄沒聲兒地蔫了，他羞愧地捫心自問：為何我這麼淡定？這才發現他早就讓夏明朗給罵成個二皮臉了，這就麼點小人參（人身），小公雞（攻擊），墩成菜都不夠他塞牙縫的。

你方唱罷我方登場，最後一環由謝嵩陽政委總結陳詞，那叫一個有理有據不偏不倚，首先肯定了工作，其次提出了建議，最後展望美好未來。陸臻忽然想拍大腿，心道：絕了！這才叫全場的戲啊！有白臉有紅臉，有開場的有轉門的，還有最後亮相的！相比之下夏明朗當年一個人獨唱的那折妖物兇猛顯得多麼沒有過渡。

原本陸臻看著王朝陽今天這麼橫眉立目的就有點怵，轉眼想溜沒溜成，被王朝陽叫下問話：幹什麼來了，今天？

陸臻只好交出了他的半成品模型，沒想到王朝陽一看興趣就起了，臨時招了幾個人過來說要研究研究。陸臻心想軟體又不是老婆，借你玩玩又不會少塊肉，就大大方方地出借了。他前晚上一夜沒睡，白天又跟著資訊中心這群人折騰了一天，是真睏了，晚飯後沒多久就幸福地爬床上平躺，完全沒料到一夜夢醒擺在他面前的現實居然會變成這樣子……

陸臻出完早操抓著一手香甜的花捲兒，看夏明朗與王朝陽兩人各自橫眉怒目。

「呃……」陸臻從夏明朗手上把自己的作訓服拽出來，「咋啦？」

夏明朗抬了抬下巴：「你問他！」

朝陽同志的耐性比夏隊長要略好一些，拉著陸臻細說從頭。

事情是這樣的，王朝陽看完模型覺得思路很好，很有前途，就謀劃著要把此模型直接整合到目前通用的戰術測算軟體裏面去。因為心情激動嘛，也不管三更半夜他一個電話就把夏明朗叫了過去，兩個人便開始合計，結果合計了沒幾步又幹上了。

夏明朗說為什麼你不能這樣，你幹嘛非得那樣，你那樣老子用起來麻煩死！王朝陽拍案說你他媽不懂不要亂說，我給你整成那樣我得費勁兒死！夏明朗頓時不服，說我不懂你最懂！整成那樣有什麼費勁兒了？我看沒什麼分別！

王朝陽怒了，說我為什麼要向一個種番薯的解釋蘋果機的原理？

夏明朗更怒，說老子現在想弄個洗番薯的，你硬要塞台洗衣機給我，還說這是最新型號！

兩位中隊長都幹上了，下面的小弟一個個噤聲，夏明朗和王朝陽連吵帶合計折騰了半宿，但是因為雙方的知識結構作戰經歷相差太遠，越吵越吵不到一塊兒去。夏明朗心想這麼下去不是辦法，一看天都亮了，直奔食堂把陸臻從搶花捲兒的人堆裏拔了出來。

陸臻一邊撕花捲兒一邊聽兩位隊長介紹自己的思路，最後拍拍手上的麵渣說：「這樣啊！行，交給我，我來搞定！」

夏明朗頓時眼睛就亮了，把陸臻拽到懷裏好一陣揉搓。王朝陽微微嘆了口氣，心想果然不錯，要得就是這種「我來搞定」的豪邁霸氣！難怪嚴頭看重他，難怪夏明朗那狼崽子不肯放人。

陸臻是個有行動力的人，當天上午就組織幾個研究人員開了會，分配明確任務，一一到點。為了方便隨時與夏明朗交流意見，他一個人借了自己隊裏的伺服器在一中隊的辦公區幹活，反正整個麒麟內部網路都是光纜連接，資料傳送完全沒有障礙。

陸臻轉轉脖子伸伸腿說兄弟們隨我大幹一場！

能待在麒麟基地那就不是只有一把刷子的人，大家頓時哄然一笑，說好！

結果，這一幹，就是三天三夜。

資訊那邊人多還能輪一下，而陸臻一來是沒替換，二來他是真的自己飆上了。這小子沒有別的毛病，就是興致來的時候很話癆。

程式也是一種語言不是？

陸臻編著編著狀態就來了，回頭向鄭楷請了假，不眠不休的瘋狂作業，以一人之力對拼網路另一頭的整個小組，把機房裏那台伺服器操得哱哱亂響。除了中途基地宿舍的鍋爐壞了，他被夏明朗藉口修鍋爐騙出去小散了一會步，就一直連機房大門都沒出過。夏明朗一直覺得自己算狠人，心狠手辣辣手摧花，可是遇上如此善於自虐的主，他還是很不好意思的心疼了。

第一天晚上夏明朗剛好加班，半夜回屋路過機房的時候，看到陸臻在蹂躪鍵盤，桌上一包餅乾開著封，一塊都沒動。

「餓不餓？」夏明朗拎了一塊塞嘴裏嚼。

陸臻轉頭很茫然地看了他一眼，夏明朗總覺得那雙晶亮的大眼睛裏此刻正在跑著碼，一行行淡綠色的代碼，飛快地滾動著，跟駭客帝國似的，然後駭客陸臻很乾脆地把頭轉了過去，好像壓根兒就不認識夏明朗。

夏明朗有點傷自尊，於是又拎了一塊在陸臻面前晃悠：「你不吃我可吃了啊！」

陸臻對著餅乾凝視了半秒鐘，倒是認出了這是什麼東西，一口咬上去，咬下了一半，夏明朗看著自己手上的半塊餅乾很是無語，索性站在旁邊把那一小包餅乾都餵他吃光了，自然，這期間陸臻沒有轉頭看過他一眼，眼睛裏跑著黑白分明的代碼，一行一行的。

天快亮的時候陸臻實在是腦子裏疼得厲害，站起來給自己去倒了一杯水，喝水的時候咂到自己嘴裏有鹹酥味，忽然就想起了他那包美味酥的歸宿，臉上騰的一下就紅透了。

到第二天晚上，夏明朗已經有了經驗，收工的時候給陸臻泡了一碗速食麵帶過去。陸臻在看到他的第一眼仍然很茫然，於是夏明朗在心裏喊著，不是吧！這個也要我來餵你？

好在那小子很快又回過味來，一把搶過了麵碗，稀裏嘩啦吃得飛快，夏明朗看到他桌上的杯子空了，順手就給他倒滿了水。

第三天晚上夏明朗是在軍部睡的，下午有個小規模的研討會，十幾個一線的營團級指揮員湊到一起分析演習的資料，規格不高，但是很能學到點東西。

特種偵察與野戰軍團之間的配合一向都是個很吸引人的課題，夏明朗是與會唯一的特種軍官，比陸航團的還搶手，話題繞到他身上就扯不開，直到會開完了還有人不肯放他走，拉到軍區招待所去開了個房間，幾個大老爺們兒湊在一起聊了一夜。半夜的時候有人出去叫宵夜，夏明朗忽然想起陸臻這會兒一個人待在機房裏不知道在吃什麼，他猶豫了一下，到底還是沒給鄭楷打電話，因為，怎麼說呢，他實在覺得這麼幹挺說不出口的。

我怎麼向老鄭解釋呢？我又不是陸臻他媽，也不是他老婆……夏明朗鬱悶的想。

為了趕早上的訓練，夏明朗大清早的開了車回基地，吉普車開過辦公樓的時候看到機房的燈還亮著，暗暗的一盞，不算太亮。他先回宿舍換了作訓服，看看時間還早，便踱到機房去轉了一圈。

陸臻正在最後攻堅時刻，程式補丁什麼的都寫完了，正盯著螢幕在調試找BUG。黑亮亮的大眼睛，青鬱鬱的黑眼圈，一張臉極為憔悴，眼睛卻發亮，神色間的執著甚至有點偏執的味道。

夏明朗雖然是暴君轉世，可到底還是有點人心的，他僵在門邊站了一會兒，鬼使神差地說了一句：「陸臻同志，辛苦了。」

這一回陸臻為了辨認他花了更多的工夫，本來夏明朗以為他會豪邁地回上一句「為人民服務」什麼的，以符合陸臻少校隨時隨地的惡搞作風，可沒想到陸臻竟然很認真地想了一分鐘，然後繼續很認真地對他說：「不辛苦，喜歡就不會覺得苦。」

夏明朗僵在門口，陡然有種周星星看串了跳到央視一套的違和感，一時間不知道往下這臺詞該怎麼接，幸好起床號即時挽救了他，他擺了擺手往樓下跑，陸臻衝著他的背影大喊了一句：「隊長，再幫我向楷哥請一天假，我今天下午就能搞定。」

神聖軍團：這支軍隊由底比斯將軍高吉達斯（Gorgidas）在西元前378年建立，由一百五十對出身高貴的情侶組成，他們最初都散佈在底比斯的各個軍團中，高吉達斯將他們單獨組成一個軍團，互相宣誓忠於愛情與友誼，做為輔助其他軍團的精銳部隊使用。高吉達斯的繼任者派洛皮德（Pelopidas）將神聖軍重新定位成先鋒部隊，神聖軍在四十年中戰無不克，使底比斯成為希臘最有勢力的城邦。

4.

落日西沉的時候，陸臻終於完成了他的定稿，打包備分，又給夏明朗再拷了一份塞到他辦公室的門縫裏，終於滿足地嘆了一口氣。這時候知覺回來了潔癖也回來了，他聞到自己身上酸津津的汗味，頓時嫌棄地皺了皺鼻子，連飯也顧不上吃，直奔宿舍去洗澡……

三分鐘後，陸臻悲憤地裝了一塑膠袋的洗浴用品又一次跑下樓，真倒楣，他忘記營區宿舍的鍋爐壞了！要說這基地電工的工作效率也太差了，都這麼多天了，還沒搞定集成電線他祖宗！

在經歷了差不多八十個小時的高速運轉之後，陸臻的大腦現在跟車禍現場沒什麼本質的分別，看到白色自然會想到螢幕底色，看到黑色則自然想到代碼字元。他一邊脫衣服眼前一邊在滾動著最後幾組程式語言，腦子裏像是安了個播放器，在不斷地進行著單曲迴圈。好不容易等他扒光了衣服一轉身，驀然間看到自己身邊站了個人，半彎著腰在脫最後一件軍裝T恤，從身形到側影，怎麼看怎麼像是夏明朗。陸臻愣了一會，心想，大爺的，至於嗎？居然都出現幻覺了！

可是等幻覺同志把腦袋從自己的衣服裏拔出來，卻轉過臉衝他笑了笑：「這麼巧？」

陸臻又狠狠地愣了一下，抓起自己剛剛脫下的衣服往頭上套。

「你搞什麼？」夏明朗一伸手攔住了他，莫名其妙地看著這個行為怪異的傢伙。

陸臻的視線茫然而空遠，飄飄蕩蕩地落在夏明朗背後的某一個不知名的點上，他繼續呆滯地思考了一下，結結巴巴地說道：「我，我又想起來還有個BUG要修掉……」

「行了，你明天再去改，今晚上先睡一覺，不差你這一兩天的。」夏明朗一副「我算是服了你」的無奈表情，有力的手臂橫過陸臻的胸口，架著他要往裏拖。

「隊長……」陸臻掙扎，全身的雞皮疙瘩一下子冒出來。

夏明朗搶過他的T恤扔進櫃子裏，半句廢話也沒有，直接用力。

陸臻畢竟拼不過他，頓時被拖動，跌跌撞撞地跟到夏明朗身後，他現在的腦力不夠用，全都燒得焦糊冒煙。太熱了，真的，口乾舌燥的，所有相貼合相摩擦的皮膚都像是在被熱油煎滾著一樣，從裏到外地燙起來。這實在是太殘忍，陸臻心想，居然在他如此神志模糊意志薄弱的時刻，讓他與夏明朗做如此超距離的接觸，這樣的人生太荒謬了，他媽的什麼人編的劇本，他想殺人。拖拖拉拉地走到門口，陸臻終於從夏明朗胳膊下面鑽了出來，一邊咕噥著我自己會走，一邊給自己找了個隔間。

聽說疲勞會產生特殊的神經遞質從而對人類的性格造成非常惡劣的影響，鑑於這個理由，夏明朗很寬容地原諒了陸臻的壞脾氣。陸臻懵懵懂懂地撞開了龍頭，呼啦啦的冷水一下子澆下去把他凍了一個寒顫，頓時，人又清醒了過來，他抹了把臉，把眼角的水跡擦掉一點，一手撐在牆上，調起了水溫。

夏明朗就在他旁邊的格子裏，基地的公共浴室格局很大眾，噴頭安在牆上，半人高的木板圍出一個個的格子間，木板下面是空的，離地半尺，靠牆的地方挖了一個淺淺的引水槽。

陸臻一開始洗得很暈，站在噴頭下面模模糊糊地沖著水，冷不丁眼前一亮，隔著一道水晶簾看到個熟悉的影子，頓時全身的血又熱了起來。

我靠，陸臻轉頭四面看看，心頭火起。明明就空得很，一面牆邊十幾個格子才站了五個人，哪兒不好待，偏偏要跟他搶這個風水寶地？

夏明朗正在洗頭，頂了滿頭的白色泡泡莫名其妙地看過來，「找什麼呢？」

呃？

陸臻頓了一下，從喉嚨口一直乾到心底。

他從來沒見過這景象，夏明朗的眼睛裏濺了水，亮得不可思議，身上的肌肉隨著扭轉的動作拉出微妙的曲線，細小而光亮的水流沿著起伏的紋理滑下去……陸臻的視線不自覺跟著往下走，被木板牆隔斷。

要死了，要死了……

陸臻百爪撓心似的癢，悲憤地感覺到經過自己下身的水流溫度驚人。

「幹嘛呢？」夏明朗頂了一頭的泡泡靠過來趴在木板上：「殺氣騰騰的，行了，明天放你假，愛睡多久睡多久……」

陸臻冷冷地瞪了他一眼，又把自己紮到水流中間。

要死了，要死了，要控制不住了，觀音如來，滿天神佛，誰來救救他。

夏明朗的好心好意碰了一鼻子灰，十分沒趣地退了回去沖頭髮，忽然一陣冰涼的水氣從旁邊撲過來，夏明朗頓時詫異，轉頭看到陸臻握著拳站在噴頭下面，嘴裏唸唸有詞。

搞什麼搞？夏明朗伸長手撈了一下，水流打到他手心裏，還真是涼的。

「哎，哎……我說，陸臻……你搞什麼？」夏明朗趴到木板上伸手拍陸臻肩膀，觸手濕滑冷膩，一片冰涼。

「多明顯啊隊長，我在洗冷水澡。」陸臻在他手下觸電似的退了一步，隔著水簾的臉模糊不清，聲音倒是含著笑的，尾音裏有微妙的顫動。

「我還當你編程編傻了，沒聽說過你有這習慣啊。」夏明朗心下一鬆，感覺到額角上的水滴滑進了眼睛裏，便用力甩了甩頭，一時間水花四濺。

「隊長……」

夏明朗正埋頭揉眼睛，耳朵裏忽然竄進去這麼一聲，又沙又啞的，簡直就不像是陸臻的嗓子，頓時有點無奈：「你小子別逞強，當心傷風，我聽你聲音都不對了。」

夏明朗等了一會沒聽到陸臻回應他，抬頭看過去卻發現水溫已經調回來了，白色的水氣氤氳了整個空間，陸臻修長的身體被溫柔地包裹著，線條流暢而生動。夏明朗趴著看了一會兒，忽然發現這小子身材其實還真挺不錯的，骨架生得好，肩寬腰細腿長，整個人標直了昂揚向上，像一杆槍。五大三粗肌肉紮實的大老爺們看多了，偶爾看到陸臻這一路勁瘦挺拔的也挺養眼。

夏明朗心裏咕噥著，難怪基地裏那幾個被寵得像熊貓似的未婚女護士眼睛都圍著他轉呢，人家也是有本錢的啊。

陸臻盡量不去想夏明朗到底在看什麼，可是擋不住心底的血一寸寸地熱起來，熱流滾滾往下湧，某些不該有的慾望便蠢蠢欲動地想要抬頭。

真……他娘的！

陸臻欲哭無淚地在心裏罵了一聲，抬手啪的一巴掌下去，又把熱水閘給關上了。

唔，好冷，不過……真刺激！

「陸臻？你這習慣還……」夏明朗又一次被這冰冷的水氣給凍著。

「隊長，你沒有聽說冷熱水交替淋浴，可 盡快地消除疲勞嗎？」關鍵時刻，陸臻百科全書一般的大腦又一次救了他的命。

「真的假的？」夏明朗疑惑，這年頭大家的人品都不怎麼樣。

「真的。」陸臻一本正經地點頭，「英超的球員都是這麼幹的，這樣做可以收縮毛細血管，加速血液迴圈，提高神經末梢的敏銳性……」

大爺的！陸臻差點一口咬在自己舌頭上。

哦？夏明朗很有興致地嘗試起來，冰冷的水流瞬間激得他全身肌肉急遽收縮。

「哇，靠……」夏明朗興奮地磨搓著皮膚，玩得興起，笑道：「果然很爽！」

陸臻的嘴角抽搐。是很爽，他快爽得凍死了，總算是下身的血也冷了，又哆哆嗦嗦地打開了熱水閘。好暖，陸臻暈乎乎地抱著胳膊，整個人像是在熱水裏化了似的，舒服得他不想睜開眼。不過太舒服的直接後果就是昏頭，暖洋洋的水溫，耳邊是最喜歡的那個人在興奮地哼著聲，手掌磨過濕滑皮膚的水響……

陸臻猛然間瞪圓了眼睛，一邊嘴裏嘰裏咕嚕地唸唸有詞，一邊開始準備收工走人，他認栽了，不待在這鬼地方自虐，回去求助萬能的右手，ＹＹ無罪……

夏明朗剛剛沖完一輪冰水，整個人神清氣爽，聽著陸臻嘴巴叨叨嘮嘮的鳥語，好奇心又一次大熾：「你這又是唱哪齣？」

「林肯，解放黑人奴隸宣言。」陸臻面無表情地轉過臉，被夏明朗胸口大片紅通通的皮膚刺得瞳孔一陣收縮。

夏明朗哭笑不得：「你開什麼玩笑。」

「不開玩笑……」陸臻提高了聲音背給他聽。

夏明朗無奈地摸摸頭：「陸臻同志，我都不知道原來你這麼恨我。」

「哪能啊……我這是在練口條呢，隊長您能聽懂嗎？」陸臻笑得挺誠懇，誠懇得咬牙切齒：媽的，沒事長這麼性感幹嘛？還脫光給我看！老子真想咬死你！

「小兔崽子，三天不打你上房揭瓦是吧！？」夏明朗笑罵，掄起濕毛巾就砸了過去，「過來幫我擦背。」

陸臻一下被砸得懵住，愣了三秒鐘才掙扎著反抗：「隊長，您這是假公濟私啊。」

夏明朗危險地瞇起眼睛，笑瞇瞇的：「嗯？」

媽的！陸臻知道逃不過去，心裏一陣涼一陣熱驚得亂跳，只是過去之前撿起地上的大毛巾往自己腰上圍了一下，沒什麼理由，很微妙的心動，而事實證明這麼做是很必要的。

夏明朗見陸臻乖乖從命，便笑笑的撐到了木板上，彎著腰，整個人繃出一條誘人的弧線。

陸臻手裏握著毛巾百感交集地站到了夏明朗身後，沒見過這樣的夏明朗，說實話他也不想見到，陸臻不自虐，他也沒什麼上窮碧落下黃泉的佔有慾。喜歡就喜歡，得不到就得不到，他有他的道德標準和行為準則，他不會由著自己的性子去爭取去搶奪。老實講，像那種愛誰就要佔有誰的瘋狂心理在他看來其實挺幼稚的。

夏明朗等半天不見有動靜，詫異地回過頭，卻看到陸臻凝著眼，直愣愣地盯著他，心裏疑惑地一動，輕聲問道：「怎麼了？」

「哈……沒事。」陸臻如夢初醒似的燦然一笑，單純而誠懇。

他抬手把毛巾疊了疊，按到夏明朗背上。

夏明朗一頭霧水，只能莫名其妙地回頭去。

陸臻的施力很輕柔，緩緩地擦過去，先擦乾淨了夏明朗背上的浮水，夏明朗被他弄得直犯癢，笑著扭了一下。

「哎，我說，你用點勁，別跟個娘們似的。」

夏明朗本以為這麼一句話砸過去，陸臻無論如何也得給自己來一下狠的，還繃緊了肌肉等著承受，沒想到陸臻只是小聲地哼著鼻音嗯了一聲，手上緩緩地用力。

粗糙的毛巾摩擦著光滑的脊背，皮膚泛出深紅的血色，污垢一點點浮起來。

陸臻用力擦過一遍，掬了水潑上去擦乾淨，他有些發怔地看著夏明朗，手足無措地愣了一秒，不知道要如何繼續，夏明朗正偏頭枕在手臂上，眼睛微閉，好像睡著了一般。陸臻在恍惚中有種美妙的錯覺，好像已經跟這個人很親密了似的，他把毛巾搓了搓擰乾，重新又按了上去。

夏明朗背上的皮膚沒經那麼多的風雨，跟手臂上是兩種質地，是光滑而緊繃的健康皮膚，紅通通的看起來柔軟得過分。

陸臻隔著一層薄薄的毛巾料去撫摸肌肉起伏的紋理，偶爾他的手指也會滑出去，彼此相觸的瞬間有通電一般的興奮快感，燒得他眼前發白。嘩嘩的水聲在耳邊迴響，喧囂個不停，於是腦子裏異樣的安靜，靜得可以聽到自己的每一下心跳。慢慢地，整個世界都與他相隔絕，潔白的水氣為他劃出了一個虛幻的空間。

他，和他想要的人。

陸臻的手上用力，緩緩地摩擦，施力均勻，恰到好處，熱氣和摩擦讓夏明朗的皮膚泛出興奮的紅，映到陸臻的眼底，一片血色。

心臟慌得幾乎要從嘴裏跳出來。

唇上發乾，舔過多少遍都沒有用，饑渴的滋味，從舌尖蠢蠢欲動。

他聽到血液在血管裏喧囂衝撞，全身的血都湧到手上，每一個手指都漲得通紅，而當他驚醒的時候，嘴唇離開夏明朗的脖子只有兩寸遠。

陸臻驀然睜大了眼睛。

進，還是退？

慾望與理智在他的大腦中拉扯，在那一瞬間他甚至思考過在這種局面下近身格鬥，他從夏明朗手裏能討到多少便宜，當然即使最後是夏明朗制服了他，那畫面看起來仍然美好得噴血。

陸臻灼熱的呼吸徘徊在夏明朗的脖頸處，讓他過度敏感的神經末梢一觸即發，麻麻的，有點癢。

夏明朗懶洋洋地睜開眼：「好了嗎？」

「沒！」陸臻惡狠狠地按下一爪子，「你髒得要死！」

「不至於吧……」夏明朗嘀咕一聲，無辜地抽了抽鼻子，又乖乖閉上眼。

陸臻仰面往後倒，強勁的水流直接拍到他臉上，頓時呼吸停滯，恍惚中神志似乎又有了變化，可能是清醒了，也可能是更糟。陸臻微微笑了一下，有點嘲弄的味道，是給自己的。這樣很不好，他措手不及，發現他強大的自控能力還是有漏洞。

愛慾糾結，原來慾比愛更難耐，因為愛情可以一個人靜靜品味，而慾望必須要發洩到另一個人的身上才可得解脫。

色即是空，空即是色，不是嗎？

陸臻挺氣餒地想著，原來他也只是個俗人。

夏明朗起初倒是被他擦得挺舒服，全身的筋骨放鬆，倦懶得有點犯睏，可是忽然間落到他背上的力道就沒輕沒重了起來，夏明朗一陣無奈，嘴角勾出個柔和的弧線：這小子，終於想起來有仇報仇了。

「陸臻……哎……」夏明朗擰著腰躲閃。

陸臻不理他，兇狠地用力。

「陸臻。」夏明朗終於忍不住笑出聲，轉身抓住陸臻的手腕，「我說，你這仇報得太明顯了哦！」

陸臻驚惶地看了他一眼，濕熱的手腕在夏明朗的手心一轉，瞬間滑開了去。

這只是一瞬間的事，夏明朗被那束目光打到眼底，一時之間幾乎有點錯愕，辨不明其中的滋味，可是等他再定睛去看，陸臻的神色卻正常得不能再正常，淡淡然的笑，活潑跳躍而明亮。

他眨了眨眼，笑道：「隊長，不是你嫌棄我太娘們兒了嗎，都快把你整睡著了。」

夏明朗有點困惑，終於確定剛才只是自己的錯覺，那雙眼睛裏閃著太多複雜的東西，貪婪而迷戀，焦慮而熱切，然而這些詞都與陸臻無關。

陸臻是明朗的，而且從容不迫。

「行行，不娘們兒，哈……」夏明朗眼珠子轉了轉，笑開來，一巴掌拍在陸臻背上把他翻了個個兒壓到牆上，湊上去笑道：「那什麼，讓我投桃報李？」

比起夏明朗一貫的劣行來，他這次靠得不算近，可是熾熱的呼吸拂過裸露的皮膚，一瞬間點燃了陸臻剛剛強壓下去的心火。

「隊長……隊長！」陸臻忽然惱怒，拼了命掙扎，從夏明朗手肘底下逃了出去。

「唉，怎麼了？」夏明朗無奈，「開個玩笑嘛，好了好了，不弄你了。來，趴過去我幫你按幾下，我可不是吹的，改天你去問鄭楷，技術一流。」

夏明朗壓了壓十指，伸手就要去拉陸臻，陸臻一閃身躲了過去，臉上繃得硬梆梆的，挺不屑似的挑了夏明朗一眼：「不用了，小爺我手夠長，自己能按！」

操！狗咬呂洞賓麼？！夏明朗在心裏罵了一句，暗忖這年頭的兔崽子們也太個性了。

本來這事到這裏就算完了，陸臻就算日後回想起來也就是一個小插曲，算逃過一劫，可偏偏此刻陸臻混亂的大腦裏只剩下三分神志，他繃著臉往外走顧上就顧不得下，一腳踩到個滑溜溜的東西，頓時重心不穩，仰頭就往後倒。這格子間裏本來就狹小，兩個人站到一起都難免碰到，陸臻這麼一跌下去，直接就砸到夏明朗身上。

夏明朗反應靈敏，張開手準準地撈住了陸臻，笑得差點背過氣去。太喜感了，剛剛還神氣活現地得意著呢，一轉身就摔了個四腳朝天！

陸臻只覺身上一熱，夏明朗的胸膛便貼上了自己光裸的脊背，大面積皮膚貼合的感覺扯斷了他腦子裏的最後一根弦，全身的血液都被點燃了，漫無邊際的火燒得他眼前一片迷濛。什麼都遠了，天和地，只剩下夏明朗近在咫尺的臉，笑得明亮而純粹，水滴從他的臉頰上滑下來，落到自己的肩上，燒穿了皮膚直接化入了骨。

「哎，我說，你至於嗎？」夏明朗一不小心笑過了，眼睛濺進了水，澀澀的什麼都看不清，輪廓線上蒙著一層晶光，他忍不住伸手去摸陸臻的腦袋，毛茸茸的濕髮亂亂地揉過去，濕髮之下的額頭溫度高得驚人。

「發燒了？」夏明朗心裏疑惑，把陸臻轉了個向扶起來，手掌把他濕漉漉額髮往上推，貼上他的額頭。熱，火燒火燎的，掌心裏一片濕熱。

夏明朗輕輕拍了拍陸臻的臉頰，那永遠輕鬆微笑的臉此刻神情僵硬，困頓地皺著眉，眼神迷濛。

「喂？還好吧，真生病了？」夏明朗試探著幫他按起了太陽穴。

太近了，陸臻微微低下頭，看到夏明朗的臉就在自己眉睫之梢，好像每眨一下眼，睫毛就會從他的臉上拂過去一樣，彼此的呼吸糾纏在一起，凝固著，就像亂亂的毛線糾結成了團，你呼出來的讓我吸進去，我呼出去的，你又收走。

陸臻忽然覺得憤怒，他痛恨夏明朗眼中那份單純的關切，這個人是關心自己的，他可以為了他去死，如果這有必要。然而那不夠，因為夏明朗的關切是沒有差別的，他隨時會為了另外那好幾十個人去死，只要，那是應該的。

不，不是這樣！

陸臻心想，我不是在嫉妒，我只是……渴望！

渴望親吻和擁抱，皮膚貼合在一起融化，渴望坦白而明亮的笑容，渴望夏明朗貼在他耳邊向他述說心事，渴望夏明朗看向自己時，目光與眾不同的瞬間。

心裏有一個聲音在叫囂，瘋狂而急切：讓我說出來，讓我說出來吧……給一個機會，讓我說……

說我喜歡你，可否與我在一起。

說我崇拜你，我想與你在一起。

夏明朗。

你可以是所有人的隊長，可不可以，偶爾，也是我一個人的夏明朗？

陸臻一點點往後退，後背貼到冰涼的瓷磚上，一點點清明升到腦子裏，僵硬的表情漸漸柔和。

「好點了？」夏明朗收了手。

「嗯！」陸臻點頭。

「我看你是太累了，電腦看太久，頸椎出問題了。」夏明朗的食指劃了個圈，「轉過去，我幫你按一下，回去再睡一覺就好了。」

陸臻一直垂著眼，彷彿很疲倦的樣子，於是，夏明朗也就沒有機會看清他的眸色，如此漆黑深沉如夜。他乖乖轉過身，額頭抵在瓷磚上汲取那一點冰涼的溫度。

夏明朗的手法很好，是專業的那種，手指準確地按在穴位上，尖銳的酸疼過後是酥麻麻的軟，從骨頭縫裏透出來，絲絲入扣。

陸臻如此清晰地感覺到夏明朗粗糙的帶著薄繭的手指在自己背上游走，摩擦按捏，每一點按下去都帶著火星，偶爾曲起指節滑過他的脊柱中線，一路揉按著往下，終止在尾椎上，於是爆炸一樣的快感就這樣升騰起來，激烈的電流劈裏啪啦地沿著脊髓傳導，直接插入神經中樞。呼吸不可遏止地粗重了起來，他張大了嘴喘氣，以滿足自己對氧氣的需求，身前的瓷磚已經被他暖成了一個溫度，下身熱得發燙，血管突突地跳動著，陸臻緊緊地咬住唇，卻還是忍不住哼出了聲。

「疼？」水聲喧雜，夏明朗不太聽得清楚那些細微的呻吟，他湊上前去問，呼吸盡數噴灑到陸臻灼熱的耳根。

失陷在情慾煎熬中的身體分外的敏感，陸臻禁不住打了個哆嗦，額頭抵在牆上搖了搖。

「忍著點，快好了，馬上就不疼了！」夏明朗揉了揉他的脖子，卻換了一種手法，手掌貼著他的脊背從下往上地摩擦，拇指擦著脊柱往上推，掌心裏粗糙的繭一下一下地劃過，可怕的節奏感，會讓人聯想到某種律動的頻率。

陸臻的慾望在抬頭，硬到不能再硬，瘋狂的難耐的電流在體內亂竄，終於還是忍不住，右手悄悄地往下移，隔著一層毛巾握了上去。他從喉嚨口嘆息了一聲，把身體貼到牆上，盡量隱藏起手掌的罪行。條件所限，陸臻不敢做得太明顯，只是緊緊地握著，隨著夏明朗的節奏滑動。粗糙的毛巾料摩擦著敏感的皮膚，可怕的快感一陣一陣地侵蝕著他的大腦，直到眼前空虛一片。

太過美妙的滋味，陸臻只覺得此刻身陷在一個奇異的夢境裏，夏明朗的呼吸就在他耳畔，鼻子裏聞到的全是對方的氣息。他的手在和自己的皮膚摩擦，最原始的快感在體內升騰，隨著夏明朗給出的節奏，這簡直……就像在做愛一樣。

陸臻生怕自己會忍不住叫出來，牙齒緊緊地咬在自己的手腕上，把所有的呻吟和尖叫都悶在喉嚨口，嗚嗚咽咽地隱在了水流聲中。如此隱密的激情，幻想與現實交錯，隨時都會被發現的恐懼讓快感變得驚心動魄，每一下的衝撞都化到骨血裏，心口一陣陣地發涼，又被血流暖過。

像這樣癲狂而又激烈的刺激撐不了太久，沒幾下陸臻就已經衝上了巔峰，他把身體緊緊貼在牆上，手指用力地最後擼動了兩下，所有翻湧沸騰著的慾望衝閘而出，在他的手掌裏爆發。

在最後的瞬間，腦中是一片空白得像瀕死那樣的麻痺，靈與肉劈裂分離，靈魂喧呼囂叫著破胸而出，墮入萬丈深淵。他在朦朧中聽到夏明朗在他身後叫喊，聲音模糊而急切，手臂撬進自己與牆面的空隙，像是要把他翻過去。陸臻拼盡了全力想要抵擋這種力量，最後在高潮回落時的虛脫中徹底地崩潰，忽然間放鬆的肌肉失去了對一切的支撐，仰面軟倒在夏明朗懷裏。

夏明朗沒料到好好的一個人怎麼會忽然肌肉僵硬，然後很快地就開始震顫痙攣，轉瞬間就陷入了昏迷，陸臻軟在他懷裏像灘泥似的抱也抱不起來，夏明朗只好順勢坐到地上，讓他靠到自己肩膀上，一隻手繞過去按到了他耳根下，頸動脈在自己的食指之下飛快地跳動著，幾乎連在了一起分不出間隔來。

見鬼！夏明朗在心裏罵了一句，伸長了手臂搆到了水龍頭把水溫調低。

陸臻其實已經慢慢清醒過來，可是擋不住這事實在太尷尬，他根本沒有勇氣睜開眼睛去面對，索性就一味地裝死企圖蒙混過關。他悄悄地睜開一條縫瞄了一眼自己的下半身，還好還好，所有的污跡都射在了毛巾裏，表面上看起來一切正常，陸臻不動聲色地扭動了一下身體，把雙腿併起，讓自己藏得更好一點。

夏明朗沾了滿手的涼水拍到陸臻臉上，浴室裏昏黃的燈光下水氣氤氳，年輕的面孔泛著異樣的血色微紅。陸臻從來都曬不黑，曬來曬去都是那樣，微黃的小麥色，於是血色就特別地顯，隱隱地在薄薄的皮膚之下流動，像是幾欲噴薄而出的淡淡霞光。夏明朗一時之間有點迷惑，很微妙的感覺，手掌之下光滑的皮膚像是有點燒手，又似乎是粘膩的。於是莫名其妙地覺得煩躁，大腦在對情緒的一番過濾之後抓住了那絲草率的怒氣。

夏明朗對準了陸臻的人中用力掐了一下，陸臻吃痛，悶哼了一聲，皺著眉，微微睜開了眼。

眼波流轉。

陸臻心裏叫囂著，別看了別看了，再看就什麼都藏不住了，可還是忍不住又看了一眼，這個姿勢這個角度，裸身相對，肌膚相合，真的很容易讓他有種夢幻一般的錯覺。從下往上，視線掠過夏明朗側臉的輪廓線，然後眼簾緩緩地閉合，把一切都封在眼底。

「喂，哎……」夏明朗用了點力氣去拍他的臉，陸臻皺了皺眉很不舒服似的哼了一聲，身體往下滑，額頭在夏明朗肩膀上蹭來蹭去。

「哎，哎……行了……」夏明朗掰過他的臉按在太陽穴上，「頭疼？」

陸臻完全不知道下面的戲要怎麼唱，只能聽一齣哼一齣，含含糊糊地應了一聲。

「想不想吐？嗯？」

「唔！」

想吐？為什麼？陸臻莫名其妙。

「你呀！」夏明朗哼了一聲，聲音裏有淡淡的怒氣。

陸臻在一頭霧水之中急速地運轉著大腦，然後身體一空就被人撈著腰抱了起來，很彆扭的姿勢，像是在……扛麻袋，陸臻想到這一點的時候忍不住有點想笑，只能狠狠地閉上嘴。

夏明朗扛著麻袋出去的時候還撞上了熟人，二中隊長黃原平頗為驚訝地瞪過來：「喲，老夏啊，你這是唱哪齣？」

「問他吧！」夏明朗氣不打一處來，「洗個澡都能暈過去。」

黃原平嘖嘖地扳過陸臻的臉來看了看，嘆息：「我當是誰呢，這不是你們家陸臻嗎？怎麼搞的？你把人操成這樣？」

夏明朗哭笑不得：「憑什麼說是我操的？」

「得了吧，老夏，你別裝了！我還不知道你嗎？骨頭渣都能榨出髓來的主。這小子待機房裏幾天了？我看他三天沒動過窩！他那動腦子的事算起來比咱們出任務還傷呢。我說你也真是，別逮著禁操的就沒日沒夜地折騰，改天把人操死了，有得你哭去。」黃二隊長出身福建，平常的時候滿口操來操去大家也聽習慣了，不會往引申義上去想，偏偏在這當口上陸臻的心情太過微妙，聽完他那句話只差沒血噴心。

黃隊長看著陸臻的小臉一點點又飆上血，頓時覺得有趣，拍著他脖子笑道：「行了行了啊，別不好意思，你這也算是因公殉職，沒什麼丟人的！哎對了，我說陸臻啊，現在認清了你們家隊長的真面目了吧，趕明兒給大隊打個報告來跟我吧！你黃哥我可比他會心疼人。」

「我靠，老黃你當我是死人啊！」夏明朗挑眉笑罵，抱著一個人尚可以一腳飛踢出去，黃隊長眼明腿快，一閃身就避了過去，呵呵笑著往裏間走。

夏明朗抱著陸臻走了兩步，忽然又覺得彆扭，試著放下來問了一句：「醒了沒，能走了嗎？」

陸臻含含糊糊地答應著，鐵了心裝腳軟，一步還沒跨出去就自己絆了個踉蹌，夏明朗倒是手快，一轉眼又把他撈了回來，繼續扛麻包似的把人扛了出去。

浴室的外間有幾排木質的長椅，夏明朗隨便挑了一個把陸臻放上去，扯下陸臻腰上纏的毛巾正要絞。陸臻驀然間感覺到身下一涼，頓時嚇得魂飛魄散，匆匆忙忙地揮了揮手，很任性似的把毛巾搶了回去。

夏明朗看著他失笑，彎下腰對上陸臻迷迷糊糊的眼睛：「醒了？把身上擦擦乾。」

陸臻滿頭虛汗地握著毛巾，心虛麻麻地湊到面前偷偷聞了聞，真是上天保佑，剛剛癱在地上的時候被水沖了一陣，基本上已經毀屍滅跡。一旦確定了沒事，陸臻裝死的心理又騰了起來，裝腔作勢地絞了幾下，擦著擦著又想繼續暈過去，可是一抬眼，眼前空無一人。

夏明朗洗澡怕麻煩，一條毛巾捲上塊肥皂就是全部裝備了，赤著腳來去，沒有一點聲音。

陸臻坐在原地愣了一會，嘴角慢慢浮上了一絲苦笑，垂著頭，有一搭沒一搭地擦身上的水。裝得太過，人戲不分，還真以為戲假情真了。陸臻在心裏笑了兩下，眼中清意一點點漫出來，忽然手上一空，他怔怔地抬起頭，看到夏明朗已經把衣服穿好，站在他身前把毛巾又絞了絞，蒙頭蒙腦地包了上來幫他擦頭髮。

陸臻驀然間就覺得眼眶開始發熱，可是到底不想哭出來，眼淚都含在眼底，毛巾拖過的時候也就都吸乾了。夏明朗坐到他身邊一路擦下去，陸臻這次是真的累了，四肢都沒有一點力氣，任由人擺佈。

夏明朗把陸臻草草抹乾，轉過頭卻正對上他的眼睛，空空洞洞的，染著刻骨的疲憊，剎時間心裏一涼，有一點麻麻的疼從心尖上化開，像是被什麼東西叮了一口，疼過之後便發軟。

「很累？」他聲音放軟，那一點沙啞磁得驚心。

陸臻想了想，點點頭。

夏明朗坐過去一些讓他靠到自己身上，被沾濕的T恤上帶著水腥氣，傳遞出皮膚的熾熱，會讓人舒服而安心的溫度，陸臻知道自己很貪婪，也就懶得去控制他的貪念，他已經什麼都不強求了，隨遇而安就好。

「昨天晚上宵夜吃了什麼？」

陸臻有點莫名其妙，想了想，還是老實地搖了頭。

「那今天呢？午飯吃了什麼？」夏明朗的聲氣有點怒，陸臻很敏銳地聽出來了，但是他此刻的腦細胞不足，一時判斷不出緣由。

「沒吃？徐知著沒給你送飯嗎？」夏明朗的聲音提高了一點，偏過頭去看他，陸臻從那一眼怒視中忽然明白了問題的關鍵：他以為自己搞成這樣是餓出來的！

陸臻心裏哭笑不得，不過，心慌，心悸，震顫，虛脫……算起來還真的跟低血糖的症狀挺相合，既然夏明朗已經為他找到了藉口，他倒真是一點也不介意沿著劇本唱下去。

「問你話呢，今天午飯吃了什麼？」

陸臻想了一會兒，慢吞吞地說道：「小花，今天，外場打靶。」

夏明朗一陣懊惱，還真是昏了頭了，今天去外場打山地的移動靶，明明是自己帶的隊，午飯是乾糧，可是這麼一想，火氣又更大了起來：「那這麼說晚飯你也沒吃？」

陸臻不說話，又輕輕點了點頭，他今天這一天的口糧是兩包美味酥，要算起來也是真的沒吃飯。

夏明朗這時候已經氣得只會笑了，眼珠一轉又想到一個可能性：「那你昨天晚上吃了什麼？」

中午那頓不必問，他看著徐知著抱著飯盒去找陸臻。陸臻吞了口唾沫，昨天晚上他給自己泡了碗麵，包裝盒此刻應該已經在垃圾場集中處理，完全毀屍滅跡，於是某隻狡猾的小狐狸鐵了心要裝白兔，軟綿綿的脖子搖了兩下。

夏明朗心頭火起，雙手掐在陸臻脖子搖晃：「你個不要命的小混蛋，你玩絕食也挑挑時候。」一個人的心理暗示是很微妙的，如果一直叫囂著不拋棄不放棄，真到了精力衰竭的時候也能再撐一陣，可如果心頭藏了個小惡魔，一直攛掇著大叫暈吧暈吧……那麼也就真的可以隨時暈過去。更何況陸臻本來就體力透支精神不濟，剛剛才熬過一場驚魂，連心臟都在不堪重負地呻吟不絕。他就著夏明朗的力道搖晃，抱著脖子咳了幾聲，軟軟地又倒了下去。夏明朗嚇了一跳，伸手去摸陸臻的脈，手指下脈動均勻和緩，這才放了心，索性把他放平，腦袋枕到自己大腿上，好睡得舒服一點。

血糖偏低時不宜做太大動作，否則體內能量供應不足，搞不好會真的暈過去，過了一會，陸臻聽到外面急匆匆跑進來一個人，夏明朗低聲說了句謝謝，窸窸索索地開始拆包裝袋，然後一塊軟滑甜膩的東西頂到了嘴裏，陸臻一沾唇就知道是什麼。

巧克力，陸臻在恍然間明白了夏明朗抱著他待在這裏等什麼。

有點失望，一些感動，很複雜的心情，不一而足。

「慢慢吃，別太急，一會就好了！」夏明朗把巧克力一塊一塊掰開遞到他嘴邊。

浴室裏的環境高濕高熱，巧克力不可避免地融開了一些沾到手指，濃膩膩的深褐色糖漿閃著誘人的光澤，陸臻垂著眸子往下看，夏明朗的手形並不粗大，不過食指上有很厚重的繭，是長期摸槍的結果，他正猶豫著要用怎樣的方式舔乾淨這點糖漿才不算突兀，夏明朗已經把最後一塊塞到他嘴裏，自然而然把手指收回去含到嘴裏吮吸。

唔……

陸臻睜大了眼睛往上看，有些失望。

夏明朗低下頭，詢問的姿態：「好點了嗎？」

陸臻燦然瑩亮的眸子一點點地黯下去，轉而，又是另一種平靜。

「嗯！」他點了點頭，撐著自己爬起來，凡事不能演過，其勢太盡，過猶不及。

夏明朗總覺得迷惑，他有點看不透陸臻，這小子一時冷一時熱，一時軟一時硬，怪裏怪氣，又說不上為什麼。有時看著嬌氣，可拼起命來比誰都狠，嘴巴很壞，尖酸刻薄挑釁到死，出手卻不狠，偶爾會看著他發愣，眼神專注而熱情，卻怪異無比。

夏明朗有種從心底裏發毛的慌亂，很奇怪，徐知著看他的眼神也很專注，但那是一種謀求一槍斃命的專注，所有的注意力都盯在他的弱點上；方進的圓眼睛裏永遠熱情洋溢，是一種隨時會撲到自己身上去的熱情。然而陸臻的眼神是怪異的，好像藏了很多，卻又摸不著邊際，如果不是對這小子的人品有信心，夏明朗真懷疑自己是不是背地裏在被他算計著，當然有可能現在也是在算計著，陸臻式的小計謀，沒什麼惡意的算計，卻讓他不自覺心生警惕。

唉，夏明朗心中感慨：如今手下的兵越來越厲害越來越有個性，但，也是真的，越來越難管了。

陸臻慢吞吞地把自己撐起來，慢吞吞地走出去穿衣服，夏明朗到裏間幫他收拾東西，零零碎碎地裝了一個塑膠袋子。陸臻看他低著頭翻撿，臉上憋著笑好像挺辛苦似的，於是很誠懇地嘆了口氣：「隊長，您要笑就笑吧，憋壞了身子可不好。」

夏明朗笑著搖了搖頭，幫他把袋子拎好。

「隊長，其實用肥皂洗頭挺不好的，改天我送你一瓶洗髮水吧，就當是報答您的救命之恩。」

「真的啊！」出乎陸臻所料，夏明朗居然笑嘻嘻揚起臉，伸手就從陸臻的袋子裏撈了一支出來：「別改天了，就這個吧，我拿走了。」

陸臻的嘴角抽了抽：「隊長，您好像很信不過我。」

「是啊，沒辦法，自己教出來的兵，隨我。」夏明朗一副雲淡風清的模樣，把毛巾絞得精乾，東西一捲塞進了迷彩褲的兜裏。

晚上夏明朗給陸臻打飯時忽然想這事兒又小怒了一回，數落他這種殺雞取卵式的粗暴工作作風，陸臻埋著頭聽了一陣，最後收完了碗筷送去餐車的時候才小聲分辯了一句：「隊長，那不是什麼，再過幾天就要開演了嘛，參數改了挺多的，我怕你來不及上手。」

夏明朗待在他背後愣了一陣，抬手就想要揉揉陸臻的頭髮，陸臻像條魚兒似的一閃，從他手底下滑了出去，笑瞇瞇衝著他樂：「你說我還有什麼辦法？攤上個您這樣的文盲隊長……」

夏明朗的手掌懸在半空，虛空裏抓合了幾下，最後還是握成拳揮了過去。

那天後來，陸臻回到寢室蒙頭就睡，睡到半夜忽然驚醒，看到窗外的月亮已經爬得很高，圓圓的，還有一點點黃澄澄的底子，像一個大柚子似的圓澤的大月亮。

和那天的很像。

陸臻摸索著按上自己的脖子，過了一會，忽然笑了。

看來將來得躲著點他了，有些托大了。

第二章　你的味道

文盲隊長雖然文盲，不過在不文盲的陸臻少校的指導下，還是順利的上手掌握了新軟體，趕上了這一年裏最後一場演習，配合單位是老相識，就是周源在的那個重裝野戰師。只是這場演習從一開始就怪怪的，導演部的指令比起往常來得更為詭異，而嚴正的作戰目的也是語焉不詳，夏明朗只覺得莫名其妙。

下午三時左右，整個T402地區炮聲隆隆，周源躲在防紅外的野營帳篷裏，趴在桌子上看地圖，高防的軍用地圖已經被磨損了不少，上面積了一層灰土，周源一邊看，一邊把浮塵抹開，一個軍用的筆記本半闔著擺在桌邊的地上。

「報告！合作方的指揮官到了。」傳令兵撩開帳門把頭探進來。

「唷，這麼快。」周源揉揉眼睛，把腰直起來。

「周營長。」夏明朗提著頭盔從帳門外走進，冷不丁看到周源站得筆直地在拔軍姿，嘴角一彎笑道，「這，很隆重嘛。」

周源心裏咬牙切齒地罵了一句，可惜身體被體制化了太久，軍姿拔了起來就鬆不下來，熟極而自然地靠，行了個軍禮。

「好好，好說！」夏明朗笑嘻嘻地回了他半個禮，熱情洋溢地握著周源的手搖了兩搖，「希望合作愉快。」

周源頗覺丟人地把手抽了出來，悶聲道：「你們大隊長呢？」

夏明朗手往上指，轉了兩圈。

「又在天上飛啊？我前一個電話接到通知還說是你們嚴隊要過來。」周源毫不給面子地把失望寫在臉上。

「不知道，我也不知道。」夏明朗挺無辜地攤手，「我也是剛剛被踢過來的。」

「媽的，耍我啊！」周源一拳砸在行軍桌上，震得灰土撲撲地往下掉。

「得，枉我好心帶人過來支援你！」夏明朗不耐煩地揮揮手，趴過去看周源的攻防佈圖。

「下面這戰這怎麼打？」周源拿手肘撞他。

「你問我啊，我問誰去啊？」夏明朗從下往上挑了他一眼：「我也在等消息。」

「你不知道？」周源頓時激動得跳起來，手指著地圖上某個紅色區域，「我們大半個師都陷進去了！！」

「誰不是啊，就傷了你一家啊？我半個中隊也都在裏面呢！有點全局觀好不好？周源同志。」夏明朗的手指跟周源敲在同一處。

他媽的，媽的！周源氣得團團轉，本來以為嚴正過來就能有個明確的作戰思路，好打開這個膠著的戰局，沒想到一腳給他踢來一個同樣霧水滿頭的夏明朗，這倆沒頭蒼蠅湊一起能幹點什麼？周源肚子裏有氣，凶巴巴地拿眼睛瞅著夏明朗，夏明朗正埋頭專心看地圖，右手從胸前的口袋裏掏了支菸出來。

「哎！你！」周源嚇了一跳連忙撲過去搶，「全程防紅外！你知不知道？」

夏明朗手腕一翻就把菸捲藏到了袖子裏，警惕地架住周源：「你幹嘛？」

「全程防紅外，不能抽菸！」周源憤憤然看著夏明朗空空如也的手，居然沒搶到？

「哎喲，周營長，你當我是新來的啊？」夏明朗搖搖頭，把香菸從袖子裏抖出來，兩個手指頭捏著在周源眼皮子底下晃了晃，「你看清楚了，它就是一根菸，我全身上下連個火都沒有。」

「那你拿菸幹嘛？」周源莫名其妙。

「我不能抽我還不能聞聞嗎？」夏明朗把煙捲貼到自己的鼻子底下，慢慢地嗅著，手指在地圖上劃來劃去，一個點到一個點，連線成網，眉峰越皺越緊。

周源看他那樣子，心裏一勾一勾地開始癢了起來，菸癮上來了，周源挺悲憤地看了夏明朗一眼，從口袋裏掏了顆糖出來大口大口地嚼，夏明朗聽到聲響，有些好笑地掃了他一眼，轉頭回去繼續對著地圖若有所思。

糖畢竟就只是糖，那甜的和得勁兒的，那就不是一個東西。周源嚼完了兩顆糖，到底心癢難耐，湊過去碰碰夏明朗手肘：「哎，還有菸沒？給我一支。」

「沒了。」夏明朗頭也不抬。

「故意消遣我是不是？」

「真沒了。」夏明朗無奈地轉身張開手臂，「要不然你來搜，搜到了全歸你。」

周源橫他一眼：「跟我耍橫是吧，我還真不信了我。」

周源從頭拍到腳，別說菸了，連個香菸的硬盒子都沒有，夏明朗看著他蹲在地上發愣，十分配合地又轉了個身，挑挑下巴，意思是你要不要從腳到頭再搜一遍。得了，菸這個東西，如果身前沒有，那身後就更不會有了，周源萬般遺憾地從地上站起來，抱怨：「你們那兒不是待遇不錯嘛，怎麼窮得連菸都只剩下一支了？」

「是啊，是不錯，也就是比你們多了這一支菸的好處。」夏明朗手指一翻，像變魔術似的，手上的菸捲又一次消失無蹤影。

周源氣結，眼睛瞪圓，夏明朗完全視而不見，從背包裏拿了小型的軍用筆記型電腦出來，打開電子地圖做類比測算，周源貼在他背後看了一眼，奇怪道：「你這是什麼軟體？？」

「實驗產品，還沒有開始推廣。」夏明朗回頭拔拉，「一邊兒去啊，別擋光。」

周源不屑地踱開：「得瑟，好像你編的一樣。」

夏明朗慢條斯理地點頭：「我隊裏人編的，就是我編的。」

周源大聲哼了一下，以表明他的不屑。

夏明朗用新軟體測算了一遍，又用舊的再算了一遍，另存參數保留下來。無論如何，新編出來的東西都會有無數的BUG，而這些都要在實踐中才能測得出來。

夏明朗正在對比新舊兩款之間的差異，通訊器忽然響起，嚴正親自向他報告了自己的死訊。

夏明朗簡直哭笑不得，捏著耳機問道：「你怎麼死的？」

嚴老大的聲音聽來悠遠而意味深長：「導演部通知我，我剛剛被人打了一枚前衛1號。」

「節哀順變。」夏明朗無奈。

「對了，你應該在周源那兒吧。順便告訴他，他們師長就坐我旁邊，你等一下，我去問問他是怎麼死的……」

夏明朗聽到一陣沙沙聲，一兒嚴頭的聲音又回來了：「是被火炮炸死的。」

「嗯，嚴頭，還是您死得值。」夏明朗嚴肅地說。

周源聽到這句忽然反應過來到底是誰掛了，馬上瞪大眼睛要衝過來，夏明朗抬腳抵住他，做了個手勢讓他安靜。

「所以，你現在明白那幫小子搞什麼鬼了？」嚴正道。

「嗯，」夏明朗問道：「紅方的高層也被斬首了？」

「他們死得更值，死在『戰斧』之下。」

夏明朗差點笑噴：「導演部真有幽默感，所以現在是混戰？」

「混而不亂。」嚴正甩給他幾個字。

周源在另一邊等得都快冒煙了，夏明朗衝他露齒一笑：「告訴你一個好消息，我們家嚴隊在導演部喝茶。」

周源雖然剛才是聽到了，可是現在一確定，還是驚得張口結舌：「那什麼，我們師長呢？」

夏明朗笑笑：「在陪他喝茶。」

周源眨眨眼，馬上反應過來這是怎麼一回事，一掌拍在行軍桌上：「靠，玩這手。」

夏明朗趴過去陪他看地圖。

當自上而下的指揮忽然變成了各平行部門之間的協調聯絡，周源的電子營身負電子偵察對抗與資訊傳遞的全部重任，在領導暫時失語的情況下，簡直成了一個指揮中心。

在戰場上，掌握更多訊息的人，就能掌握全局，於是從某種意義上來說，當一級指揮部被定點清除，而第二套班底還沒有流暢運轉的時候，夏明朗的眼睛與周源的聲音是所有兄弟部隊行動的標杆。

「練上！」夏明朗眼角一彎，笑得像個偷雞的賊。

周源大笑，拍著夏明朗的肩膀：「不說啥，等贏了這一場，來軍部，我請你喝酒，不醉不歸。」

夏明朗轉轉眼珠：「能帶點人麼？」

周源道：「家屬能帶！」

夏明朗笑容曖昧：「下屬能帶麼？」

「下屬……」周源做出勉為其難的樣子，「瞧你面子，要帶就帶吧。」

夏明朗失笑，收拾東西出門，臨到門口的時候，站定了一下，手掌一翻亮出那只菸，折了一半彈過去給周源，周源大喜，半空中接住了：「得，兄弟，就衝著你這半支菸，無論家屬下屬，要帶多少我讓你帶多少。」

那兩位校官大人還在討論著戰後的吃喝，另一邊的陸臻卻覺得他都快瘋了，就差一步，他就可能進入不正常人類研究中心了。

調頻！跳頻！調頻！

因為自家手提的設備功率不足，他搭上夏明朗的順風車來找肖立文，借用電子營的大型干擾車。小肖這邊看到他跟看到親爹似的，可是這親爹到了這當口也只能當後爹用，陸臻不停地手動調頻，可是對方追蹤太快了，陸臻簡直懷疑對方有一個連在跟他對著幹。

嘗到甜頭了！嘗到甜頭了！！自從上次電子戰把藍軍逼入慘勝之後，紅方顯然已經把這當成了殺手鐧，拼命地發揮這部分的優勢。

夏明朗跳上車，只看到陸臻窩在狹小的空間裏，睜大眼睛不停地唸唸有詞，夏明朗莫名其妙地想到那個黑人奴隸宣言，便覺得這小子怎麼能這麼可愛，夏明朗他拍拍他的肩膀問道：「怎麼樣？」

「還是會斷，得不停地看著，他媽的就仗著人多！」陸臻咬牙切齒。

夏明朗看到那雙黑白分明的大眼睛裏血絲密佈，便坐到他身後捅了捅他：「先休息一下，暫時不動手。」

陸臻喃喃：「睡不著。」

夏明朗把手伸到陸臻領子裏，找到肩井穴附近按下去，一股尖銳的酸痛沿著頸椎直竄上去，陸臻一時不防，慘叫出聲。

「你放鬆。」夏明朗上了兩隻手，從正中棘突的位置開始往下按。

陸臻疼得直抽氣：「你輕點兒。」

夏明朗無辜地拖長了音調：「我都沒用力。」

撐過最初的刺痛，麻溜溜兒的酸開始襲上來，陸臻不自覺放鬆，含含混混地反駁道：「讓你用上力，我還有命麼？」

夏明朗失笑，劈掌在陸臻脖子上輕輕一拍，成功讓他閉嘴。

整個頸背的穴位都按了一遍，放鬆肌肉，陸臻只覺得整個人暈乎乎的，茫然中好像感覺夏明朗已經停手了，掙扎著就想爬起來。夏明朗按著他靠到自己肩膀上，抬手蒙上他眼睛，說道：「睡一會兒，現在興奮過頭，就撐不到底了。」

陸臻嘀咕了一聲，夏明朗模糊地聽到，大概是：十分鐘之後叫我。

夏明朗笑了笑，轉頭看到肖立文睜大了眼睛倍兒羡慕似的瞧著他，便笑道：「怎麼了，小兄弟。」

肖立文眯起眼睛來笑：「夏隊長，您人可真好。」

夏明朗於是笑得更加溫和可親：「是嗎？所以，小兄弟，打算到我這兒來嗎？」

肖立文聽了一愣，吶吶地：「那我得跟咱們營長商量一下。」

「這還商量什麼呀，是爺們兒的爽快點兒。」

肖立文嘿嘿笑，不說話。

夏明朗等了一會兒，聽著陸臻的呼吸知道他睡著了，隨便找了個櫃子把他靠上去，指著錶壓低了聲音對肖立文道：「一個小時之後叫醒他。」

肖立文鄭重地點頭，只差沒行個軍禮。

夏明朗跳下車之後回頭看了一眼，陸臻歪著腦袋睡得正香，髒兮兮的臉上有未盡的油彩，黑一片綠一塊的像一隻花貓，忽然莫名其妙地覺得心情不錯。

混而不亂！

嚴隊的最高四字方針，可惜要做到實在太難。好像開玩笑似的，原來的師級指揮官全陣亡了，自上而下的指揮線被切斷，各團各營開始自主作戰，原來就被刻意引導得犬牙交錯的戰區變得更加混亂。包圍與反包圍，制衡與反制衡，如何最快速而準確地在小範圍內集結部隊，形成在一定區域內的優勢力量；如何與友軍相溝通，甚至於在自己行動之前，提前估計自己人的動向。

打仗，原本就是個默契活，而現在這種默契變得至關重要。

當然同樣的，在各個師團之間起潤滑和引導作用的偵察部門，他們的擔子就更重大，畢竟準確的資訊是做出正確決策的前提。

偵察，定點打擊，爆破，對各種不同的訊息進行處理，傳遞到合適的地方。

夏明朗從來沒有覺得一場演習會這麼累，以前的他常常只需要面對一個小型的戰鬥單元，那麼，贏了就是贏了，輸了就是輸了，當他需要協調整體的時候，他的頭上還有嚴正，可是現在嚴正不在了。夏明朗心想，這大概就是目的，強迫他們這一代的中層力量成長起來；強迫他們更多地獨立思考，去除依賴的心理，開闊眼界；習慣在出擊之前就先考慮到友軍的動向，而這些，遠比攻佔一個壁壘，或者，打擊一個要塞來得更難。

於是當演習結束，就連身經百戰的夏明朗也開始覺得疲憊刻骨，勞累不堪的戰士們在歡呼雀躍。夏明朗悄無聲息地從他們中間穿過，走到人群之後的山坡上，反正在這樣的場合沒有人注意到他。

陸臻無聲無息地跟過去，在離開他兩步的地方被叫破，陸少校無奈地撇撇嘴：「你這人背上有眼睛是吧？」

「摸哨技術不過關，回去找小侯爺領罰。」夏明朗道。

陸臻索性撲過去勒他：「媽的，你他媽脖子上一定有眼睛。」

夏明朗懶得反駁，閉上眼睛讓他勒著，陸臻一時無奈，只能放手。

「累？」陸臻試探的說。

夏明朗道：「還好。」

陸臻呼出一口氣：「總算聽到一句人話了，回回演習我累得像狗似的，你老人家龍精虎猛，我都要覺得你不是人了。」

夏明朗指了指頭：「這回腦子有點累。」

陸臻興致頓起，舒展起十指：「不如讓我來投桃報李吧！」說著，一手掀了夏明朗的帽子，手指按上他頭頂。

夏明朗一開始還隨他亂動，幾下之後實在吃不消了，一轉身勾著陸臻的脖子，貼到他耳根威脅抱怨：「你小子拿我的腦袋當球玩呢？」

陸臻眨了眨眼，一臉茫然。

夏明朗頓時發覺不對，問道：「耳朵怎麼了？」

陸臻滿不在乎的笑笑：「手動引導的時候離近了，過兩天就好了，你換邊說。」

陸臻是不在乎，夏明朗氣結，掐著他的脖子罵道：「你小子怎麼橫起來比方進還不要命啊！那導彈炸得死人知不知道？」

「隊長，您婆媽了。」陸臻笑嘻嘻。

「我他媽……」夏明朗亮爪子就想開扁，可是看著紅通通的一雙眼睛，小兔子似的可憐巴巴地瞧著自個兒，到底還是沒下得了手，只能把這小子給揪起來指著鼻子訓，「你這個樣子就算是掛了，老子也不會給你報烈士！」

陸臻嘰裏咕嚕翻了一下白眼。

夏明朗抬腳踹過去：「回去到醫院看看。」

「是！」陸臻機靈地跳開。

2.

陸臻雖然答應得好，可到底還是拖了下去，倒不是他這人諱疾忌醫，主要是他從小耳朵就不經事，一想到冷冰冰的醫療機械要往他耳朵眼裏戳馬上就頭皮發炸，就這樣一天拖一天地拖了下去。

夏明朗回到基地之後把自己關屋裏關了兩天，回憶思考，第一次用心急切地在寫總結報告，就連送上門來要賣身的都不要，只不過倒是扣下了沒讓走，一通的海侃，點滴回憶，細細分析。等他說爽了，陸臻掏掏如今唯一還好著的那隻耳朵，眼看著飛快的一句話就這麼過去了……

陸臻眨了眨眼睛：「啊？」

夏明朗危險地瞇起眼。

陸臻頓感危機四起，馬上陪著笑要開溜，被夏明朗一把抓了過來，壓低了嗓子貼在他耳根小聲說了一句什麼。陸臻只覺得一陣溫熱的氣息拂過，可是聲音太輕，嗡嗡的，總是隔開了一層，一點沒聽清，只能苦了臉，默聲不語。夏明朗磨了磨牙，揪著他的領子就往外拖，陸臻一路彆扭，好話說盡，到底還是被他拎到了基地醫院。

做為一個大隊級的建制，麒麟基地的人數其實偏少，滿打滿算不過一個團的人，所以基地醫院裏人員也不多，主要都集中在骨科和運動傷害上，平時再給大家看個頭疼腦熱什麼的，反正如果有大病，都得往軍區跑。

陸臻讓夏明朗按著脖子押進門診室，搜出軍官證換了個人的病歷卡，然後一路押上了耳鼻喉科。

陸臻扒著樓梯扶攔不撒手，苦苦哀求：「隊長，我自己去就行了，你都送我到這兒了，真的，我……」

夏明朗冷笑一聲，手指卡住陸臻的手腕一擰，陸臻慘叫了一聲鬆開手，無可奈何地被提走，心中叫苦連天，只盼著等會兒別太丟人。

五官科值班的是個四十多歲長相文雅的阿姨，一抬眼看到夏明朗拎貓的架式，一下就笑彎了眼睛：「你們這些當兵的啊，真是……看個病像是要你命一樣。」

夏明朗把陸臻按到椅子上，衝著美女醫師陽光一笑：「這小子耳鳴，幫忙給看看。」

陸臻連忙分辯：「不耳鳴了，就是聽不大清。」

醫生偏過頭去想看，手指剛剛碰到陸臻耳廓上，他條件反射地就想往旁邊讓，醫生愣了一下，微笑：「這位同志，你這樣我怎麼給你看病啊？」

陸臻眨巴著眼，從耳朵尖上開始飆血。

夏明朗隨手拖了張凳子坐到陸臻旁邊，雙手環抱扳著陸臻的脖子就把人鎖到了懷裏，冷哼著：「我就知道你小子不會好好瞧病，還想哄我走。」

陸臻緊張得一塌糊塗，因為脖子被鎖死了不能動，只能用餘光瞄，眼看著醫生手裏拿著小手電筒，頭上戴了反光鏡，一步步走過來，那感覺真像是上刑場似的。

夏明朗感覺到陸臻全身僵硬，索性把他眼睛一併擋住，溫聲道：「放鬆點。」

陸臻深吸了一口氣，牢牢把眼睛閉上，心裏默念：死就死吧！

醫生畢竟是專業的，發現病人的情緒有抵觸，便放棄了用手，直接拿小鑷子撥拉，鈍頭的鑷子夾著耳朵有點疼，可畢竟要比手指好忍耐多了，陸臻聽著夏明朗穩定的心跳聲，身體慢慢放鬆。

半晌，醫生檢查完神色淡定：「嗯，是耳道裏有異物，之前受過傷吧！」

陸臻聽到夏明朗在問：「沒什麼問題吧？」聲音低低地流淌在耳邊，陸臻又想起了他的那個似水流金的細質沙礫的比喻。

「沒事，拿出來就好了。」

陸臻分神感覺到有個什麼東西在靠近他，可是還沒等他反應過來，一滴冰涼粘膩的液體已經流進了他耳道裏。

陸臻「啊」的一聲叫出來，整個人都被劈開了。

冷，膩，固執的，陸臻清晰地感覺到那滴液體漫過他耳中的每一點細紋，緩慢地往深處流，好像要流到腦子裏，連汗毛彎曲的角度都清晰可感。

轟然如鑼鼓喧天的噪響瞬間侵蝕了他全部的神志，整個人像是通了電一樣，瘋狂的電流在體內亂竄直衝大腦，眼淚不可抑制地流出來，眼前模糊一片，金光亂閃，半邊身體全是麻的，從身體內部竄出來的癢，連動都動不了。等他終於聽清自己發出的是什麼聲音，馬上以一種恨不得一頭撞死的心情惡狠狠地咬住嘴唇。

夏明朗目瞪口呆地瞧著他，抬頭看看醫生，後者也是一臉尷尬想笑又不敢笑的模樣。夏明朗愣了半天，不自覺把懷裏抖得像什麼似的可憐傢伙抱緊，好讓他別滑下去，眨巴眨巴眼睛壓低了嗓音用口型問道：「怎麼會這樣？」

醫生尷尬而無奈：「有些人是比較敏感的，不過……」言下之意，這位，也著實太敏感了一些。

陸臻好不容易控制住自己不發抖，猛然用力推開夏明朗就想走人，夏明朗連忙拉住他，哄道：「沒事，沒事，醫生都說了，這是正常反應。」

陸臻怒目，紅潤潤的眼睛裏全是淚光：他媽的，正常反應你至於笑成這個樣子嗎！！！

「行行，我不笑，我沒笑啊！」夏明朗拍著臉，強裝淡定面癱，生怕他要跑，隨手攬到陸臻腰上，陸臻實在是苦於沒有半點力氣，無可奈何地看著自己滑下去，腦子裏唯一還算清醒的神志也只剩下了：天吶，祢快點把我收走吧！

自然，天是不會來收他的，所以，這個要命的病還得看下去。

可憐的醫師小聲咳了一下：「嗯，可以取異物了。」

陸臻無助地乾瞪眼，眼神悲切，夏明朗又想狂笑，又覺得不厚道，整張臉扭曲得都快變形了，只能悶頭狂笑，雙手從陸臻腋下穿過去，把他架到屋角的一台儀器旁邊。醫師拿出一根空心的長針，按下電鍵，嗡嗡的抽氣聲就傳了出來。

事到如今，陸臻沸粥似的腦子裏唯一的想法只剩下：死就死吧，死透拉倒，早死早超生！於是兩眼一閉，把頭埋到夏明朗肩膀上。

夏明朗安撫似的拍著他的背：「撐一下，撐一下，快好了。」這話說得誠懇，可惜隱藏不去聲底的笑意，一層層地發著顫。

陸臻恨得牙都癢，恨不能一口咬斷這個幸災樂禍的傢伙的脖子。

遇上這麼緊張的病人連醫生都緊張，她試探著把長針探進去，動作猶豫不決，陸臻又開始一陣一陣地發抖。夏明朗要固定他的頭，以保證這小子不會發起瘋來戳聾自己的耳朵，只能拉著陸臻的手環到自己腰上，放柔了聲音哄他：「你抱緊我。」

陸臻顫了一下，雙手摸索著扣到了一起，死死地捏住了夏明朗的衣角。

長針探到底，戳到那個凝血的結塊上，醫生拈著針尾輕輕一攪，陸臻頓時像觸電似的彈動，終於沒忍住，半記呻吟就這麼泄出來，又戛然鎖在牙間。

即使惡劣如夏明朗，如今也有點不忍心了。

「哎我說，」夏明朗盡量說得溫柔誠懇，以表明自己真的真的不是想看笑話，「你想叫就叫出來，沒事兒的，你瞧啊大家都是男人，我又不會笑話你，呃……」夏明朗一頓，轉頭去看醫生，「大夫，您不介意吧？」

醫生正一頭冷汗地專心工作，頭也不抬地回他一句：「我兒子都跟他一樣大了！」

「對吧！沒事兒的。」夏明朗低頭去看陸臻，忽然覺得自己真是個善解人意的大好人啊。

可惜被善解的人意不領情，死死地閉著眼睛，一聲不吭的把嘴唇咬到發白，可是急促的呼吸聲裏膩著一點鼻音，聽起來反而更加意味深遠。

夏明朗苦笑，別看這小子平常軟趴趴，到他倔的時候真是要人命的倔。

要是在平常時候，夏明朗自然不會去觀察別人臉上的細節，這會兒無意中看到，只覺得這小孩的睫毛還真是長，不捲不翹只是長，所以睜開眼睛時不覺得，閉上才看得出像黑森林似的，此刻沾了水光，越發顯得森黑纖長，根根分明。

這小孩長得其實也挺好看的啊！

夏明朗忽然想到。

陸臻牙咬得死，嘴唇白到極點，驟然一紅，一顆血珠就這麼蹦了出來。

夏明朗匀不出手去掐他下巴，只能嚷：「喂喂，別自虐啊。」

陸臻不理他，反而越咬越緊，一線血痕就此綿延開。

夏明朗有種悚然心驚的感覺，卻覺得奇怪，平常時候也沒少見他們流血流汗的，怎麼這時候就特別的受不了，心裏被叮了一口，刺刺的痛，好像全是自己把他逼成這樣似的，莫名其妙的內疚。

好在，不等他腦子裏越攪越亂，大夫就如釋重負地鬆了口氣：「好了。」

到這當口，別說陸臻要虛脫，連夏明朗都覺得自己像剛剛打過一架。

醫生直起腰伸手指向病床：「你扶他過去躺一下吧，我看他一時半會也沒法走。」

夏明朗心想有理，他見陸臻沒反應過來，隨手就把他給扛了起來，對於夏隊長來說，百十來斤的人還是不像小貓似的一拎就起，醫生是基地的老人，見怪不驚，連表情都沒多送夏明朗一個，自顧自坐回桌邊去休息。

大概是輪番的打擊抽空了神志，陸臻只是睜大眼睛一動不動地躺著，眼淚從眼角滑下去，一顆一顆連綿不絕。這是一個純粹生理的反應，就像此刻他身上各種生理反應一樣，讓人尷尬而無奈何又無法控制的生理反應的某一種，甚至，這還不是最讓他難堪的那種。

我沒有哭，不過是在流淚；就像，我對他其實沒有感覺，不過是有反應。

陸臻心想。

夏明朗討了藥棉過來幫他止血，指尖碰到嘴唇上，陸臻躲了一下，想把頭偏過去，被夏明朗捏住了下巴。

「我怎麼以前沒覺得你有這麼倔呢？」夏明朗翻看陸臻嘴唇上的破口，尖牙把細嫩的皮肉切開，留下深刻的印跡。

陸臻睜大眼睛看他，眼眶裏含了淚，像湖水一樣起著波光，夏明朗覺得疑惑，這湖光波動中讓他有種心如潮汐的起伏，手指不自覺貼到他眼角，一滴眼淚就這麼滑上去，溫度驚人。

陸臻轉過臉，面向牆的那一邊蜷起。

「哎，怎麼了？多大的事兒呢？沒什麼好難過的。」夏明朗無奈地坐到床邊，隨手順著陸臻的頭髮，「這麼大小夥子了，這算什麼，對吧！都這麼折騰了，你要還沒點反應，我還得當你有問題呢，對吧！這有什麼。」

你不懂。

陸臻咬住自己的手指，你不會懂，你不會明白這對我來說有多重要，也不會懂得這於我來講有多丟人，你永遠不會懂。你不會明白，我寧願死在你面前，也不想讓你看到我這個樣子，發出那種聲音，在你懷中發抖，好似求歡，而你毫無知覺。

夏明朗聽到細微的聲響，潮濕的，含著水氣似的，他壓低了聲音問道：「想哭啊？」

陸臻胡亂地點頭，是的，所以，別管我了。

「那你也不能在這兒哭啊。」夏明朗犯愁。

陸臻翻身下去，跌跌撞撞地往外走，夏明朗連忙跟上去扶住他，臨到門口的時候被大夫叫住，塞了一盒子藥給他，說是外用，夏明朗看也沒看就一把塞到口袋裏。

陸臻一直低著頭走，眼前是飛速往後倒過的地磚拼縫，視線一時模糊一時清晰，他是真的想哭，前所未有的慾望衝動，想把所有的委屈、隱忍、不安、焦躁，一切被他壓抑調整化解掉的負面情緒全都傾泄出來。

夏明朗拉著他繞到樓後的花壇裏，隨便找了個沒人的地方，安撫似的揉一揉陸臻的頭髮：「行了，哭吧。」

「隊長，我……」陸臻抬頭看他，淚眼模糊。

「行了，別解釋，想哭還用什麼理由呢？想哭就哭吧！」夏明朗草草把他臉上的眼淚擦乾淨，拉著他靠到自己肩膀上。陸臻初時還有猶豫，到後來情緒洶湧最終不可抑制，貼牆根坐到草地上，雙手抱著膝，埋頭，縮到自己的世界裏盡情地流眼淚。

陪哭是一個技術活，不需要說太多，也不應該做太多，卻要讓他知道還有人在，還有人陪，還有人關心。

夏明朗嘆了口氣坐到他身邊，手指溫柔地穿行在陸臻的髮間，沙沙地劃過。

這是秋色最深的時節，眼前擋著一株紅楓，在陽光下凝成紅豔豔的半透明似的血潤色彩。

夏明朗轉過頭去看陸臻，陽光漏下幾點到他身上，今天沒有訓練，作訓服乾乾淨淨的，在午後純淨的光線裏微揚著飛塵，乾燥而柔軟。剛剛飽受蹂躪的那隻耳朵還充著血，紅豔豔的半透明似的血潤色澤，是比紅葉更鮮潤的那種紅，富有生機的，柔軟的，透著光，幾乎能看到細幼的血管。夏明朗完全沒有意識到自己在看什麼，只是手指不自覺地纏上去，從耳廓上劃過。

陸臻疑惑地抬頭看他。

「哭完了？」夏明朗問道，聲音很低，磁得不可救藥。

陸臻一愣，搖搖頭。

「那繼續哭，」夏明朗微笑，手臂攬過陸臻的肩膀，「我陪你。」

陸臻猶豫地，把頭埋進自己手臂裏，秋天的空氣很平靜，沒有太多的風，於是呼吸要很久才能傳到，氣味也是，帶著菸味的，微苦的清爽的氣息。陸臻被夏明朗的味道所包圍，在自己的黑暗中流淚痛哭，眼前滑過無數畫面，從最初時艱難的選訓到第一次殺人時蜿蜒的血痕，從所有求而不得的苦，到一切生活給他的歡樂。

人們在傷心時流淚，歡樂亦是，痛痛快快哭一場，其實也不是壞事。

像是高峽的平湖猛然泄了水，陸臻在傾泄完全身多餘的水分後也驀然有了一種如釋重負的感覺，夏明朗聽到他終於安靜下來，抬手拍拍他的腦袋：「哭完了？」

陸臻不好意思抬頭，只是小聲地嗯了一下。

「沒事兒了？」夏明朗聲音裏壓著笑。

陸臻特別不好意思地把臉抬起來，眼眶裏還泛著一層鮮紅的底色，抽了抽鼻子，點頭。

夏明朗只覺得太好玩了，怎麼會有這麼可愛的人，說哭就狂哭，哭完就沒事了，哭成這樣，連眼睛都沒腫，真是奇才。陸臻看著夏明朗的嘴角一點點彎起來。夏明朗注意到他的視線終點，馬上把自己的臉僵住，拍拍屁股嚴肅地走在前面：「嗯，沒事兒就回去吧！」

回去給我個地方讓我笑！！哈哈哈！

陸臻悶聲跟在夏明朗背後，走了幾步發現前面那個人連肩膀都在抖，於是悶聲悶氣地說道：「隊長，你似乎很想笑。」

「哈？！沒有，我保證，我保證我一點兒也不想笑。」

「想笑，就笑吧，其實，也沒什麼……」陸臻低著頭。

夏明朗停住愣了一下，退回去攬住陸臻的肩膀：「其實我是蠻想笑的，不過要聲明啊，我真不是在笑話你，我就是覺得你怎麼……唉。」

陸臻哼了一聲，委屈地抽了抽鼻子。

「哎！你別激動，我真不是要笑話你，我其實覺得你這個性蠻好的……哈哈哈……」夏明朗攬著陸臻的肩膀大步走，笑聲明朗。

陸臻隨著他走，過了一會兒，忽然道：「謝謝。」

「謝什麼，謝謝我陪你哭啊？」夏明朗笑道。

陸臻臉上一紅。

「嗯，別白謝謝啊？」夏明朗乘勝追擊。

果然，陸臻失笑：「那麼，要以身相許嗎？」

夏明朗笑眯眯地轉頭去看他，吹氣似的壓低了聲音：「就這麼想嫁給我啊？」

陸臻怒目，飛起一腳踹過去。

夏明朗按住他肩膀翻身跳過，笑道：「以身相許就算了，以身相代行不行？偵察營的老周請我吃飯，我怎麼想那小子都不會放過我，我那酒量……你小子千杯不醉啊……哎，意思一下可以了啊？你這都踢第幾下了？喂？？你再這麼著我還手了啊？算了，讓你踢一下吧……」

就這樣吧，陸臻眯起眼睛想，陽光下塵土飛揚，光線明亮。

即使是愛人，真正的愛人，又有多少能像現在這樣，不問原因地陪你哭，哭過之後隨你笑？

3.

臨到週末，夏明朗開車出去赴周源的飯局，當然，押著陸臻作陪。

菜是好菜，酒也是好酒。

周源是板上釘釘的一斤量，到後來灌下去一斤半，高了，聲吼得震天，包廂外面的服務員小姐隔上十分鐘就進來一次，生怕這幾個當兵的拆了房子。而更有看頭的是夏明朗和陸臻。

一個臉越喝越紅，一個臉越喝越白。

夏明朗酒量差，但酒品不差，酒到杯乾，三兩白酒轉眼就下去，然後整個人就掛了，趴著，一向精明得嚇人的眼睛迷瞪起來，水光閃閃的，倒也讓人不忍心再折騰他。陸臻是個書生，但李白鬥酒詩百篇啊，所以永遠不要對一個書生掉以輕心。夏明朗的實力基本可以忽略不計，陸臻與周源正面對攻，硬碰硬憑真功夫把周源加肖立文一併放倒。

陸臻喝酒不上臉，但自己知道已經喝高了，於是放過肖立文讓他去尋退路，小肖只交出一支手機就溜下了桌子，陸臻挑出號碼拔過去，半晌，飛車趕到一輛陸虎。陸臻沉著冷靜地指揮著那幫弟兄們搬運自家老大，順便讓他們把夏明朗扛軍區招待所去，開玩笑，裝著兩斤高粱在身，總不能這樣開回基地去吧？

臨別時揮手，電子營的夥計們看著月光下一張慘白的臉，清瘦銳利，激靈靈從心底裏打出個寒顫。要以酒品而論，夏明朗的酒品算得是上佳，喝時爽快，醉時清靜，不像周源醉話吼得隔一堵牆都能聽見，陸臻萬幸那炸彈現在已經被娘家人領去，不勞他費心。

陸臻看夏明朗在床上趴得挺乖也沒什麼好照料的，便自己先鑽浴室裏去洗澡。這軍用招待所雖然裝修不佳，但東西都很實在，連沐浴露什麼的用的都是名牌產品的小包裝，陸臻冷熱水交替著沖過，索性把頭也洗了。

他今天雖然沒過量，但畢竟也喝了不少，眼下熱氣一蒸，腦子裏就有點暈乎乎的，一個失手把迷彩T恤給打濕了，陸臻挺無奈地看著自己濕淋淋的衣服，只能光著膀子出來找了個衣架先給晾著。

夏明朗還是那樣趴著，倒像是真睡著了，這房裏沒開燈，窗外的月亮明晃晃的，把他整張臉都照得分明。沉睡中的夏明朗有種十分安寧的氣息，醒時強大的侵略感都散去了，這才看到他真實的面孔，並不算太出眾的五官，甚至是有些平淡的。

眼睛，陸臻心想，這人有雙妖孽的眼睛，只要他一睜開眼，一切都不一樣。

在陸臻身上一直有種很罕見的平和心態，他不驕傲也不謙虛，不偏執也不盲從，不畏權威，敢於懷疑，好的，壞的，對的，錯的，他都一視同仁，給出恰如其分的判斷，這就是他一直以來所追求的。對於人生世情，他有一種科學家的眼光，公平、公正、客觀，這是他一向追求的境界。

他一直都試圖以一種公正平和的心態看人，除了夏明朗！

在這個人身上似乎有著太強大的引力，任何的空間都會為他扭曲，他的存在感，讓陸臻的視線轉移。

陸臻在他床邊站了會，見夏明朗睡得安然，倒也不忍心弄醒他，索性就想把毯子從他身底下拖出來蓋上，就這麼讓他睡下去算了。可是當他的手一觸到夏明朗的身體，啪的一下，手腕就被扣住了。

受過長期訓練的人，身體總會有點自然反應，這種反應常常要比大腦更快半拍，而武俠小說裏常常說到脈門，脈門的，雖然有一定的誇張成分，但是手腕倒也真是個很重要關節。所以陸臻的手腕上一緊，右手馬上順勢一扭，而左手也切向了夏明朗的手肘處，只是這動作做到一半，他精密的CPU又運轉起來了，馬上意識到夏明朗還在睡覺，切下去的手掌就慢了一拍。

其實使用這樣子半成品的動作對付一般人是沒有問題的，但是他不該用在夏明朗身上，無論是睡著的，還是醒著的夏明朗，都不行。陸臻只甩開一半，夏明朗的手臂已經像毒蛇一樣地纏了上來，牢牢地扣住了陸臻的脈門，用力一擰一帶，陸臻一個站立不穩，人就被他拉了下去悶頭撞在了床上。右手被擰到了背後，腰和腿都被人固定住，夏明朗的左臂則壓在他頸椎上。

真是大意失荊州！陸臻懊惱不已，掙扎著叫嚷：「哎……隊長，我好心給你蓋被子，你這樣對我？」

陸臻這聲嚷得不算輕，可是等了一陣，卻沒聽到背後有動靜。

不會吧？

陸臻小心地轉過臉去看，夏明朗枕在陸臻肩上，雙目微閉，呼吸均勻而綿長。

不會吧？

真的假的？小陸少校在瞬間瞪大了眼睛。

不！不可能！這絕對不可能，這混蛋一定又是在耍我。

陸臻在心底狂叫一百遍，把視線凝聚出探照燈的強度，一層一層掃描下去，捕捉任何一點可疑的跡象。

但是，沒有。

種種跡象表明，夏明朗他現在睡得很沉。

不可能！

陸臻還是不死心，輕輕湊過去，對著夏明朗的眼睛小心吹氣，夏明朗的睫毛顫了顫，有些不舒服似的把頭移開了一個角度，睡得依舊深沉。

這……這……怎麼可能？

陸臻絕望了，完全不敢相信自己居然被一個醉鬼在夢遊的時候給制住了，丟人也不是這麼丟的，面子裏子全沒了不說，這要是讓方進知道了，小侯爺能生吃了他。到這份上陸臻又不敢太過掙扎了，萬一要是把這傢伙驚醒了，那真是用腳趾頭都可以想像他會露出怎樣一副可惡的嘴臉。

陸臻的全身上下都被鉗制得非常好，標準的技術動作，一動不能動，陸臻試著轉了一下手腕，想不到那妖物就算是在夢裏手勁也大得離譜，略一動就捏得更緊，他不敢硬來，只能悲鳴著放棄了。陸臻本想先等等，可是一旦放棄掙扎，倦意卻一層層席捲而來。夏明朗平靜的呼吸帶著淡淡的酒氣拂過，陸臻的臉上便有些火辣辣的發燙，他本來就喝了不少，再被這酒氣一薰，越發的上頭上臉，腦子裏漸漸睏成了一鍋粥，竟也迷迷糊糊地睡過去了。

在半夢半醒之間，他還想到了一件事。

他早年的人生願望之一：將夏明朗這廝食肉寢皮！

如今肉雖然沒吃著，但好歹嚐過了，皮雖沒躺過，也好歹蓋著了。

這麼一想，陸臻又覺得自己很幸福了，他甚至在夢中幸福的蹭蹭蹭，微涼的鼻尖劃過夏明朗厚實火熱的唇，這種時候還不吃點豆腐……真是連神都不會原諒他！

陸臻心安理得的睡熟了！

長夜如水，四下裏只有低低的呼吸聲，而夏明朗的眼睛在這一片寂靜之中豁然開啟。

極黑極深的眼眸，似月下靜湖，寂靜而幽深。

那雙眼睛定定凝眸片刻，竟又緩緩閉攏，只一眨那一瞬間，夏明朗猛地睜開眼，翻身坐起，動作輕盈而流暢，似夜風般無痕，陸臻完全沒有被驚動到，依舊沉睡未醒。

夏明朗安靜地坐在床邊，看著月光下陸臻裸露的脊背泛出的微光，忽然覺得不知所措。

他設了一個局，一個跟平常沒什麼分別的惡劣遊戲，源於他骨子一貫的惡質基因，可是卻弄出了個他收不了場的局面。夏明朗的酒量不高，於是就更懂得如何保護自己不醉，其實當陸臻站在他床邊的時候他就已經醒了。後來便感覺到陸臻來拉毯子，只不過是一瞬間的衝動，他反手一扣，一個乾淨俐落的擒拿就把人制服，然後馬上閉了眼睛裝睡。這是個非常符合夏明朗精神的惡作劇，他幾乎可以想像，待會等陸臻真的相信自己已經睡著了，在小心翼翼的掙扎中看到自己醒過來，一臉驚訝地衝他道歉說：對不起，對不起，我忘記告訴你我睡覺的時候不能碰！那時，那小子的臉色應該有多麼的精彩。

可是，夏明朗算錯了兩件事，第一，他沒料到陸臻沒穿上衣；第二，他沒料到陸臻會用那種方式來試探自己有沒有睡著。

閉上眼睛，在目不能視的情況下，其他感官都變得異常靈敏。

臉頰貼到光裸皮膚上的感覺很陌生，剛剛洗過澡的皮膚有一股清新的味道，年輕的健康的充滿了活力的味道，混合了沐浴露與洗髮水的清香，屬於陸臻的味道。

這並不是夏明朗第一次與陸臻做這樣近距離的接觸，但是之前的接觸大都在訓練場上，那時的陸臻，滿身都是汗味，帶著塵土與草屑的腥氣，那種味道沒有任何的特別，一如所有正在訓練中的人，與現在縈繞在夏明朗鼻端的氣味完全不同。這是獨一無二的味道，像晨曦中一支初生之竹，清冽而明朗。

夏明朗閉著眼睛，卻好像是能清晰的看到陸臻那淡定的笑容：我明白，我瞭解，但是，那又如何？

喝過酒的人體溫都會偏高，陸臻的背上出了一層細汗，將彼此貼合的皮膚融到了一起，夏明朗莫名生出一種錯覺，他有些分不清楚自己的邊際在哪裏了，那種細膩融合的感覺，令他覺得迷茫。這是從未有過的錯覺！

夏明朗是那種隨身帶正壓的人，他的氣勢向外，充滿侵略感，會犀利地突破別人的保護圈，卻從沒有人可以侵染進他的私人領域。可是這一刻，他覺得自己被陸臻的味道給淹沒了，全身上下每一個毛孔裏都浸透了不屬於自己的氣味，他甚至沒有辦法去分辨去驅逐這些侵略者。就在這滅頂似的沉溺中，一股溫熱的氣息撲面而來，帶著清淡的酒氣，還有清爽的薄荷味道。在這樣的壓力之下，夏明朗沒有辦法睜開眼，只能安靜地呼吸……

吸入。

當你吸入一口煙霧，菸焦油會留在你的肺泡裏。

那麼，當你吸入一個人的味道，會留下什麼？

夏明朗給自己點了一支菸，煙霧騰上來，卻沒能驅散那些糾纏在指間和髮際的氣味，反而將這些味道給渲染了，令它們變得越發柔和，越發的熟悉，越發令他不自覺地接受。

這是一種混雜的滿足，菸，以及，陸臻。

直到很久之後，夏明朗都會回想起那個夜晚，在陸臻身邊燃盡的那支菸，每一口煙霧都在肺裏反覆來去，在胸口留下永久的痕跡。也是自那之後，夏明朗的菸癮忽然淡了許多，據說吸過毒的人就不抽菸，因為滋味不夠。

夏明朗想，這實在是不好，他閉上眼睛，忽然想起陸臻驚顫的睫毛，那振翅欲飛的蝶，翩然離枝，在他心頭撲動。

陸臻是被菸味嗆醒的，做為一個品學兼優的好孩子，在從小到大他所接受到的訊息裏，抽菸這種行為是與混混和大叔這類與他八杆子打不著的形象緊密聯繫的。甚至於後來進了軍營，看到幾乎身邊所有的人都抽菸，他還是不抽，他有一種剛烈的韌性，錯的就是錯的，不會因為做的人多了就變成了正確。抽菸有害健康，他珍愛生命相信科學，他是陸臻，在骨子裏，他有讓人不可想像的固執。

陸臻翻身活動了一下手腕，把咫尺間的煙霧撥散，皺了眉：「小生與你近日無怨往日無仇，為何公子今日行兇不成，又想下毒害我？」

「沒傷著你吧，我做夢的時候出手都比較重。」夏明朗的臉朝著窗外，籠在一團煙霧中。

陸臻肚子裏咬牙切齒一番，礙於面子，把這口悶氣吞下。

「別抽了，又酒又菸的，金華火腿都可以薰得出廠了。」陸臻仍然犯著睏，睡眼朦朧，口齒含糊。

夏明朗啞然失笑，抽盡了最後一口，把菸頭按滅。

陸臻見污染源被消滅，便順手把毯子拉了個角蓋著，又翻身沉沉睡去。

一開始夏明朗非常詫異陸臻為什麼沒有換個床頭，而是在自己床上就這麼睡著了，可是當他發現自己在幻想些什麼的時候，臉色變得難看起來。過了一會，浴室裏傳來水聲，陸臻在迷糊中略有清醒，心想，這妖人終於可以安生去睡覺了，於是憤憤然捲了捲毯子，準備在夢裏把本撈回來。

第二天清晨，陸臻從夢中朦朧醒來，卻目瞪口呆地發現夏明朗居然坐在窗邊睡著了，窗子半開著，一地的菸頭。

這……陸臻忽然決定回去要查一下，香菸裏到底有何種成分，居然能讓夏明朗如此癡迷，寧願有床不睡，吹著小風也要抽，抽到睡著了，手裏還握著打火機，查到了不如給自己全身塗一遍，看他能不能從此對他也上癮。

秋深空淨，清晨的光線很好，夏明朗垂著頭靠在窗臺上，沉睡中的夏明朗是一個相對比較安全的存在，陸臻趴在枕頭上，看得很是放心。怎麼看都是個老實人啊，陸臻暗嘆，只要他別把眼睛睜開，但是夏明朗的眉頭皺了皺，緩緩地，睜開了眼。

夏明朗的動作很慢，有些迷濛的，陸臻便有點反應不及，眼睜睜看著他那雙深邃的眼睛裏像蒙了層霧，正面向自己罩過來，只能尷尬地笑道：「隊長早上好。」

「早上好。」夏明朗揉了揉眉心。

「隊長看起來似乎精神不佳啊。」陸臻難得逮到虛弱的夏明朗，實在忍不住要調戲一下。

「你還好意思說，佔了我的床，害得我沒地方睡。」夏明朗眼睛都不帶眨一下地控訴。

「……」陸臻語塞，「那麼大一張床在旁邊，隊長您沒看到嗎？」

「我喜歡靠窗的，裏面我睡不著。」夏明朗頂著兩個明顯缺乏睡眠的黑眼圈，說得困頓又無奈。

陸臻錯愕，心道：兄弟，你也太能扯了吧！！

把酒當歌，浮生一白，不過歡樂過後，陸臻又迅速地忙碌起來。由他領銜編的那個多戰鬥單元體系下的戰術指揮軟體，在演習後的詳細資料對比中發現對於預測敵友戰鬥單元的動向、組織多戰鬥單元共同戰鬥等方面有比較明顯的優勢。嚴隊心頭大喜，馬上把軟體上報了總裝備部，總裝那邊也是讚賞有佳，整了一個工作組出來給這個軟體做後期的完善和修正，陸臻做為原始創意人，當然義不容辭地要幫忙。

同時小陸少校的光杆行動通信支隊也終於開始了第一場盛事，嚴頭打算請幾個專業人士來給麒麟一隊二隊原本的通訊兵們做培訓。嚴頭兒是什麼人，那是鐵公雞身上也能拔毛的主，陸臻那導師是業界大牛，嚴頭怎麼可能放過，當下意味深長地一笑，陸臻心領神會地回去抱住自家老導師的大腿撒嬌，導師發話，自有重量級的師兄乖乖趕到。

於是陸臻的工作又多了不少，好在適應了近一年，基礎已經打好，訓練強度已經漸漸跟上大眾，不再需要像以前那樣花出大量時間補差距。

不過，陸臻總懷疑自己是不是太敏感，雖然他和夏明朗兩個在工作上越發地合作無間，可平時日常的交流卻變少了，因為最近夏明朗似乎已經不去接他的話茬子了。陸臻雖有鋼牙但擋不住人的臉皮厚，常常是一口一口的悶氣悶在肚子裏，悶到後來，簡直一肚子的莫名其妙，鬱悶非常，只想拍桌子大吼，原來那個招貓逗狗，一天調戲他三百遍的夏明朗到哪裏去了？

真是他媽的，想他陸臻少校年方二十四，青春年少風華正茂，道德高尚思想端正，吃苦耐勞軍事過硬，不過就是私底下暗戀個隊長，那又怎麼了？

為什麼就連他吃吃豆腐，看看真人秀，沒事打打架，咬咬人，這樣的快樂人生，都要剝奪呢？

於是，在這樣忙碌的初冬時節，少校很失落，中校很憂慮。

4.

夏明朗最近一直加班，在辦公室裏待的時間比平常多，活幹完了無聊的時候甚至會去嚴頭那裏蹭書看，以至於嚴頭偶爾都會用看破軍時的溫柔欣慰的眼神來看他，言下之意，小子哎，你總算知道上進了。

當然這個想法有點兒囧，想他夏明朗隊長，二十八歲的時候授中校銜，十一年從列兵到中校每一個銜都佔滿，這資歷擱哪兒都是一個傳奇，可是那什麼，小孩長再大在爹媽眼裏也還是個小孩，於是在嚴頭那概念中，夏明朗也就永遠都是那個不知疲倦，不懂停留，絕不示弱，奪路狂奔的刀鋒少年模樣，嗯，陸臻好歹打照面就是個青年，夏隊長大概就得是永恆的少年了。

話說，第一印象這東西真是害死人啊。

好吧，言歸正傳，嚴頭的感慨權且讓他感慨去，最近這段時間一中隊的重點是隊長的鬱悶。那種說不清道不明似有若無的比平常略低半度的低氣壓，讓大家都有點鬧心，彼此都在私底下詢問最近又是誰惹上隊長了，自己招認自己去領罪，可別連累兄弟啊！查出來一定綁往隊長辦公室！

不過，當然的，沒有人，夏明朗他就是在和自己較勁兒，針對他莫名而生的古怪渴望。他在夜靜更深之時深入地剖析自己，卻總是想不通他為什麼會對陸臻起心思，可想不通歸想不通，他想了一遍又一遍，連帶著也就是把陸臻在他腦子裏放映了一遍又一遍。

從最開始自信明亮的海軍少校，到選訓時永不低頭的普通一兵；從冰冷挑視他的不屑，到熱切望向他的真誠；從牙尖嘴利的辯論，到不計日夜的辛勞苦幹；從髒兮兮沾著油彩的花貓，到臉色飆紅，顫抖著在他懷中甜膩呻吟的……

停，打住！

夏明朗頭疼地按著腦袋，事實證明思考並不會讓他想通為什麼，倒是常常將他引入歧途，讓他想要做什麼，而他想做的事，非常非常的可怕。

夏明朗無語問蒼天，明明都十年了，這樣的日子，忙碌而充實的日子，從來沒讓他覺得憋得慌，為什麼現在忽然變成這樣？他媽的難道真的是和尚堆裏待了太久，以至於現在看到個平頭整臉的男人也能有想法了？

那他也得去找徐知著啊！那個是真漂亮，這個……當然這個也挺好看的……

操，這不是重點啊！沒天理了！

不過，話說回來，其實就算是想當年，還交著女朋友談著那些遠距離戀愛的時候，依稀記得也沒有這麼浮想聯翩過吧！當然，陸臻與她們是不一樣的，陸臻他天天都能看見，可是，這是理由嗎？

夏明朗支著腦袋想，越想頭越痛。於是發現諸事不順，菸抽完，書看完，茶喝完，沒完沒了……

夏明朗拍了拍桌子，心裏靠完老天爺，心想，算了，老子回去睡覺吧！

回去的時候夏明朗習慣性地路過陸臻的寢室，門開著，於是習慣性地往裏看，人聲鼎沸！徐槍王人長得漂亮嘴巴甜會說話，陸少校帥哥一名性格溫文隨和，一中隊一花一草，有名的明星寢室，無論是打牌還是嘮嗑大家都喜歡往這裏紮堆。

這當口正趕上小陸少校剛贏了一局，春風得意笑得滿面桃花朵朵開，夏明朗看得一愣，不自覺停下了腳步。

陸臻在興頭上，抬頭看到夏明朗站在門口，順勢招手：「打牌麼？」話一出口，大家都回過頭，夏明朗看這架勢，不下場豈不是顯得他很不合群？

於是，袖子一捲，打！

這麼一來，人就多了一個，陸臻眼珠子一轉，便提議大家不如回歸原始，打最樸素的牌種：爭上游。

好久沒玩的遊戲了，大家都覺得新鮮，全無異議。只是爭上游如果不賭點彩頭，那爭起來就實在沒有意思，於是陸臻又提議，最贏的那個可以向最輸的那個提點小要求，當然別過分，自己有度。在這個屋子裏混的，說到底，都不是什麼好東西，眾人哄然詭笑。

如是，開打。

無論是棋、牌、遊戲，但凡這種動腦子的玩意兒，就沒有陸臻不精通的，所以他雖然不是回回能贏，可是墊底的一次沒做過。當然，夏明朗也是人精一名，基本都能至少保證個倒數第二。於是這兩個人就像看戲似的看著另外幾個掐來掐去，折騰與反折騰地狂折騰。

打牌嘛，就是圖個樂子，現在大家都很樂和，陸臻覺得很滿意，唯一讓他不滿意的只有夏明朗，明明就坐在自己身邊，可是他跟別人已經鬧得翻天了，卻連餘光都沒給自己一下，他媽的活生生就拿他當透明啊。

這年頭，是人都希望能有張VIP，以表明我在你心中地位不凡與眾不同。

好吧，現在陸臻對VIP是不指望了，可是好歹得夠格坐個經濟艙吧，怎麼現在搞成這樣，他辛辛苦苦三十年，一覺回到解放前。空中小姐用甜美的嗓音告訴他：親愛的旅客，請您下飛機步行前往目的地。

陸臻很鬱悶，他鬱悶地發現他不光不大眾，他根本就是一路人。人在鬱悶的時候都會爆發，正所謂情場失意，賭場就得得意，陸臻開始不計後果地截殺夏明朗。事實再一次雄辯地證明了夏隊長在自個隊裏的人望之差，當大家發現陸臻開始截殺夏明朗之後，群眾紛紛對少校給予了實質上的支持。夏明朗逃過了第一刀，躲過了第二刀，終於，事不過三，血淋淋地倒在了第三輪攻勢之下。

陸臻少校笑眯眯地把牌放下。

夏明朗覺得後背有點冷，摸摸鼻子：「嗯，你想怎麼樣？」

陸臻繼續笑，笑得春風得意，人面桃花相映紅，夏明朗往後退了退，後背貼上椅背再無空間，他眨巴了一下眼睛，盡可能地傳遞出「我很可憐，我很弱小，請不要欺負我！」諸如此類單純而美好的訊息。

陸臻手指挑起夏明朗的下巴，邪魅一笑：「小妞，給大爺我笑一個！」

噗的一聲，已經有人笑噴。

夏明朗僵著臉，眨眨眼，繼續眨眨眼。

陸臻已經打算好，數到三你再沒什麼動作，就讓大爺我給你笑一個吧！

可這時候夏明朗的臉上已經起了變化，慢慢融化的笑容，目光幽遠而明亮，好像月下的湖面，波紋輕揚，細碎閃爍。

「陸臻……」刻意壓低的嗓音裏帶著微沙的質感，緩緩流淌。

陸臻舔了舔嘴唇，心神被懾走，摒息看他靠近。

夏明朗嘴角揚起妖孽得不可思議的笑容，貼到陸臻耳邊輕輕吹氣：「大爺覺得還滿意嗎？」

電光石火之際，陸臻恍然間覺得應該是碰到了，他的唇角與自己的耳垂，頓時就像是被刀劈中似的彈出去一米遠，臉上漲紅，目光閃爍不定。

夏明朗哈哈大笑，笑意從眼底閃爍出來，明明白白地寫著：小子，這才叫調戲，你還差得遠。

陸臻揉揉耳朵，袖子捲起，殺氣騰騰地坐了回去。

截殺，死也要截殺你！！陸臻戰火正濃，基於大眾的同情心理，更基於人見人愛花見花開的小陸少校與永遠的混蛋夏隊長之間的人氣比拼，在大家的聯手截殺之下，夏明朗毫無懸念地連敗，可憐巴巴地握了一手的牌：「哎，你們，至於嗎？」

他拿起常濱的杯子喝了一口水，轉頭哀怨地看著陸臻，一臉人為刀俎、我為魚肉的小模樣。

陸臻這回倒是不笑了，他雙手扶在夏明朗肩膀上，大家一齊摒住氣，看兩大高手的巔峰對決。

夏明朗很警惕，而正因為警惕，他看陸臻看得很專心，可是陸臻的表情更加專注，專注得幾乎，有那麼一點點，好像可以形容為深情的影子。

夏明朗正胡思亂想，忽然聽到陸臻叫了他一聲：「隊長。」

萬般深情的叫法，柔軟的，潮濕的，飽含著新鮮的慾望與躍動的激情。

嗯？？！！

夏明朗瞪大眼睛，全身的汗毛都豎了起來。

他僵硬地看著陸臻，眼睜睜看著那漂亮的柔軟的嘴唇微微張合，一字一字地吐出：「我愛你！！」

溫柔而綿長。

陸臻的表情長久地停留在一個安靜平和的笑容上面，眼睛很亮，黑白分明，而嘴角微微翹起，是那個看習慣了的、自信而乾淨的笑容，可是眼底卻凝了深黑的底色，明潤哀傷。

寒風過境，夏明朗只覺得心口一層層地涼下去，心臟凍結，呼吸停止。

萬籟俱寂中什麼聲音都沒有了，連心跳聲都聽不到，一瞬間的錯覺，好像心頭裂了一道縫，碎了，散了，化灰而去。

那樣的目光。

他長久地看著陸臻的眼睛，如此專注而熱情，卻總是一閃而逝得讓人捉不到痕跡的目光，如今直白坦露地投向他，太多，太濃烈，幾乎不可承受的壓力。

陸臻忽然輕鬆地笑起來，豎起兩根手指：「我贏了！隊長！」

肖准在拍桌子，常濱連口哨都吹了起來：牛，太牛了！小臻子是影帝的級別啊！只有徐知著微微皺起眉頭，笑得有些言不由衷。

夏明朗開口想說話，忽然嗆到，趴下狂咳不止。他本來含了一口水在嘴裏，打算著無論陸臻要對他說什麼，他都要笑噴濺他滿臉的水，可是現在陸臻一句話將他轟至成渣，夏明朗根本忘了自己的小計謀，嗆得昏天黑地。

「隊長，你不至於吧！」陸臻笑得仰倒，一手拍著夏明朗的背給他順氣。

夏明朗氣息不穩地指著他：「此妖，修行果然不凡，貧道修為不夠，先遁了……」

陸臻看著夏明朗的背影逃也似的消失在門口，張了張嘴：「隊長，他不會是生氣了吧？」

肖准了然一笑：「那是隊長覺得丟人丟大了，他才不待這兒了，哈哈！」

陸臻眼珠子一轉，又得意起來，吹了吹額髮。

只不過經此一勝，陸臻的賭運耗盡，頻頻墊底，徐知著眼看著他輸得家都找不著了，當機立斷地一推牌，不早了，睡覺去。

這軍旅的夜啊，靜悄悄，夜風它輕輕地吹，夜……總之是靜靜地搖，連同某人的床。

夏明朗摸出手錶來看時間，平均半小時一次，他瞪大眼睛看窗外，心想他媽的鬼天，你為什麼還不亮？可惜一閉上眼，腦子裏就自動重播，全是陸臻凝眉定目地看著他的臉。

我愛你……

我愛你……

……

一千一萬遍的「我愛你」，哀傷而絕望，絕望卻深情。

夏明朗好不容易強定心神睡著，夢裏還把命來催。明明是朗月晴空，陸臻笑眯眯地在他跟前轉過頭，一樣的笑容一樣的眼，一樣的安靜平和，一樣的明潤憂傷。

他慢慢開口，緩緩出聲，說：我……

口型停留在第二個字，一團血在他胸口爆開。

夏明朗嚇得魂飛魄散，直接從床上跳起來，還好基地的層高夠，否則真的一頭撞上天花板。他氣喘吁吁地坐回床頭，開了燈，給自己點上一支菸，他媽的，大不了老子不睡了，誰怕誰啊！

他睜大眼睛想著，時間一分一秒地流過，那個笑眯眯乾脆明亮的待在他身邊的少年，搖搖晃晃地從黑暗中走出來，溫柔的，柔軟的，多情而，濃烈……

夏明朗按住頭，為自己這些詭異而不著邊的幻想犯愁，那麼多表情，那麼多面目，那些他根本沒看到過的陸臻他怎麼就能想像得出來？唉，人的想像力畢竟是驚人的。黑暗中的少年纏到他身上，輕聲說話，吐出來的，還是那三個字。

一千一萬遍的「我愛你」！

夏明朗心慌氣短，夏明朗心浮氣躁，夏明朗驚慌失措，他幾乎想跳起來：媽的，你真的愛我嗎？你真愛我的話，我就……

卡！打住！

像一個漲到最頂點的氣球一下子被戳爆了氣，啪的一聲，夏明朗又跌回去，所有的心慌神動、心馳神搖都歸入了靜水深流中。

你如果真的愛我，我就怎麼樣呢？

讓你愛嗎？

也愛你嗎？

夏明朗仰天長嘆，他在渴望些什麼？

視線斜移，落到床上放著的一瓶藥劑上面，是陸臻的，據說是消炎用的，當時醫生給了他，他隨手一放也就丟在了腦後，後來洗衣服的時候摸了出來，卻已經有點不大好意思單獨去找他了，於是就這麼拖了下來。夏明朗把藥瓶握在手裏，長久地沉默，終於做出了一個決定。

第二天中午，陸臻剛剛下了訓練就被夏明朗從食堂拎走，陸臻心中一路忐忑，不會吧，這麼小氣，昨天就這麼玩一下，記上仇了？夏明朗開了門放他進去，隨手拿起桌子上的藥瓶，笑容溫和又厚道：「剛剛收拾東西收出來的，居然都忘記了。」

陸臻接過來一看，就看到一個耳字，額頭上青筋都爆起來了，馬上說道：「我已經好了。」

「真的嗎？讓我看一下。」夏明朗走過去扳他的頭。

陸臻往後退，可到底退不開，夏明朗裝模作樣地看了一下：「我覺得還有點問題。」

「可是我已經沒感覺了！」陸臻梗著脖子。

「那要不然，我們再去醫院檢查一下。」夏明朗抬腳就要走。

陸臻一想到那台儀器頭皮都炸光了，連忙下死勁拖住了他：「那個，你把藥給我，我回去自己上。」

「你自己怎麼上？」夏明朗似笑非笑地瞧著他，「不如還是讓我來幫你吧，反正你在我面前已經丟過人了，省得再擴大影響，對吧。」

陸臻咬著嘴角氣鼓鼓地瞪著他，夏明朗只覺得這小子怎麼能這麼可愛，連生氣的樣子都可愛，臉頰鼓鼓的讓人簡直想咬一口，於是眸光一閃，把視線偏了過去。

「隊長，我算是想明白了，你這是故意的吧？」陸臻道。

「你怎麼能這麼想我呢？」夏明朗哀怨了。

「得，來就來吧！」陸臻把脖子一梗，十足的慷慨就義的表情。

夏明朗笑容滿面地挑了個窗邊向陽的地方站好，陸臻萬般無奈地靠了過去。

光線很好，太好了一些，幾乎可以穿透皮膚，陸臻以一種大無畏的精神閉著眼，那隻驚飛的蝶又翩然而起，夏明朗不自覺壓低了呼吸，細數他的每一根睫毛，好像生怕吹亂了它。

「隊長，給個痛快吧，您還要抄圖描點嗎？」陸臻哼道。

夏明朗咬住嘴唇，摒息，看著他的嘴角又翹起來，無可奈何似的笑，雖然還沒有被碰到，耳朵上已經充了血，鮮潤的，在陽光裏半透明地微微顫動著，像是滲了血的玉。

是啊，給個痛快吧！

夏明朗也不敢太刺激他，清亮的藥液只滴了兩滴進去，馬上抬手抱住他。

陸臻幾乎沒有動，沒有聲音也沒有動作，只有微微顫抖的身體在表明他是如何地咬牙在忍，臉上的肌肉細微地起伏，皮膚乾淨而健康，逆著光幾乎可以看到細小的茸毛。他忽然吐出一口氣問：「行了？」

「呃？」夏明朗有點恍惚。

陸臻睜開眼睛，眼中揉雜了淚光，看什麼都不真切，於是冷冰冰地笑了一下：「還要來嗎？不過得讓我先緩一會兒。」

「不，不，」夏明朗馬上搖手，「夠了。」

「那我先去洗臉。」陸臻急匆匆丟給他一個背影，進了浴室。

是的，夠了，夏明朗覺得無力，走到桌邊坐下。

這是一場考驗，用考驗陸臻的方式來考驗自己，而結果是陸臻比他預料的堅強得多，而他比自己設想的脆弱得多。其實他早應該想到，用這種方式怎麼可能再重複一次當時情況？陸臻是那麼堅韌倔強的人，他的隨和他的寬容，從來不是他軟弱的理由，即使逼他到絕路上，他也能笑一笑，從容地死給你看。

不過，夠了，真的夠了，至少他想要驗證的東西已經有了結果。

他想看著他笑，明亮而熱情，他已經不能接受他冰冷的挑釁，想擁抱他，親吻他的耳朵、眼睛和嘴唇。假如心靈的感覺曖昧難明，至少身體的反應誠實中肯，他對他有慾望，是真的有，想像那些耳鬢廝磨的畫面會讓他心跳過速，全身充血。

可怕的慾望！

陸臻洗完臉出來看到夏明朗坐在桌邊抽菸，煙霧隔離出孤絕的姿態，好像有無盡的疲憊與悲哀，陸臻心頭一跳，走過去問道：「怎麼了？」

「沒事。」夏明朗沒有抬頭，手指輕彈了一下，「你可以走了。」

「啊？」陸臻一愣。

「把藥帶走吧！反正我也報完仇了。」

切，果然，陸臻望天翻過一記白眼，再一次質疑自己的品味。

陸臻回到寢室正趕上徐知著在團團轉，一看到他像看到自己迷途的小羊羔回了欄似的驚喜，隨手反鎖了大門，拉著他問道：「隊長找你去幹嘛？」

陸臻氣憤難平：「還能怎麼著，打擊報復唄！」

「他沒說什麼？」

陸臻看徐知著眼神曖昧，不覺有點疑惑：「他應該說什麼？」

徐知著低頭深呼吸，忽然雙手扶著陸臻的肩膀說道：「來，像昨天晚上那樣，對我說那句『我愛你』！」

「為什麼啊？」陸臻目瞪口呆。

「不為什麼，好玩兒。」徐知著死纏著不放。

「好玩個頭啊，這有什麼好玩的，不說！噁心死了。」陸臻笑罵。

「所以，對著我你說不出來？所以，你只有對著他，才說得出來？」徐知著偏著頭，眼神銳利。

陸臻瞪大眼睛，越瞪越大，越瞪越大，微微張了嘴，可是聲音卡住，發不出來。

「哎……」徐知著倒有點擔心起來。

「小花！我需要跟你說件事。」陸臻忽然往後退，後背貼在牆上，低著頭，聲音沉悶。

「嗯，說！」徐知著抱著肩。

「對於我等會要說的事，你可以有兩個選擇：一，你當你沒聽過，我以後也不會再提起；二，你當你不認識我，我會申請換寢室。」

徐知著眉頭皺緊：「說吧！我聽著呢！」

陸臻低頭看著地面：「是的，我愛他！」

「啊！？你……你……他是男的啊！」徐知著一下子跳起來，他雖然有猜測之意，可是這猜測連他自己都覺得不可思議與天方夜譚，他是來詐陸臻的，可是他本以為陸臻會嘻皮笑臉地嘲笑他一句：小花，是不是吃醋了……放心，我最愛的還是你！這一類的雖然無厘頭，卻更符合陸氏風格的對白，而不是現在……

陸臻微笑起來，無奈而苦澀的：「我知道，不過，我本來就喜歡男人。」

徐知著張大嘴，一時說不出話來。

「對不起！」陸臻有些難過。

「對不起你個頭，我又不是你爹，你找男找女關我啥事？」徐知著怒目。

「小花？」陸臻抬起頭。

「停，等會，你讓我適應一下。」徐知著衝到窗邊把窗子拉到底，大口呼吸。

陸臻站在他身邊縮著，小心翼翼地瞧著他，徐知著感覺到那種充滿了迫切期待的目光，抬起手指著陸臻，有氣無力的：「你別逼我……」話還沒說完，那雙純淨明眸裏已經沒了火光，徐知著頓時一急，「哎，我說你別逼我嘛，這麼大個事兒，你也讓我適應一下吧！」

「那你要適應多久？」陸臻很認真地看著他。

「怎麼著也得有個兩三天吧。」徐知著嘆氣。

陸臻眨了眨眼睛，笑了：「兩三天就行了嗎？」

「要不，十年？」徐知著忽然笑了起來。

「我劈死你！」陸臻威脅。

「這世界太沒人權了。」徐知著搖頭嘆息。

陸臻忽然鎮定了神色，一本正經地說道：「說真的，小花，我相信這個世界上有各種各樣的人，而我已經不會再去質疑別人心裏想什麼了，所以如果你覺得不習慣，請坦白告訴我，我會迴避。」

「陸臻！！」徐知著忽然勒住陸臻的脖子，「如果我覺得不習慣，那也是我的問題和你沒關係明白不？那是我要去習慣這個事，不是你搞迴避！他媽的，我們還是不是兄弟了？不就是……啊，那啥嘛！又沒殺人沒放火的，你怕什麼？我都不怕！」

陸臻抿著嘴笑：「好兄弟！」

「講義氣！」徐知著有點無力，「反正不管怎麼說，你是我兄弟總是挺你的，啊……對了！」徐知著忽然放開他，「我這麼弄你沒問題吧？」

陸臻笑得很無力：「你放心，我對你沒感覺，你以前怎麼樣，將來還是怎麼樣，一點問題都沒有，我也不會是個男人都有感覺的。」

徐知著哼了一聲，有點不大爽：「你就對他有感覺？」

陸臻一頭黑線，哭笑不得地瞧著他。

「算了，」徐知著搖搖頭，「還好你對我沒感覺，要不然我就真的沒法挺你了。」

陸臻止不住地笑，嘴角往上揚，快樂滿滿地從心底升起來。

過了一會兒，徐知著湊過去問：「那個，那你去浴室洗澡沒什麼問題嗎？」

「沒有！」陸臻回想當年的慘況，斬釘截鐵地回答：「我又不是誰都喜歡。」

「可不對啊，我就算是看到不喜歡的姑娘洗澡我也會噴血的啊！」

陸臻望天：「那大概是你還沒看習慣。」

「哦……」徐知著低頭數手指。

又過了一會兒，徐知著又湊過去問：「乾果兒，你是不是被女孩子傷透了心，所以……」

「不是，」陸臻冷靜地打斷他，「我天生的。」

「哦……」徐知著繼續低頭數手指。

再過了一會兒，徐知著再湊過去問：「乾果兒，那你以前那個是男朋友啊……」

「嗯！對的！」

「哦……」徐知著再次低頭數手指。

陸臻心想，我這是在開同性戀諮詢講座嗎？

然而冬日的午後，兩兩相坐，年輕的臉龐在陽光下顯得如此朝氣十足，坦誠相見的感覺是那樣的好。陸臻的視線從視窗裏飛出去，俯看整個基地。

這是他期待的戰場，也是他夢想啟航的地方，更是他的家。

在這裏，有夢，有朋友，有愛……

這塊土地會持續地給他力量，即使有一天，他真的離開。

不！

陸臻心想，他是永遠也不會離開這裏的。

麒麟。

這個名字所代表的並不僅僅是一個地方，而是一種精神，是他永遠也不會離棄的精神。

第三章
我想擁抱你

發生在明星寢室的問題雖然有如驚濤，可是波及範圍很小，巨大的潮汐拍面而過，只打碎了徐知著一個人，於是現實又一次雄辯地證明了，徐小花真的是一位靠譜的青年。

而同時，一中隊內部開始流傳出一個十分驚人的八卦小道消息。

據說他們的隊長，那位曾於百花叢中過，微微一笑不沾一葉的某剽悍浪子，居然紅著臉委託嚴正嚴大隊長給他介紹女朋友。據說嚴隊長接到這一委託的時候，感動得幾乎熱淚盈眶，只差沒抱著他的腦袋失聲痛哭：我的兒啊，你總算是長大了啊。

當然，據說，據說而已，只是大家忽然恍悟了這些日子以來低氣壓的源頭，原來，他們的隊長，思春了！！

本來嘛，這個事情的真相，是應該會永遠地湮沒在歷史的迷霧中的，偏偏嚴正千年難得地假公濟私了一次。

應兒子嚴峻的強烈要求，嚴頭把方進帶回家過了個週末，好教他的寶貝兒子明白啥叫中華武術。當然，假如僅僅如此真相也還是會湮沒的，可偏偏嚴夫人很熱情，偏偏方進很好奇。那麼多的偏偏加到一起，方進很不幸地得到了內部最有可能接近事實的第一手消息。

英俊瀟灑前途無量的夏明朗隊長要找媳婦的事，在當時的家屬聯盟裏面也還是件比較熱門的話題，據說一開始頂著特種兵中隊長的神秘閃亮光環，女孩子們還是很趨之若鶩的，可是十個女生裏有七個見光死，拒絕的理由驚人的一致：悶！

隊長會悶？他們妖孽的隊長？當方進在實況轉述的時候，周圍一圈兒腦袋瓜子裏冒出齊刷刷的問號。

方進無奈地撇一下嘴，繼續。

好吧，於是故事的重點就落到剩下的那三個可以透過表面看本質的姑娘身上。但是其中兩位在第二次見面時，又把夏大隊長給秒殺了，血腥暴力！

這主要是因為夏明朗在第一輪的慘敗過後被媒人教育了，決定在接下來的相處中盡可能多地找一點話題，只可惜能讓夏明朗興奮的話題，往往很不受女孩子歡迎。

好吧，假如說你是一個女孩子，你會不會喜歡聽你的男朋友與你談論九五式與八一式的區別，以及穿甲彈、燃燒彈、鋼尖彈、碎甲彈、平頭彈、穿甲燃燒彈等等彈頭穿過人體的感覺？

所以，方進，在一片搖頭菜瓜中，又一次無奈了。

那，不是還剩下一個嗎？有人掰了一下手指提醒道。

那個，就不說了吧，那個比較慘烈。

怎麼個慘烈法？大家的眼睛又放光了。

方進在第三次無奈中闡述了最後那位女孩的悲劇命運。

其實，那位姑娘是最有英雄情結，最具軍嫂天分的一個，因為她迷軍械，你看這是多麼不容易的事啊，方進聽到的時候簡直想哭啊。但是這位強悍的女生，還有另一個強悍的愛好，她練空手道，還是個黑帶，所以她很是自豪地挑戰了夏明朗……

眾人開始默哀。

練過的小姑娘一般都出手比較重，架式也比較足，但是有一個問題就是，她練的是套路，她這輩子就跟練一樣套路的人打過，連流氓都沒打過，所以夏明朗完全沒能正確地估計她的實力，看著她虎虎生威的一拳過來，一個失手，擋狠了，秒殺。小姑娘手指骨折，進了醫院，那姑娘倒是好姑娘，也沒說什麼，但是人家姑娘的家長怕了，這隨便擋一下骨頭就斷了，要萬一哪天家庭暴力起來，豈不是三拳就打掉一條人命？當然，這種觀點是非常錯誤的，因為如果真的要打，只要一拳就可以了。如果要三拳才能結果一條命，夏隊長他還丟不起那個人。

就此，夏隊長的相親之路，十分哀怨地劃上了句點。

由於夏大人平素生活滴水不漏，眾人逮到這樣的好機會自然都是笑得天翻地覆，尤其是陸臻，幾乎沒有笑到桌子底下去。以至於樂極生悲，誰也沒有看到背後一雙陰惻惻的眼睛正在掃描來去。

「唉，看來我們要想再多個嫂子，也不知得等到什麼時候去啊。」看方進的神色倒像是真的在為夏明朗憂慮。

眾人再次附議，是啊，是啊，可惜了兄弟們也都不是這方面的人才啊，心有餘而力不足啊。

「我啊，這種問題來問我好了。」陸臻笑嘻嘻地站起來。

你？無數道目光穿刺而來，陸臻十分鎮定道：「小生一向妻妾成群，男女通殺……」他驕傲地回轉身三百六十度亮相，一個不小心跌進一雙烏沉沉幽亮的眸子裏。

話說，有仇報仇，有怨報怨，夏某人迅速地讓大家看到了什麼叫上帝的威嚴。以眼還眼，以牙還牙，以手還手，以腳還腳！

順便說一下，夏明朗這個上帝，信的是舊約，不是新約。

所以那天下午，幾乎所有人都被訓得極為慘烈，雖然大夥都可以體諒夏大人情場失意的痛苦，但是當自己肉體的痛苦超過這種同情的極限時，心中還是小小憤懣不平滴，只不過當廣大人民群眾看到了自封萬人迷陸臻同志的遭遇之後又自覺自願地閉上了嘴。

最近這段時間陸臻的自由搏擊都是由夏明朗親自調教的，正所謂名師才有高徒，跟著夏明朗混雖然被秒殺的機率要大得多，不過進步的速度也要快得多。但是今天這兩個人的較量讓外人看起來卻有那麼點不得味了。

雖然平時夏明朗調教人的時候狠起來也真狠，可當大家第八次看到陸臻一跤跌倒，再搖搖晃晃地爬起來的時候，就算是再遲鈍的人也會覺得，這，好像有那麼點過了。場地很好，防護也做得不錯，但陸臻還是覺得他的骨頭架子快散了。

今天這事有點不對頭，陸臻在仰面朝天的間隙裏思考。從某種意義上來說夏明朗是個極為小氣的人，他記性很好而且睚眥必報，整人的手段更是層出不窮，然而，正因為他有這等本事，所以他從來都不會，甚至是極力避免去做一些公報私仇的事，好吧，就算是上次得罪了他，那不也是私下解決了嗎？所以，到底出了什麼問題，什麼事得罪他了，什麼事令夏明朗的心理都無法平衡，陸臻的腦子裏急速運轉。

人，只有一個腦子，陸臻的大腦容量或者要比常人大一些，突觸連接也更緊密一些，但他畢竟也只是一個腦子。平常的時候走走神，那不算什麼，聰明人常常可以一心兩用。然而，千不該萬不該，他不該在夏明朗面前走神，而且還是在對打中。僅僅是電光石火的一錯神，陸臻就覺得喉頭一緊，一股火辣辣的痛爆發出來，眼前的景物在剎那間恍惚起來。

陸臻不是方進，夏明朗跟他打不能盡全力，每一擊出去都要計算力道，但是陸臻的靈活性很好，反應靈敏，身體柔韌。在速度上夏明朗一般都是盡量打快，好最大限度地訓練陸臻的長處，以揚長避短。所以夏明朗的每一下出手都迅疾如閃電。

快、準、狠，特種兵的擒拿術就是這三字方針。花架子是練武術的人修身健體用的，他們練的是殺人技，一擊必殺。在這樣過分迅疾的速度中，即使是夏明朗也會對一些變故措手不及，當手指觸到喉頭柔軟的皮膚時再收力已經完全來不及。等夏明朗大驚的鬆開手，只來得及看到陸臻從他的手指間軟倒下去。那一瞬間時間像是被拉長，華麗地定格，一幀幀翻過，像是電影裏的慢鏡頭。夏明朗被嚇到，愣在一旁，居然忘記去扶他。

「陸臻！」馬上就有人衝過去，夏明朗被吼得腦子裏一聲爆響，不自覺竟退開一步。

「小臻子……」

「乾果兒。」

「貞子……」

……

關切之聲紛至遝來，充分證明了小陸少校平時是多麼的招人待見。

「我……」陸臻盡力吐出一個字，但是喉嚨口的劇痛讓他馬上失了聲。

「陸臻……啊，你要說什麼？」常濱十分激動地貼上去吼。

陸臻痛苦地把滿臉的唾沫星子一抹，把他的臉往後推。

「他說，他沒事。」夏明朗沉聲道。

話聲剛落，面前的士兵們齊刷刷回頭，一五一十地送出了懷疑的眼神。

夏明朗無奈地望天，哀悼於自己在群眾中的信譽居然已經這麼差。好在陸臻即時拍了拍草地，衝夏明朗豎起拇指，示意他的唇語解讀完全正確，將夏隊長瀕臨破產的聲譽給挽救了回來。

陸臻這次傷得比較狠，需要即時送醫，而夏明朗因為是罪魁禍首的緣故，責無旁貸地承擔起了護送之職。

醫者父母心，尤其是小陸少校生就一張人見人愛、花見花開的小臉，駐地的醫生阿姨一看那慘烈的傷痕，頓時就心疼開了：「喲，我說，這是哪個缺德冒失鬼幹的啊？這是要人命呢，還是？都自己人，下這麼狠手幹啥呢，有仇也不帶這麼報的啊！真弄出個三長兩短的怎麼辦啊？你看這小夥子年紀輕輕，清清秀秀的，那什麼人啊，手這麼毒……喲……還是個少校啊！（瞄到了病歷卡）這麼年輕啊！（再看一眼，好像有點不太能相信）真是不容易，才多大的孩子啊，吃這麼大的苦頭。（一轉頭，看到夏明朗站在旁邊）您這位，是他領導吧？（夏明朗嚴肅地點頭）這事您可得管管啊，訓練歸訓練，這沒輕沒重的可不成。（又轉過頭，看看陸臻清澈水亮的眼睛，嘆嘆氣）你啊，哎，這麼年輕就少校，總有人看不過眼啊……」

夏明朗深呼吸，三寸厚的臉皮總算也透出了一點黑氣，陸臻傷了喉嚨不好笑出聲，忍笑忍到差點腸痙攣，憋了滿眼的淚光，醫生阿姨只當他是疼的，越發地可憐見。檢查完畢又逼著去照了個X光，確定沒傷著骨頭，這才開出一堆內服外用的藥來，又多開了幾瓶點滴當場先掛了好消炎。

小陸少校的福利好，醫生護士們一個偏寵，掛點滴也給他找了個沒人的單間待著。夏明朗見陸臻這麼一話嘮讓自己整成了啞巴，也實在不好意思在掛點滴如此無聊的時刻棄他而去，只能無奈地放下隊長架子，做了高級陪護。

就這會工夫，陸臻的脖子已經腫起來，說話時下巴的開合都會牽扯到傷處，他傷得不輕，但心態依舊好，孜孜不倦討了紙筆來：「幾成力？」

夏明朗本想豎起四根手指，可是見陸臻眼巴巴地看著他，略一猶豫，把整隻手都亮了出來：五成。

陸臻望一下天……花板，雙手十字交叉比了一下，又摸自己的脖子，翻一個白眼。

夏明朗失笑：「這種部位讓我用上全力，別說是你，李小龍也沒命。」

陸臻想一想，又笑了。

夏明朗見氣氛好，馬上趁火打劫，態度十分誠懇地道歉：「不好意思，失手了。」

陸臻擺擺手，寫下：沒事，是我學藝不精，多謝大人給小生留了條命，小生已感激不盡。

夏明朗看他前半段還寫得挺情真意切，後半段又開始犯貧，實在有點哭笑不得。

陸臻最近這段日子忙得有點過，而這藥水裏有止痛劑的成分，多多少少總有點催眠的作用，再加上一張嘴出不了聲，悶了一陣，實在有點犯睏。考慮到自己的傷患身分，便老實不客氣地衝夏明朗笑一下，闔上眼睛理直氣壯地睡了過去。

夏明朗要看著輸液瓶，實在百無聊賴只能去偷渡了一包菸進來，坐到窗邊把窗子半開著，湊到外面抽。

最近夏明朗總是很忙碌，無論精神與肉體，都忙忙碌碌一刻不得閒，他不敢讓自己閒下去，也不想讓自己空下來。現在，忽然間憑空多了整個下午的時光要看著窗外的青天白雲而過，簡直有點不知所措。他本想：是不是可以研究一下，下階段的訓練計畫？可是只想了個開頭，又走神了。

陸臻就跟他隔了一張床躺著，睡得很安靜。以一個特種兵的身形而論，他有點過分瘦削，好在修長挺拔，筋骨硬朗，整個人像一杆筆直的槍。

夏明朗覺得自己的手臂有點癢，很輕微的感覺，卻揮之不去。綿延開記憶的河，他回溯源頭。

最初的時候，有多久了？

當時陸臻一口咬下去，他只覺得一個濕硬的東西滑了一下，一種溫軟的觸覺便落到皮膚上，那只是一瞬間的觸感，當時不覺得，淡淡地過去就算了。但是那種感覺留下了，溫溫軟軟的，神經末梢酥麻麻的感覺。現在回憶起來，卻有如重擊，像是心臟在搏起的最高點被人一拳打下去。

再後來，就是那些驚飛的蝶，很美，很動人，如今一隻隻都在自己的心頭撲動，夜深人靜之時，難耐的心悸。

最後的最後是那個夜晚，當他翻身而起時，原本相貼合的皮膚有一種撕裂的痛感，火辣辣的，像是每一個毛孔都在渴望著什麼，於是心中一角在瞬間崩塌，他忽然明白問題究竟出在了哪裏。

無論從哪個角度來看，夏明朗都是一個非常強悍的人，不過再強悍的人也會有不可接受的事，比如說在某個月光明麗的夜晚，忽然發現自己對年輕戰友的身體，產生渴望！那是一種可怕的求索，想要擁抱廝磨，攝取他的呼吸和生命，又因其不可得，而更顯強烈。夏明朗看著自己的手指，好像血液會從皮膚裏滲出來，帶著慾望和渴念，滴落到陸臻的皮膚上。

十年，恐懼這個詞可能已經有十年沒在夏明朗腦海裏出現過，但是這一刻，他覺得很可怕。他在想，要是讓陸臻發現了自己這齷齪念頭，不知他會有什麼反應，會不會直接呼叫空中支持，手動引導，用一枚導彈灰飛煙滅了自己？

這是個很好玩的笑話，但是一點也不好笑。

這些年來，夏明朗在各方面都久經考驗，唯一有一塊薄弱地帶，那就是感情。

他高中畢業就進了軍營，當兵、留隊、轉士官、考軍校、提幹、進麒麟……在一個純粹男性的環境裏長大，從一個銳利張揚的少年，蛻變為此刻成熟而犀利的中隊長，這一路走來風雨兼程，錯過很多風景很多情趣。

也不是沒人為他惋惜，但他真的不在乎，那些嬌滴滴柔軟的生物是他生命中缺失的一部分。他能夠獲得青睞，那對於他來說不難，這個笑起來壞壞的全身上下都閃著傲人光芒的傢伙從來都是女孩子目光的焦點，可他卻永遠留不住她們，那些柔軟的美麗的女孩子到最後總是黯淡地離開他，而他不知所措。

從少年到青年到成年，他漸漸放棄了對她們的好奇嚮往與慾望，畢竟那個時候他有更好奇更嚮往更渴望的事情可做。

夏明朗抽著菸，菸頭伸在窗外，看著青煙一縷一縷嫋然升上去，卻忽地笑了，頗為自嘲的笑容：自己最近還真是瘋得厲害。

居然會想結婚？

不過也是順理成章的念頭啊，找一個女孩子，如果能喜歡，結婚生子，也是人生必不可少的成分，所有的問題也隨之煙消雲散了。

但問題是，怎麼如今看來女人就像是另一個星球的生物。那些女孩子一個比一個嬌滴滴，她們穿著漂亮而又外星的衣服，說著夏明朗完全不想去搭理的外星話題，然後拋過來的鄙視目光令夏明朗覺得：他媽的，老子活了快三十年，原來就是一白癡，還是純血的。

可是隱隱地，夏明朗也意識到了，他在犯錯，他想要的結果絕不是用這樣的行為就能達到的。

女人當然不可怕，溫柔也不是猛獸，他夏明朗更不是白癡，當年也曾風雲過，全伊寧城沒有他泡不到的妞。他知道問題全在自己身上，他心不在此，看著眼前的人完全提不起興致。他好像在等待一見鍾情直入內心的感動，或者是讓這些出身優越、年貌芳華的女孩子看著他淡漠的神氣就愛上他，主動向他獻殷勤。不，僅僅如此還是不夠，他不自覺地在把每個人都拿來與陸臻相比較，甚至腰不夠細，腿不夠長，肌肉不夠精實……這些都成了缺點。

夏明朗想起了陸臻當年那個關於吃雞的比喻，他指責自己為了證明徐知著愛吃雞就非得逼著他連皮帶血地啃，忽然覺得此刻他就像一個笑話，把一隻血淋淋拖毛帶血的雞連皮帶骨地在啃，連連反胃的同時還試圖以此證明他是真的真的很愛吃。

自欺欺人嗎？

這是個問題，絕對是個問題！

夏明朗看著一瓶藥液流完，按鈴叫來護士，陸臻在睡夢中被人弄醒，露出溫和的笑意，把小女生搞得滿面飛霞。

陸臻是一個很難得的人，非常難得。

這種難得不在於他的學識、能力、才華還有智商，而在於他的平和，他有一種似乎是與生俱來的不卑不亢不謙不傲的平和心態。最初夏明朗發現他這一特質的時候幾乎是驚訝的。

一個人的優點總是與缺點並存，平和穩定可靠的人，通常不會太聰明銳利，比如說鄭楷；而一個目光敏銳思路自我的人，一般都很難平和，比如徐知著或者他自己。他們總愛相信自己，堅持自己，證明自己，不到窮途末路絕不肯承認自己的失敗與別人的成功。

正所謂恃才傲物，心高氣傲，手上有本錢，有誰願意不用？

而且陸臻的平和不是茫然無知的混沌。有些人從來都不知道自己有多強大，所以他甘於平淡，但陸臻一向明白自己的優勢在哪裏，明白自己的才能與地位，可是該爭的爭該放的放，他目光敏銳卻從不偏執。好像在他的心裏有一方明鏡台，在那上面，纖塵不染。就如他自己說的，開放的人生態度。

最初夏明朗驚訝於陸臻堂堂少校卻能與所有的下級軍官甚至普通一兵都打成一片，他從這裏看出來陸臻的隨和，而後來，夏明朗更驚訝於他能讓徐知著這樣的人當他是朋友，他從這裏看出了陸臻的真誠。

徐知著是一根電線杆子，只有拿出心來給他看，他才敢把你掛到身上去。

夏明朗很少會被人折服，而陸臻是一個，因為他的執著與淡定，身懷利器卻不逾矩，有所為有所不為。這個人知道自己是誰，也頗自引為傲，卻從不以勢凌人，這樣的品質，實在難能可貴。

似竹有節，他是真正的君子。

一直以來，自從夏明朗成為了麒麟基地最強的那一個，當所有的新人被剝成了老將，看他的目光雖然五色紛呈，眼底卻永遠都不失一份信服之時；自從嚴正發現自己除了把任務交給他，然後檢查任務完成的品質以外，在具體的操作上已經提不出什麼參考意見之後，夏明朗心裏的天平便有點搖搖晃晃的了。

一個人爬到一定的位置，眼前會忽然空無一物，再沒有什麼可以給自己做定位，他只能自己小心翼翼地往前走，跨出去踏下，才知道這一腳是跌倒還是站穩。

陸臻曾經指責他太固執，手握別人的命運，卻不肯審視自己。

那時夏明朗很想說，不是的，我找不到鏡子，我看不到自己。我能看到上司看到下屬，看得到同行找得著榜樣，但是我看不清自己，不知道自己站在哪裏了。在我的生命中還沒有鏡子，沒有人能把我真實的樣子反映給我看，不帶私心，不帶偏見，目光敏銳，能直入本質，卻還要能讓我信任，要找一個這樣的人太難，可遇而不可求。

可居然，真的遇上了。

有時候夏明朗也想，是不是太過驚喜了，交心交得太快，一個不小心，就把整顆心都交過去了。

陸臻一覺睡醒已經是黃昏時分，窗外有霞光滿天，這是麒麟最清閒美妙的時刻，結束了一天的訓練，吃了飯，洗過澡，晚上的課程還沒有開始，整個基地都籠罩著一種金黃的暖意。

陸臻轉過頭看著夏明朗在窗邊抽菸，蒼藍的煙霧，慢慢消散，與霞光混合在一起，陽光斜斜地透過玻璃窗落下來，靠在窗邊的夏明朗頓時處在這片輝煌火海的中心。一天中只有這個時候，有一瞬的超脫美麗，光與影勾出的輪廓，讓夏明朗的側臉有如雕塑的剪影，一種不真實的美。

陸臻一向不喜歡別人抽菸，只有夏明朗，他不討厭，是真的不討厭。每一次看到他抽菸，他只想坐下來陪在一旁安安靜靜地看。

為什麼會愛上他，即使回過頭去想這個問題，答案仍然不盡明朗，可是這一刻，他如此清晰地明白自己的迷戀，糾纏入骨。

這個人，是他最愛的男人，他可以就這樣長久地看著他，卻不會厭煩。

喜歡他睥睨張揚的神情；喜歡捕捉他銳利眼神背後的那絲慈悲與脆弱；喜歡他乾脆務實的風格，那跋扈之下包裹的善良；喜歡看著他發狠的樣子，點出他內心的柔軟。喜歡他無盡幽深的眼眸，偶爾的凝眸注視，令人沉溺；喜歡他貼在自己耳邊說話，呼吸將耳廓灼傷，留下火熱的感覺；喜歡看他髒兮兮的臉，似乎永遠都沒有血色的嘴唇，厚厚的，吻起來應該會很柔軟。

最後陸臻無奈地笑了，看來喜歡他真是一點也不奇怪，看，他有這麼多理由。

夕陽正好，夏明朗彷彿有所感應，轉過頭正對上陸臻安靜凝望的眼，四目相對而無言，你有千言，我有萬語，因為說不得，於是只能笑。夏明朗只覺得這畫面實在太過美好，太美好的東西總不會長久，感受得多了將來會想念，於是他決定要煞個風景：「陸臻，你今年多大了？」

陸臻露出懷疑的表情，心道：我從出生那天起的檔案都在你抽屜裏放著，你還不知道我幾歲？

「你看你年紀也不小了，怎麼不找個女朋友？」夏明朗的笑容誠懇得非常假。

陸臻一頓，用審視的目光把夏明朗掃描一番，用口型問道：「隊長，有事嗎？」

「沒事。」夏明朗絕倒，這小子都一級戰備了。

「呼……」陸臻吹了一口氣，笑眯眯的，拿起桌上的紙筆寫道：我還以為你要把一顆被你摧殘過的芳心轉送給小生呢！

夏明朗接過去一看，頓時語塞。

陸臻已經將頭一甩，把紙抽回來繼續寫道：謝了，不過匈奴未滅，何以家為，為了國家大業，小生早就決定了要拋棄兒女私情。

夏明朗無奈：「看來碩士的覺悟就是不能跟我們這種粗人比，夏某自慚形穢。」

陸臻很是居高臨下地笑笑。

「那麼，不如幫我想想，我應該找個什麼樣的人過一輩子。」夏明朗轉頭直視過去，一雙眼睛幽黑燦亮。

陸臻愣了愣，睜大眼睛。

夏明朗忽然怕被他頂一句：你問我，我問誰。

但是陸臻笑容平靜下來，眸光閃爍，低下頭，一字一字認認真真地在寫。

夏明朗接過來看完，神色有點複雜，眸光閃爍間，問道：「這是你的忠告嗎？」

陸臻把四個手指併起，舉手貼到耳邊，笑容很討好，他發誓，他保證！

「那為什麼可供我選擇的對象，全是男的？」夏明朗看著他。

陸臻臉色僵了僵，苦笑著，用口型說道：「打個比方罷了，我們兩個有共同認識的女人嗎？」

夏明朗不自覺回憶了一下：果然，沒有！

「有道理。」夏明朗點頭，「我會記下來。」然後轉過身繼續去看窗外的風景。

他想幹嘛？陸臻有些疑惑。

夏明朗是一個基本上不會說廢話的人，雖然有時候他說的一些話聽起來很廢，但也常常是草蛇灰線，一伏千里。那麼今天的這些話究竟是什麼意思呢？

陸臻把每個字都掰開了細想。

難道，他發現什麼了？可能嗎？陸臻回憶一下自己的言行舉止，很正常啊，至少在表面看來很正常。他在試探什麼，他要表達什麼，他想警告什麼？陸臻第一次覺得自己的腦子有點不夠用。

「我覺得你就只能找兩種人，要嘛就是像黑子阿泰他們那樣的，你說什麼就是什麼，對你崇拜到死，無論你怎麼騙他訓他欺負他，他都不在乎；要嘛就找我這樣的，反正不管你怎麼騙人使詐我都能看懂，知道你要幹嘛，也不會介意。就是不能找個半吊子，看透了一半又看不穿，想愛你又不甘心。」

夏明朗把紙頁捏在手裏，忍不住想笑，用力吸進一口煙霧，居然被嗆到了，他捂著嘴，強忍住不咳出聲，手中的菸頭明明滅滅的，一陣陣的青煙籠上來，把整個人都籠罩住。

要真能這麼簡單就太好了，夏明朗想，要真能就這麼了結了，忽然一天早上醒過來，發現陸臻還是原來那個陸臻，夏明朗還是原來那個夏明朗，什麼都沒有變，他還是他的鏡子，最親密的戰友，那真是太好了。

可惜啊，都回不去了。

2.

陸臻聲帶受損，做了近一個禮拜啞巴，後來能說話了，但是聲音飄忽性感，三步之外就捉不住。據說嚴老大聞此噩耗，把夏隊長罵了個臭頭，陸臻心中非常愉悅。後來，據大隊長辦公室的秘書說，嚴頭當時高呼：那小子就一張嘴值錢，你把這給廢了，得耽誤多少事啊！！

陸臻又發現原來這基地的人品是隨著軍銜一級一級往下降的。

閒事休提，生活如常，只是陸臻同學的格鬥技巧現在轉由鄭楷老大親授，畢竟此人雖然長得硬，但是手軟，不像某人面黑心黑。

人到了無路可退的時候，也就懶得再為自己的行為找什麼藉口，喜歡嘛，就是喜歡上了，認清了，變不了也甩不開了，心裏也就平靜了。

夏明朗不是個會逃避的人，他喜歡把一切問題都攤開來，反覆研究、論證，尋找最佳的解決方案，一如他的作戰報告。而他對於此事的處理方法包括，控制自己如常地對待陸臻，不要打擾他，不要令人困擾，別讓自己討人嫌。

不過這一切的限制並不包括在無人知曉的情況下觀察自己喜歡的人，在任何可能的情況下照顧他，幫助他，讓他更開心，人生盡歡就好，像陸臻說的，人生是一個旅途，總不可能拉上一個同路的就要當老婆。反正只要他可以在人前控制自己，維持隊中的安定團結就已經夠了，沒必要關起門來還要自己騙自己，自欺欺人這行當太複雜了，太複雜不好，沒意義。

待在麒麟最大的好處就是你可以忘記自我，任何的煩惱、憂慮、苦悶，在這個永遠都能過得緊張而充實的地方可以輕易地被迴避。在這裏，有按部就班的生活常態，卻又永遠不缺乏意外的火花，這是一個會讓人沉醉的地方。

當那個冬天的第一場雪開始下起來的時候，陸臻在出早操時意外地發現隊伍裏面少了一些人：夏明朗，陳默、方進……全是精英，精英中的精英，一中隊的鎮隊之寶。陸臻用一種詢問的目光問鄭楷，而鄭楷老大只是溫和地對他笑了笑，於是陸臻知道這是一個絕密任務，絕密的意思是，除了執行者，誰都不必知道這是什麼。

陸臻覺得有點焦慮，等待永遠是一件難耐的事，那兩天晚上得閒徐知著就一直拉著他出去串門打牌，直到熄燈。陸臻對此其實興致不高，但他看得出來徐小花是好意，而他永遠不會去折拂朋友的好意。

三天之後，陸臻在收操整隊的時候，看到夏明朗領著一行人疲憊不堪地從停機坪走過來。

天地玄黃，只在這一瞬間，這個世界於他而言都已經遠去。

他看到夏明朗低著頭沉默疾行，叢林迷彩殘留著戰鬥的痕跡，含混在一起變成最完美的偽裝，頭盔挾在腋下，槍拎在手中，極度疲憊的樣子，好像曾經飛過滄海。

他的視線追著他走，不能放開，而夏明朗在經過他們身前的時候忽然轉過了頭，深深地望向他。陸臻心想，他應該不是在看自己，他在看他的隊員，然而，那有什麼分別呢？他本來就是他的隊員！

他於是努力微笑，隔著遙遠的距離對他說歡迎平安回來，他總覺得還能看清夏明朗眼底的光芒，當然，那應該是錯覺。

鄭楷知道人心浮動，沒過多久就吹哨讓大家解散。

陸臻著急地衝在前面，甚至顧不上吃晚飯也顧不及先回自己寢室，直接敲上了夏明朗的門。門內沒有應聲，陸臻試了試門把，沒鎖，他於是鼓起勇氣開門進去。

夏明朗背對著他，站在窗邊抽菸。

濃重的煙霧將他整個人籠罩起來，孤絕的姿態，與人世分割。

陸臻覺得心疼。

這樣的時間，這樣的地點，這樣的人，他看著他抽菸，無數次。他用各種各樣的心情看著這一幕，仰慕的，迷戀的，稱讚的，他本以為這會是他記憶中最美好的風景，可是現在他只覺得心疼。

那個孤獨的人一個人站在那裏，他只想走過去把他抱緊。

無論將來他會在誰的懷裏釋放自己，安放自己，然而，至少這一刻，讓他來給出一點安慰。

陸臻站在夏明朗身後一步之遙，濃重的血腥味混合著硝煙的氣息撲面而來，他於是明白了他如此疲憊蒼涼的理由。

「隊長！」他小聲呼喚。

夏明朗轉過身，有些意外似的。

陸臻張開手臂：「可以抱一下嗎？」

夏明朗看著他，背著光的臉上還有未盡的油彩，只有一雙眼睛是明亮的。

陸臻努力微笑，滿懷期待。

「我手上還有血。」夏明朗握住手掌。

陸臻上前一步抱住他：「沒關係，我的手上也沾過血！」

夏明朗愣住，然而轉瞬間，熟悉的氣味已經將他包裹，汗水的味道，乾淨的泥土的味道，來自這方土地的氣息，陸臻的味道，如此清新悠遠，令人沉醉。他慢慢閉上眼睛，把頭放到陸臻肩膀上。

原來如此。

這些年，一次，又一次，他一身浴血，疲憊而歸，站在操場的大路邊回頭望，眼前是美好的生活與鮮活的生命，而他，污濘的血漬已經滲入他每一個毛孔，濃重的氣息，將他與這個世界隔離。

偶爾，他也會渴望一個擁抱，被人抱緊，奮力地，從泥濘中拔出來。

可是所有的渴望都會斷在那個瞬間：我的手上還有血。當我的手上流淌著鮮血，我還能夠抱住誰？

沒有答案，直到今日。

那一刻，他看到陸臻平和而了然的笑容，他說：沒關係！是真的沒關係，因為我的手上也沾過血！

他們是同一類的人，他們是同類。

只有在同樣的屍山血海中走過，才能安慰疲憊的心靈，只有同樣沾過血的手，才能毫無間隙地握緊，只有同樣堅定強韌而又熱愛生活的人，才能有這樣的擁抱。

夏明朗終於放肆地把手掌放上去，在陸臻背上擦出暗色的血痕。

一瞬間，天地玄黃。

下一秒，宇宙洪荒。

而當我與你擁抱在一起，時間就可以停止。

夏明朗洗完澡出來時給陸臻拿了一套乾淨的作訓服，陸臻有些不解，笑道：「我不用你幫我洗衣服。」

夏明朗把作訓服按到他手上，聲音低沉柔軟：「換上。」

陸臻覺得自己被蠱惑，轉過身去換衣服。

雖然是冬天，可是作訓服下面也只不過是一件長袖的棉質T-恤。夏明朗看著陸臻修長的腿，很長，也很直，小腿的線條非常漂亮，腳踝精緻。很奇怪，那些曾經困擾著他的可怕慾念此刻像雲煙般飛散，夏明朗發現他其實也可以很平靜地欣賞著陸臻的身體，就像是欣賞他的頭腦，他的個性，他整個人。那是一種更為安靜的情懷，像水一樣，悠然而綿長，無孔不入。

夏明朗嘆息，他知道，假如那是一條不歸路，他已經走了太遠。

陸臻把衣服換好站在夏明朗面前，他雖然高一點，但是偏瘦，所以他們穿同一碼的作訓服，沒有問題，可是然後呢。

夏明朗彎腰把他的衣服撿起來，連同自己換下來的那套一起拎在手裏，在前面帶路。陸臻一臉懵懂，安靜地跟在他身後，無論何時，只要夏明朗願意，他都有一種不用開口就能讓人服從的力量。

冬夜裏靜悄悄的，夏明朗帶著他穿過基地的後門，爬上山，拐過幾個曲折的路口之後轉到了一小片坡地上。陸臻發現已經有很多人等在了這裏，而無一例外的，他們都是參加了這次行動的人。

陳默從地上站起來，似乎有些意外，說道：「隊長？」

夏明朗指了指身後：「不小心把他也沾上了。」

陳默於是點了點頭：「那開始吧！」

夏明朗把手上的兩套衣服扔到人群中間，陸臻就著模糊的天光看清了，那些全是他們這次出去穿的作戰服。方進砸了一瓶高粱潑上去，劃亮火柴，淺藍色的火苗溫柔地鋪延開，越燒越旺。

沒有一點聲音，寂靜的夜空下只有平靜的呼吸，陸臻看到方進退回去趴到陳默背上，永遠神采飛揚的臉上混雜著哀傷的疲憊，陳默安靜地讓他抱著，手背貼到方進臉頰上。

陸臻往旁邊移過半步，肩膀與夏明朗碰到一起，手指擦過他的手背，溫柔地相貼，乾燥而溫暖。夏明朗低頭看了一會，忽然手掌反轉，緊緊地握住他。陸臻頓時驚訝，轉過頭去看夏明朗，卻發現斯人面容平寂，眼睛裏只有跳動的火光，他不自覺咬住嘴唇，手指用力，與他牢牢握緊。

這是陸臻第一次參加這個儀式，雖然他完全不明白這是為什麼，可是看著火光一點點暗下去，在他的心中也開始升騰出某種如釋重負的感覺，那些染透了鮮血的征衣在火光中消逝，化做墨色的蝶，在夜風中飛舞，最終消失不見。後來，當他真正參與這樣的儀式，卻終於意識到當時的自己是那樣的輕率，也終於明白為什麼，唯有如此，才可埋葬那些沉重的殺戮。

當最後一點火光被黑暗吞沒的時候，夏明朗放開了他的手，陸臻用力張合了一下，發現指節已經有些酸痛了。大家開始三三兩兩地往回走，小侯爺的驕傲又回到了臉上，陸臻看到他圍著陳默在轉，陳默站定，抬手敲他的頭。

陸臻想了想，掛到夏明朗的肩膀上，說道：「你要不要謝謝我？」

夏明朗失笑：「要我以身相許嗎？」

「好啊好啊，先記著，等我想到讓你做什麼。」陸臻笑眯眯的說。

「不做什麼！」夏明朗乾脆俐落的，「老子身無長物，啥都不會，要錢沒有，要命一條。」

陸臻眨了眨眼睛：「隊長，你這是在耍賴啊！」

「我沒耍賴。」

「不帶這樣的啊，你總得給我點什麼吧？」

「留下點回憶行不行啊？」夏明朗忽然轉過頭，聲音很近，就在耳邊流轉，陸臻在黑暗中只看到他的眼睛，明亮閃爍，收盡滿天星光。

陸臻登時一囧，咬牙：「不行，要留就留你的人。」

夏明朗笑起來，說道：「好啊！怎麼留？」他抬手貼上陸臻的臉側，拇指溫柔地撫過唇角的輪廓，偏過頭，深深地看向他。

這簡直就像一個接吻的姿勢！

陸臻頓時就傻了，耳朵裏喧囂一片全是自己的心跳聲，肌肉僵硬到膝蓋打顫，自以為在拼命呼吸，卻窒息。

夏明朗忽然哈哈大笑，他抬手揉一揉陸臻的頭髮，揚長而去。

陸臻當場石化，愣了半晌，眼看著夏明朗的背影漸行漸遠，悲憤得破石而出，心臟還在怦怦亂跳。

夏明朗覺得自己很可笑，他在暗夜裏笑得很響很囂張，眼神卻越來越悲哀。他有些唾棄自己：你想證明什麼？你在期待什麼？陸臻給你怎樣的反應你才會滿意？

不，你永遠都不會覺得滿意！

他一直知道陸臻對他很好，雖然那個刺兒頭成天針對他，好像橫挑鼻子豎挑眼，其實他對他很好。那種好是需要用心去感覺的，恰到好處的出現，恰到好處的關懷，不動聲色卻溫暖人心。

可是你想怎麼樣呢？夏明朗？

你想就此捕獲他？反正那是個溫和善良的孩子，他或者不能拒絕你，或者拒絕也不會讓你難堪，所以你有恃無恐是嗎？夏明朗？

果然無恥！

已經不是十六歲了，也不是十八歲，愛情不再是漂亮的女朋友，花前月下，帶出去見人時的風光得意。愛情是一個人對另一個人的承諾與責任！你負得起嗎？

夏明朗摸遍全身找到菸，匆匆忙忙點上，煙霧消散在夜色中。他深深吸一口，肺泡裏充滿了帶著清竹氣息的菸味。

夏明朗苦笑：我真的中毒了！

夏明朗環起雙臂抱住自己回味剛剛那個擁抱，那就是他想要的溫暖，恰到好處，溫柔卻有力！

他是那麼好……讓他無法後悔愛上他！

可是陸臻，那小子，其實還沒有長大呢，清俊少年，永遠都樂觀，永遠都堅定真摯，充滿了熱誠，從不放棄理想與希望。他的未來還很廣闊，麒麟不過是他起飛的地方，他只想在他背上加一點沉重的東西，令他變得更為強壯而有力。

怎可折了他的翼？

夏明朗微笑，這煙霧竟是前所未有的辣，讓他眼眶濕潤。

那道清峻挺拔的身影，乾淨清爽，充滿著激情與生命力，似新生之竹。這是他最珍視的東西，寧死也不能傷到分毫的東西，他想看到他成長，以蓬勃的力量摧枯拉朽，用那分新綠染透整個軍隊。怎麼可以呢？夏明朗在想，無論如何，像這樣清新透明的人都應該有個完美的幸福生活，至少，有一份坦然無畏的生活。

有些事，即使陸臻不在乎也不行，他在乎！

他是夏明朗，夏明朗永遠頭腦冷靜，權衡利弊，目標明確，他從不做傻事。夏明朗每走一步都要算十步，挑一個隊員都要試半年，面面俱到，精緻細巧，他的張揚與無忌，從來都是計算精準的放縱。

進退之間，那是永遠的選擇！

你將如何抉擇？

夏明朗看著自己的手指，掌心裏還殘留著陸臻皮膚的溫度，好像有什麼東西從指尖流出來，那是可怕的慾望，夏明朗慢慢握拳，把它捏碎在自己手裏。

在並不遙遠的地方，在夏明朗冷靜自制的同時，另一位小同志卻狂躁了。那些渺茫的影子在心頭飄動，讓陸臻心馳神搖十分鬱悶，無奈之餘拉著徐小花盤算，用科學嚴謹的具有建設性的方式探討世紀難題，比如說：夏明朗有沒有可能也對他有點意思？

徐小花用一種看鬼似的表情瞧著他：「那你就去試試唄。」

陸臻斷然搖頭。

徐知著笑道：「他又不會把你怎麼樣。」

「他是不會把我怎麼樣，搞不好他還會對我特別客氣，說個話離開三公尺，十米外看到我就繞著走，過上幾年找個機會把我一腳踢出去，檔案上估計還會給我華麗地寫上一堆漂亮話，說他有多麼不捨多麼可惜，云云。」

徐知著似笑非笑：「哥們兒，門兒清啊！看來你都知道啊！」

陸臻哀聲嘆氣：「我也就是這麼一說，ＹＹ懂嗎？也就是圖個自我滿足。」

徐知著表情誠懇地搭上他的肩：「兄弟，大不了老子陪你豁出去了。將來，等你啥時候要走了，我去幫你把隊長給藥了，蒙頭綁腳扔你床上，隨你……啊……那啥……為所欲為。」徐知著咬牙做猥瑣狀。

陸臻做感激涕零狀：「兄弟哎！」

「沒，沒啥啊！」徐知著抓了抓頭髮，「我尋思著吧，這做人吶，不求流芳百世，但求遺臭萬年。你這麼一搞，我保證隊長這輩子記住你，而且就算他要打擊報復那又怎麼樣呢？也不過就是把你給……啊，那啥回來，那不也正合兄弟你意嗎？」

陸臻瞪大眼睛瞧著他，終於裝不下去開始嘴角抽搐，沉默地飛起一腳踹過去，徐知著哈哈大笑：「我這不也就是這麼一說，ＹＹ懂嗎？也就是讓你圖個自我滿足！」

陸臻磨了磨牙，操起枕頭準備幹架，徐知著連忙閃到一邊去起手式準備，忽然眼珠子一轉，萬般好奇地問道：「對了，話說回來，你和隊長都是男的，要怎麼……」

陸臻眨巴著眼睛，從耳朵尖上開始飆血，風中零亂，過了一會兒，深呼吸數次，忽而甜蜜微笑：「小花。」

徐知著警惕。

「你真的會幫我嗎？」

「呃？啊！！」徐知著激動了，「你，你你，你你不會……」

「本來沒有……現在想了。」陸臻單純無辜。

徐知著漲紅臉：「兄弟，我誠懇地建議你，過兩天就冬訓了，聽說有得折騰，你給我留點命成不？我心血少，經不起你這麼嚇唬。」

一提訓練，陸臻自己也回過勁來了，摸著鼻子苦笑了一下：「你就當我腦子燒壞了，沒事的。」

徐知著心下不忍，把陸臻拉過來順順毛：「聽說越是英雄越難過美人關，我當年念書那陣，同寢一東北大漢，那身板比楷哥還大一號，大二那年遭兵變，哭了一個禮拜，所以沒什麼……」

陸臻沉默著點頭，灰溜溜地爬回自己床上睡，不一會，全隊熄燈，一片黑寂。

陸臻在被子裏握住自己的手，關節上還是有點酸，殘留著夏明朗給他的觸覺，心情慢慢好起來，這是多麼美好的感覺，你喜歡的人，剛好對你很不錯。

應該知足了。

3.

幾天後，全年的最後一件大事，冬訓，正式展開，熬過之後就能吹吹打打等著過年，所以整個隊裏的氣氛微妙而緊張。一年只有夏冬兩訓是由夏明朗和鄭楷共同制訂訓練計畫，內容豐富而龐雜，緊張和激烈的程度絕對超過一場大型軍事演習，而且夏天主要針對的是抗酷暑，而冬天，自然地，抗嚴寒訓練就佔了重頭戲，每一項都是對人類耐力和體力的極限考驗。

而這一年因為夏明朗特別狂熱專注的緣故，訓練的科目也就顯得特別的不人道。冬訓才開始沒多久，徐知著就已經開始嘀咕，本以為可以安眠，沒想到一覺又回到解放前，陸臻指著自己的嘴，搖了搖頭，意思是：我現在沒勁兒浪費去說話。

連話癆的嘴都堵上了，夏明朗卻還是覺得他不夠疲勞。

水溫十度，距離十公里，負重十五公斤。

眾人曰：不是人！

夏明朗首先踩進水裏，神色淡然地甩下一句：「淹死之前上救護船，抓最後三名。」

陸臻當機立斷地第一個衝進了水裏。

哇靠，果然冰得透骨！

夏明朗揚眉一笑，跟到陸臻身後。

陸臻差不多只有一個科目能和夏明朗正面硬碰硬而且贏面基本佔優，那就是游泳。很多事從小練過來會好得多，陸臻五歲就開始練這玩意兒，再要是拼不過，他都不好意思回去見江東父老。

夏明朗看著眼前的水波翻滾，忽然想到很早以前剛剛開始選訓那一陣，碧波下修長有力的腿，剪切出推進的力量，把人帶走。那件事其實根本與陸臻無關，是他計畫有誤過分托大，但是陸臻似乎從來沒有往那方面想過，他就是那樣自然地全力衝過來，自然地把人接走，帶著他游上岸，即使筋疲力盡也全無抱怨，甚至即使被非難也從不後悔。在那之後也是，看到絕境中的人伸出手，似乎是他本能的反應。他本能地幫助所有人，而從來不會去考慮是否值得。

水溫太低，血液都要凍凝在一起，肌肉僵硬，陸臻控制著節奏全速前進，現在只有運動時帶出的熱量可以維持生命的需要，不讓他動，反而會受不了。夏明朗一直保持著距離盡力跟隨，他沒有回頭看，不知道他們兩個已經把大部隊甩開了多遠，第一集團的排頭兵看著兩個瘋子全速離開視野，心中感慨萬端。

努力，前進，划水的動作到後來已經成為本能反應，陸臻體表的溫度下降，變得與水溫相差無幾，於是反而覺得舒服了很多。前方隱隱現出水岸那條線，陸臻心頭大喜，變幻泳姿加快速度。可是水浪翻騰，夏明朗從他身邊超了過去。

不會吧？真的假的？！

陸臻心頭火起，榨出最後一點體力全速追上。

拼了拼了！

天寒地凍，陸臻又游了太久，肉體的虛脫必然會帶來精神的恍惚，總覺得模糊中看到夏明朗轉頭對他挑釁一笑，頓時氣得滿頭的熱血全衝上了頂。

全力衝過，又被反超，幾下拉鋸，水岸越來越近。

陸臻心下大怒，轉身撲過去，抱住夏明朗的腰。

夏明朗馬上反擊，在水中搏鬥，動作施展不開手腳，再快速的出拳也會被水流的阻力所滯緩，陸臻不依不饒地用關節技把他鎖死，四肢糾纏在一起，往水下沉去。

冰冷的湖水嗆入肺裏帶來一瞬間的慌亂，夏明朗抬起頭看著自己吐出的氣泡緩緩上升，光穿過粼粼的水波透下來，所有的風景都被扭曲，明亮而多姿，那是人間。陸臻仰起臉在看他，下巴頂在他的胸口，嘴角微翹，自信而挑釁的微笑。

很安靜，這個冰冷的被水包裹著的世界，極度的靜謐，與世隔絕。

剎那間所有的人、事、物，好像都已經遠去，他彷彿落入異度空間，黑暗，極靜，緩慢的墜落。

與他在一起！！

夏明朗瞇起眼，湖水的浸漬讓他的眼睛酸痛，光與影，在陸臻臉上投下流蕩的波光，一瞬間的美，不切合實際的脆弱。

想吻他，銜進嘴裏，細細撫摸，那是一種強大的幾乎讓血管爆裂的慾望，讓人無從抵擋。

夏明朗偏過頭，慢慢貼近。

陸臻驀然睜大了眼睛，不自覺張開嘴，大團的泡沫從他眼前沖過去，模糊了所有景物，忽然間身上一輕，夏明朗已經推開他往上游去。

陸臻茫然睜著眼，在這寂靜深水中只聽得到自己的心跳聲，穿過激蕩的水波眼前是一個晶瑩剔透的世界，絢爛而又迷亂，一切都那麼美，卻又模糊不清。窒息的滋味漸漸蔓延，身體卻不能動，眼睜睜看著連綿的銀色的氣泡緩緩上升，夏明朗的身影在這片細碎的光牆背後明滅未定。

夏明朗忽然折轉，抓住陸臻的肩帶把他拉起來。感覺到水滴從臉頰滑落，穿破水面時瞬間的刺激讓陸臻不由地閉上了眼睛，再張開……就像是重新回到了人間。

夏明朗沒有回頭看他，只是拉著他衝上岸。

當冰冷的空氣驚顫了皮膚，嗆水的痛苦像爆炸一樣在體內爆發出來，肺裏浸透了水，陸臻趴在沙地上咳嗽。

瘋了瘋了，陸臻模糊地想，我居然會覺得他想要親我！

夏明朗看著陸臻弓起背跪在地上狂咳，水滴從他的鼻子和嘴巴裏漫出來，身體痛苦地縮在一起，夏明朗握緊了拳頭卻不敢去碰他。

瘋了瘋了，夏明朗崩潰地想，我居然會想要去親他？！

陸臻終於讓自己緩了過來，脫力地倒在沙地上喘息，肺裏還有水聲，聲音嘶啞。他慢慢轉過身，本想說：隊長，你要淹死……

可是那目光凝定了，落進夏明朗的眼底，如此熟悉的目光，一樣的兵荒，一樣的馬亂，一樣的隱忍含吞，一樣的熾烈絕望，漆黑灼熱，將他穿透。

沒錯，沒有錯！

陸臻心裏發了瘋似的在狂叫：他是真的想親我！可是喉嚨被梗住，他張開嘴，發不出任何聲音。

「隊長？」陸臻的聲音極輕，好像氣流拂過，他伸出手貼在夏明朗臉側，拇指摩挲他的唇線。

夏明朗忽然揮開他的手，動作粗暴而冷硬，陸臻嚇了一跳，站起來跟到他身後。

「隊長？」

完了？完了！

陸臻開始思考怎麼解釋。

「你總是這樣嗎？」夏明朗忽然轉過身來質問他，「徐知著掉到谷底需要一個依靠你就讓他拽著，誰出了事拿不定主意你就讓他們賴著，是不是別人要什麼你都給，只要你有？」

疲憊與寒冷讓人的意志恍惚，陸臻睜大眼睛看著，一瞬間不能分辨他聽到的是什麼。

「隊長？」陸臻聽到自己的牙齒咔咔地響，不知道是因為寒風過境還是心中的恐懼與期待，然而只是條件反射的，他想說：不是，只有你問我要什麼我都會給，只有你！

可是他說不出口，那長段的句子因為巨大的驚慌堵在喉嚨口，他輸不起！

他想說我愛你，我可以為你做一切，可是……我怕你不喜歡。

就連我很愛你，都怕你會不喜歡。

夏明朗臉上漸漸露出茫然而難以置信的表情，他忽然轉過頭，岸邊傳來擊水聲，游在第一集團的人已經開始衝岸。

雖然已經很努力，徐知著仍然只是裹在了大部隊裏衝上岸，可是一上岸他就發現情況不對，夏明朗和陸臻居然分開兩堆烤火。夏明朗是什麼心思他不知道，但是憑陸臻的性子，但凡有點可能他都不會放過這種名正言順湊到一起吃豆腐的好事。

「哎，兄弟？怎麼了？」徐知著悄悄溜到陸臻身邊，陸臻正在很有技巧地烤著褲子，他身上基本上已經乾透了。

「沒什麼！」陸臻抿著嘴，火光把他的臉映成紅色。

說沒什麼，就真的有什麼了。徐知著轉過眼去看夏明朗，後者已經把身上烤乾的衣物整理好，發覺徐知著的視線後只輕描淡寫地在他臉上掠了一眼，又閃過。

似乎，一切正常？

夏明朗看著錶：「十分鐘之後整隊出發，進行下一個科目。」

眾人一陣哀號抱怨。

夏明朗笑眯眯的：「再煩，再煩全程防紅外。」

四下裏頓時一片寂靜。

果然，一切正常！

陸臻不自覺抬頭去看他，夏明朗的表情淡然而慵懶，像一隻剛剛睡醒的雄獅，正悠閒地在他的領地上散步，舒活筋骨準備撲食。

真的，一切正常。

那麼剛才那一幕是什麼，那個時候，在水中，與世隔絕的瞬間，他看到夏明朗半閉著眼睛靠近他，臉上鍍著一層銀色的水膜，那個瞬間的畫面，美得不真實。

所以，果然，不是真實的吧？一個幻覺，他瀕死時的幻覺！

可那句話又是什麼意思呢？

那句莫名其妙的話。他要什麼？你還想從我手裏要什麼？

我的理想與希望跟你重合在一起！

我的生命與熱血隨時可以為你犧牲！

我的整個情感與慾望因你而沸騰不止！

夏明朗，其實我也很想知道，還有什麼是你想要，而我不能給你的！

在前進到達下一個科目之前，夏明朗主動走到了陸臻身邊，陸臻知道他有話要說，於是盡量讓自己笑得正常舒展一些。夏明朗很直接，甚至沒去找任何不相關的理由直接說道：「我對溺水一直有點恐懼，但是那並不代表我需要安慰，事實上，我不喜歡這樣。」

陸臻愣了一下，他意料中的解釋不是這樣，或者說，他期待中的解釋不是如此，可是他到底在期待著怎樣的解釋呢？

陸臻有一瞬間的茫然。

欲蓋彌彰！

是的，他潛意識裏期待著一個欲蓋彌彰的解釋，而不是像現在這樣，一個看起來那麼真實的，好像應該就是這個樣子的理由。

陸臻沉默地點了點頭。

夏明朗想了一下，告訴他：「我有過被人纏住差點淹死的經歷，」他頓了頓，「不止一次！我也不知道為什麼，好像別的都比較好克服，淹水裏還是比較難受。」

「人對溺水有本能的恐懼，窒息、被拋入異度空間的虛無感，所以會游泳的人想投水自殺多半會不成功。」陸臻說道，「所以你不必放在心上。」

夏明朗的表情複雜，陸臻在心中感慨著要是這個世界上真有讀心術就好了，那我就知道他心裏怎麼想的了，而不是像現在這樣猜測著答案。

而夏明朗卻說道：「陸臻，我不知道有沒有人對你說起過，你太柔軟了，我不是你的花，你不必來安慰我，明白嗎？這是我的誤區，你應該就這樣看著我，而我必須自己挺過去，而不是聽著你給我找藉口，接受你的安慰。」

陸臻忽然站定，黑色的眼睛因為失望而變得黯淡：「那我可以為您做點什麼呢？」

「做好你自己，我們畢竟還是荒原裏的戰士。」夏明朗把手按在他的肩膀上，「在戰場上，讓我因為你是我的隊友而感到慶幸與自豪。」

陸臻笑起來：「就像頭狼旁邊的另外一頭狼嗎？」

「我還以為我會比較像獒，知道他們差在哪裏嗎？獒是忠誠的。」

「狼也有忠誠！」陸臻道。

「那不一樣，狼的忠誠只為了自己，而獒是為了別人的，我希望你做後者。」

「我會的，一定會！」

夏明朗用力按一下，走到他前面去，不想看著那道背影，他已經影響了自己太多。在那一刻，當他推開他，看著他往下沉，蒼白的臉被細碎的氣泡包裹著，那一瞬間的表情驚心動魄，讓他不能深思。背後是無邊無際的黑，深色的迷彩讓他融在湖底的黑暗中，分不出邊界，好似要就此跌到另一個世界去。

如果，因為他的原因，讓他墜落，夏明朗心想，那將會是他一生一世都不能原諒的錯誤。不能再沉溺下去，那樣的柔軟會讓人變得軟弱。

他們畢竟還是戰士，帶血的武器，國家的死神，他們不是孩子，不是女人，不必成天摟抱在一起，細心安慰體貼。

他們是猛獸在密林中潛伏狩獵，他們是洪水翻滾浪峰吞噬一切，他們是天上的萬鈞雷霆，是冬天的狂風暴雪，他們最終還是要靠自己，練出鋼筋鐵骨。

夏明朗心想，應該是如此，本來就應該是如此，如果有一些事情出了偏差，那麼，就應該要糾正過來。現在糾正還不晚，夏明朗堅定地這樣想。

4.

連日的越野與奔襲，晚上僅有一件單衣禦寒，在零下十度以下的野外單獨過夜，後半夜，天上淋漓地下起了凍雨，透骨生寒。於是當第二天早上這支疲憊的隊伍出現在基地後門口的時候，後勤支隊的士兵們已經熬上了大鍋薑湯，備好了軍用大衣，陸臻顧不及挑大小先抓過一件把自己包裹好，可惜凍到麻木的身體卻完全不會因為這樣就暖和起來，這樣裹著棉襖發抖的經歷讓他感覺自己像一支冰棍，包得越緊，身上凍得越狠。

全隊就地解散，二十四小時休息期。

夏明朗倒了薑湯過來灌他，湯太熱，人太冰，喝下去燒心穿肝似的疼。陸臻不敢喝得太快，雙手捧著慢慢啜，夏明朗看到他的指尖已經泛出烏紫色。這是個來自東邊沿海城市的少年，家鄉的最低溫度不過零下五度，當兵的時候在最南邊，冬天有個十度已經是很了不得。陸臻這輩子沒挨過凍，他對如何避免凍傷不在行。

夏明朗捏著他的手指搓揉，聲音焦急：「疼不疼？」

陸臻搖頭，是真的不疼，凍得沒感覺了。

不疼就糟了！夏明朗心下一涼，把他的食指含到嘴裏，含含糊糊地問：「有沒有好一點？」

陸臻愣著，不一會兒凍到麻木的手指彈跳了一下，萬針攢刺似的疼，劇痛中的手指變得分外敏感，指尖感覺到夏明朗口腔內火熱的溫度還有舌面上微沙滑膩的觸感，像觸電一樣，陸臻把手縮了回來。

「疼？」夏明朗問道。

陸臻拼命點頭，他生怕夏明朗再來弄他，連忙把手指塞到自己嘴裏，其實疼不是最重要的，最重要的那個……不是疼。

「會疼就好，到我屋裏去我給你上藥。」夏明朗轉頭招呼了一下鄭楷，拎著陸臻離開。

很多事都是緩過來了才知道痛，進了宿舍大樓被熱氣一蒸，陸臻的腳趾馬上像要斷了似的疼得發瘋，十指連心，現在他二十個指頭都跟針扎似的，那實在不是一般人可以忍受得了的痛苦。

「疼就叫出來，說實話我的腳也疼得厲害。」夏明朗看著他步履蹣跚。

陸臻用力扯一下嘴角：「叫出來又不是就不痛了，媽的，與其哭我還不如笑。」

夏明朗哈哈大笑，抬手在陸臻肩上一拍，陸臻頓時站不穩差點撲出去。

進了門倒出熱水，卻不能著急往熱水裏浸，非得把指尖那些淤血都揉散了才行，要不然熱水一激，馬上就會開始潰爛。夏明朗從櫃子裏找出一瓶酒來倒出一點給陸臻，陸臻這會看到酒就跟看到親爹似的，一仰脖就倒了下去，初時沒感覺，幾秒鐘之後，一種像燒著了的刀鋒似的烈熱從喉嚨口裏竄出來。

陸臻舒服地呻吟了一聲，拍案：「這酒好！」

「那是！」夏明朗得意地一笑，把陸臻的靴子拔下來，熱毛巾絞乾捂上去，陸臻一聲慘叫，和殺豬也沒太大分別。

「不是說笑比哭好嗎？」

陸臻閉著眼睛直抽氣，過了一會緩過來，喘著氣強笑：「給我點心理準備行嗎？你這也太突然了。」

說話間毛巾已經涼了，夏明朗把藥酒倒在手上搓熱，幫陸臻按摩活血。

很難形容那是什麼感覺，好像無數根冰針都刺在肉裏，現在這麼一搓揉全碎了，血肉攪成一團。陸臻實在疼得無計可施，撈過床邊那瓶酒仰頭就往嘴裏倒。這酒太烈，兩三口之後舌頭就麻了，失去感覺，烈酒進到胃裏，暖洋洋的火隨著血液行遍全身，那刮骨的痛像是也隔了一層，肢端從麻木到有知覺，癢得發慌。

陸臻不自覺地就想要撓，被夏明朗一掌拍了回來：「不能撓，一撓就全爛了。」

陸臻不依不饒，異常固執地干擾夏明朗的救治工作，夏明朗被他煩得心頭火起，索性一把把他的腳按進了熱水裏，沒聽到意料之中的那一聲殺豬叫，夏明朗詫異地抬頭，驚訝地發現陸臻在轉眼間已經把他的收藏喝了個底朝天。

？？

！！

夏明朗臉上變色：「你知道這是什麼啊？」

陸臻豎起大拇指：「好酒！」

「好酒你個頭！」夏明朗欲哭無淚，「這是酒原，有八十度！！」

見鬼了，這麼喝會不會出人命？夏明朗暗自嘀咕，說著豎起兩個手指在他眼前晃，陸臻把他的手掌捉住一看，很篤定地說道：「二！」

夏明朗失笑，看來是真的醉了，這小子醒著的時候絕不至於傻到這種地步。

酒勁兒太足直衝頭，陸臻這次醉得非常徹底，滿臉都是傻乎乎的笑，眼睛裏因為含著水膜，星光璀璨，睜大了眼睛一眨不眨地只是盯著夏明朗。

夏明朗摸了摸自己那張臉，心道：有什麼問題嗎？轉而又唾棄自己，發那麼多誓有什麼用？難道全中隊就這麼一個傻瓜凍傷了自己嗎？怎麼不一個個拎回來伺候？不是說了要躲開他嗎？明明知道是毒藥怎麼還是不肯放呢？這小子是菸嗎？這麼難戒？

夏明朗忽然苦笑，其實菸都沒他難戒。

罷了罷了！夏明朗唉聲嘆氣地給自己整了盆熱水，舒舒服服泡起了腳。

「隊長！」陸臻小聲地叫他。

嗯？

夏明朗轉過頭，眼前一花，一雙溫熱柔軟的唇封了上來，夏明朗驚駭地睜大了眼睛，直往後倒……這，這他媽叫什麼事兒？夏明朗氣極敗壞，他堂堂麒麟基地特種行動隊一中隊隊長，居然被自己的隊員酒後強吻，這事說出去，他這十里八鄉就別做人了。可是偏偏悲哀的是，當他被壓下去的時候，自己的手清楚明白地扣在陸臻的腰上。

居然還生怕他滾下床！

夏明朗痛心疾首，心道我還真不如找塊豆腐撞死。

陸臻在他嘴唇上貼了一會兒，慢慢把自己撐起來，四目相對，他的灼熱驚慌與他的迷離茫然，夏明朗看著那雙眼睛，心頭滾過一絲難言的悸動，似甜，又酸，實痛。

「隊長！」陸臻把手攏在他臉側，小心翼翼地，連呼吸都很微弱。

夏明朗心頭狂跳。

迷濛的青年又一次壓下去，這一次再不是少年時唇貼唇的溫情小遊戲，而是直奔主題的吻法，最激蕩的青春烈情，火熱的舌頭有力地撬開嘴唇和牙關，深深探入口腔內部逡巡。

夏明朗那無論是理智還是情感都不支持的反抗微弱得連自己都不好意思提起。

天知道他有多麼多麼渴望這個吻，真的只有天才會知道，於是這種事居然發生了，天竟不負他！

陸臻的唇齒間帶著烈酒的味道，熾熱而辛辣，凜冽如刀，連唾液都沾上了跳躍的酒精的分子，是刺激而令人興奮的。夏明朗覺得自己快要醉倒了，醉在他家鄉的烈酒中，醉倒在這個他日夜渴慕的人如火的熱情中。

濃膩的吻從嘴角邊綿延開，夏明朗聽到含糊的呢喃聲，很輕的細細碎碎、固執的輕聲的呼喚。

隊長，隊長……

萬般濃情的叫法，柔軟的，潮濕的，飽含著新鮮的慾望與躍動的激情。

夏明朗撫摸著他的頭髮，手指穿行在髮間，沙沙地響。

說不出是什麼感覺，他的心像是被蜂蜜浸透又被刀子劃開，有多甜蜜就有多疼痛。於是原本很多想得通想不通的畫面都連在了一起，像是最後的一道弧合上，畫成一個圓。其實他早就應該想到了，陸臻看他的眼神有古怪，他不應該忽略的，那是多麼熟悉的目光，他曾經在鏡中看到的自己。

火熱的唇舌往下移，慢慢接近衣物的界限，夏明朗忽然覺得緊張，抬手摟住陸臻的肩膀，輕聲道：「陸臻？」

陸臻慢慢停下了動作，臉孔埋在他的頸窩裏，呼吸灼熱，燙傷大片的皮膚。

夏明朗不敢動，等陸臻漸漸睡沉才抽身從他身底下滑出來。要說陸臻的酒品還真是不錯，醉了想幹啥就幹啥，幹完直接睡著。被酒精燒紅的臉上血氣很足，很健康的樣子，就像個漂亮的蘋果，長長的睫毛這次很安靜，那隻墨蝶像是倦了，收了翼棲得很安定，濡濕的嘴唇有鮮紅的血色，微微有些腫。

夏明朗咬住自己的手指，這一點刺痛會讓他清醒點。

他現在需要思考，當然，不是在這個地方，這個地方有種奇異的氣息在撩動他的神經，讓渴望變得更渴望，讓饑渴更饑渴，他現在像一個沙漠苦行的旅人，剛剛嚐到了一滴清水的甘美，身上的每一個細胞都在叫囂著更多。

夏明朗覺得他以前是個乞丐，坐在朱門之外看酒肉臭，因為沒有指望，反而盼著自己早點凍死。可現在他忽然一覺醒來，發現自己坐在皇家金庫的大金磚上。

偷！？還是不偷？！

這真是一個問題，曠古謎團，一千個人，就會有一千個答案。

夏明朗用手背蹭了蹭陸臻的臉頰，幫他把被子蓋好，轉身出了門。

方進睡眼迷濛地打開門，一陣錯愕：「隊長？」

「我的床讓陸臻給佔了，你讓我擠擠。」夏明朗推著他進門。

方進哀聲嘆氣：「你輕點兒，小默睡了。過來幹嘛呢，你們倆擠擠不就行了？」

「那小子喝光了我一整瓶伊力特酒原，我擔心他半道上發酒瘋。」夏明朗脫了外套鑽到方進床上。

方進瞪大一雙迷濛的睡眼：「你那酒？真的假的？」

「你說呢？！」

方進鑽進被筒子裏，嘀嘀咕咕：「他會不會醉死？」

夏明朗笑容奇異，摸了摸嘴唇：「應該不會。」

一張行軍床不過三尺寬，兩個大男人擠一張床，不可避免地總會抱在一起，夏明朗模模糊糊地要睡著的時候忽然意識到，他的手掌一直放在方進光裸的手臂上。他下意識地摸了摸，方進含糊地問了一句：「又咋了？」

夏明朗搖頭：「沒。」

心道：他是怎麼想的，要是自己對方進都有感覺，還不如直接投豆腐缸裏淹死。

然而，夏明朗在被子裏握起拳，是啊，為什麼？同樣是男人，青春健美的身體，為什麼他可以坦然和方進貼在一起入夢，卻受不了陸臻離他太近？他忽然想起那個夜晚，裸露的皮膚貼合在一起的悸動，原來，原來根本不是像他想的那樣，他不是因為被誘惑才覺得吸引，他是先被吸引，才覺得誘惑！

只因為陸臻！

陸臻一覺睡到下午才醒，睡醒之後在夏明朗屋裏團團轉，夏明朗聽到裏面的響動進去看，發現陸臻正彎腰疊被子，當真是切削豆腐一般的齊。麒麟不像野戰連隊，對內務的問題抓得不那麼死，只要整齊乾淨就成，至少夏明朗就從來沒在陸臻本人的床上看到這種級別的被子，這充分說明了某人不是不能，他只是不願。

「隊長！」陸臻一看到他就叫得特別動情。

夏明朗頭皮一炸，臉上聲色不動。

「我剛才沒怎麼吧？」陸臻臉上很僵。

「嗯，你應該會怎麼？」夏明朗本來就打算好了敵進我退、觀定而後動的游擊戰術。

「沒有，隊長，我這個人喝醉了容易頭腦發熱，我要是幹了什麼亂七八糟的事，你千萬別往心裏去。」陸臻已經急得臉都紅了。

「怎麼你不記得了？」夏明朗懷疑地問。

「我要記得就好了。」陸臻仰天悲嘆。

「你都不記得了，怎麼知道自己會幹傻事？」夏明朗說到最後那兩個字的時候有點遲鈍，潛意識裏，至少是潛意識，他不覺得那是傻事，那是再美妙也不過的事。

陸臻一副死就死了的樣子：「我上次喝醉是研究生畢業聚會，那次我打了我們組一個工作人員的屁股，因為他成天不幹活催著我要資料……」

「你沒打我屁股，你只是趴在我身上睡著了。」

陸臻鬆了一口氣：「就這樣？」

「嗯，就這樣。忽然間壓過來，佔了我的床，就這麼睡著了。」夏明朗嚴肅地點頭，「搞得我現在滿床的酒氣。」

「我給你洗！」陸臻馬上討好地笑。

夏明朗繃了一會，到底沒繃住，笑開了：「沒關係，就當是讓我練練酒量了。」

「那麼，那酒？」陸臻小心翼翼。

「酒沒了，得下次回去偷渡回來了，沒關係，反正我也不喝。」夏明朗笑道，「你先回去吧，收拾一下裝備，好好休息，明天，會有一個難忘的旅程。」

「是！」陸臻跳起來敬了一個軍禮，不等夏明朗還禮，人就已經竄了出去。

夏明朗看著他的背影，慢慢咬住了嘴唇。

為什麼要說謊？

好像真的不為什麼，好像條件反射地就覺得這才是正確的辦法，粉飾太平也好，大雪壓山也好，這是唯一的出路。

更何況這有什麼不對呢？

說開了彼此都會尷尬。

陸臻一出門就開始狂奔，他記得，他當然記得，他記得每一個細節每一點變化，好像做夢一樣，他不能控制自己的行為，但是一切歷歷在目，他甚至還記得從夏明朗驚駭的眼睛裏映出的自己的臉。

很明顯夏明朗打算忽略這件事，可陸臻卻發現他並不難過，可能是這樣，夏明朗其實也是喜歡他的這項認知的狂喜已經蓋過了所有的遺憾。他是喜歡他的，即使他自己都不肯承認，但是，他真的是喜歡他的，即使將來會變，被自我壓抑，被時間磨平，可至少在這一刻，他是喜歡他的。

這個事實本身，已經超過了他所有想像中的美好。

5.

冬訓的最後一個項目是野外生存，為期五天，三百公里直線距離，全部裝備只有一把匕首、五十克鹽，還有一張粗陋而錯誤百出的地圖。飛機帶他們轉場去亞熱帶原始森林，夏明朗抱著肩膀，靠在機艙壁上休息，即使是閉著眼睛，他也可以感受到陸臻的目光，像羽毛一樣的輕盈，明快而熱烈，而當你看向他，又馬上裝模作樣地飄開。

全不記得了！我操！信他就有鬼了，夏明朗不以為然地撇著嘴。

只是他難以想通的是，為什麼，陸臻可以如此快樂而坦然地接受這件事。這場愛情對他而言是劫數，而兩情相悅更是讓危險升級，好像災難。可是此刻陸臻的樣子彷彿只要他隨時點個頭，他們就能一起肩併著肩走上陽光大道。

嗨，小子！？

夏明朗忍不住想要質問他：你到底知不知道你在幹什麼？

他看到陸臻轉過頭去和徐知著說話，聲音很輕笑容明亮，眼睛裏全是星光，快樂得讓人羨慕，近一個月來的艱苦折磨居然沒有在他身上留下什麼痕跡。

方進莫名其妙地揪著夏明朗的袖子，壓低了聲音俯耳過去：「那小子又抽風了。」

「唔！」夏明朗不置可否，他當然知道方進指的是誰。

「真他媽見鬼了啊！昨天早上見他還是半死不活的樣子，睡一天就能精神成這樣？」方進嘖舌。

夏明朗感慨：「可能是你老了。」

方進轉轉眼珠，頓時激動了：「隊長，你搞什麼搞？我還沒他年紀大呢？小爺我今年才二十三！！」

夏明朗摸摸他的頭，安慰道：「心老！」

方進摸胸口，撲通撲通不知道跳得多歡，頓時不悅地哼道：「是你老了才對！」

夏明朗沉默地轉過臉去，方進只覺寒光撲面，馬上低頭噤聲，陳默向他勾勾手指，他默默地溜了過去。

陸臻他們聽到這邊有動靜，好奇地瞅過來，夏明朗再一次被目光洗禮，終於覺得累了，站起身走到角落裏。

鄭楷看他黑漆漆壓了一腦門的官司，問道：「怎麼了？」

「沒事，就是有點睏。」夏明朗貼在他身邊坐下，找了個還不錯的位置靠上閉目養神，這裏是一個死角，在這裏，陸臻看不到他，他也看不見陸臻，大家都清淨。

兩個小時之後，飛機進入指定區域，夏明朗站起來訓話，內容很簡單：

前進，直到無法前進；堅持，直到無可堅持。

自己折騰死在訓練中，不是什麼英雄，不佔烈士名額。

方進幫他補了一句：被三隻以下的野豬和兩隻以下的熊幹掉的同志，去見閻王的時候不許提他方進的名，方小爺丟不起那個人。

眾人聽完一陣哄笑，剛剛還緊繃得生火的氣氛頓時鬆懈下來。

飛機沿著指定區域劃了一個圓，隊員們陸續跳了下去，而鄭楷和夏明朗則傘降在圓心的位置，一天之後會有直升機支隊的人過來幫忙救援臨時遇險的退出者。至於這一天之內退出的隊員們，用夏明朗的原話來說就是：那你就等死吧！

低緯度地區的冬天也不覺寒冷，鄭楷和夏明朗兩個落地後收好傘，開始了百無聊賴的等待。

夏明朗隨便給自己找了個背光的地方，從包裏拿出一個黑盒子來按個不停，鄭楷抬眼看過去：「什麼東西？」

「PSP，從陸臻那兒搶的。」夏明朗隨口答道，忽然一愣，手上警報大響，他又OVER了，夏明朗覺得無味，把東西收了起來，開始和鄭楷打賭猜測今年到底誰能第一個從這密林深處走出來，到達這集合點。

鄭楷在這批新人裏最看好常濱，體力好，幾乎不知疲倦。可是夏明朗卻不同意，叢林深處的前進不像山地越野，比的不光是體能還有計謀，其實他看好徐知著，徐知著的越野能力也非常強悍。

他們聊啊聊，話題慢慢從新到老，又開始猜測這次到底有誰能超過老隊員先撞線，又有誰會可憐地被新兵甩開一條街。於是說著說著，兩人相視而笑，因為大家都想到了方進。方小侯威武不凡，可耐力是他永遠的痛，如果沒有意外，他總是最後一個，唯一一次反超，還是陳默剛進隊那會兒，不過他也就贏了一個陳默，因為陳默在最後兩天裏扭到了腳，扭得不輕不重，彆彆扭扭地走到了終點。

鄭楷感慨：「今年就看侯爺和陸臻這兩人誰比較次了。」

因為又一次聽到了陸臻這兩個字，夏明朗臉上一僵，雙手墊在脖子下面，躺倒在樹下較綿軟的草地上閉目養神。

日影西斜，鄭楷砍了半棵枯樹生出一把火，夏明朗看著那跳躍的火光愣了愣，拍拍屁股站起來，說：我去準備晚飯。

半個小時之後，夏明朗帶著一隻兔子兩條蛇出現，剛剛剝了皮的新鮮肉體還帶著餘溫，夏明朗用鹽醃了，挑了幾根看起來比較直的樹枝開始刮樹皮。反正是無聊，夏明朗做這些事的時候非常緩慢，於是思維像是被風吹起的紙片那樣在腦子裏轉啊轉。他低頭看到被砍斷的蛇頭啪的一聲用力合上，死死地咬住了一根枯枝。

「你得把牠扔遠點，蛇是低等爬行類，神經中樞分佈全身，你砍了牠的頭，牠也照樣能咬你。」

夏明朗微微笑了一下，那小子，真是囉嗦，還以為這世界上就光他懂道理呢，他夏明朗吃的蛇比他見過的還多，這還用他教嗎？夏明朗發現他最近總是會想起之前，從最初選訓的時候開始想起，試圖捕捉一些蛛絲馬跡，解釋這一場沒來由的愛戀。但事實上，他總是想不出，一切發生得太沒有痕跡了，或者說，太自然了！

手藝當然是一貫的好，脂香肉滑，夏明朗忽然想到了他這幾天等在這裏能幹點啥，於是打電話讓支隊的飛行員們明天過來之前去食堂要幾包調料。鄭楷雖然望天覺得這事實在有點無聊，可是等待顯然更無聊，也就隨他去了。

吃過晚飯，天色已經大黑了，夏明朗抽了一根木柴點上菸，吞吐著煙霧問鄭楷是不是也要來一根。

鄭楷瞧了他半天，忽然說道：「你最近有點不太正常。」

夏明朗笑起來：「怎麼了？連你都看出來了啊？」

鄭楷笑道：「也就我能看出來吧，你比較不瞞我。」

夏明朗仰起臉瞧了他一會，聲音弱了幾度：「楷哥。」

「說說吧！」鄭楷轉過臉去看火，黝黑的臉映出金紅色的火光。

夏明朗沉默了半天，忽然悶聲悶氣地說道：「我，好像喜歡上一人。」

鄭楷張大嘴轉過頭去，夏明朗特別不好意思地衝他笑笑。

半晌，鄭楷忽然問道：「是隊員嗎？」

夏明朗一下子跳了起來，半張臉隱在黑暗裏，半張臉被火光照亮，有種肅殺的凜厲氣息。

「是？」鄭楷鎮定地逼問了一句。

「為什麼這麼說？」夏明朗硬梆梆地問道。

「你最近沒休假沒外出，前一陣亂七八糟相的那些姑娘也全沒聯絡，你說你還能看上誰？」鄭楷頓了下：「是陸臻？還是……」

「為什麼，為什麼是他？」夏明朗打斷鄭楷的話。

「猜的，老的那些個你要有想法早就有了對吧，新人裏，要嘛，徐知著？別的都長成那樣五大三粗的，跟你也不親近，陸臻特別親近你。」

「他對誰都親近。」夏明朗森然道。

鄭楷低頭：「其實你也別激動，這種事兒以前也不是沒發生過，還記得劉永亮和楊寧嗎？他倆當時住一個屋，好得像什麼一樣，同出同進的，幹啥都在一起。」

「我沒聽說過這件事。」

鄭楷道：「你那時剛好出國了，也不知道祁隊當時是怎麼看出來的，反正祁隊這人你也知道，他要是想查點什麼，什麼法子都下得了手，總之就是讓他拿著證據了。」

「後來呢？」夏明朗壓低了嗓子問道。

「祁隊想把他們調走，劉永亮差不多到歲數了，要退也可以退了，楊寧嘛，反正他們兩個走一個，這事兒就算了。不過當時，唉……楊寧多強的一個人吶，哭得像什麼似的，在祁隊屋裏跪了一天，我怎麼拉都拉不起來。最後還是嚴頭出面平的事兒，嚴頭說：『咱們管天管地還管他們晚上抱著誰睡覺嗎？』」

夏明朗沉默無言，忽然想起來：「可是我回國的時候劉永亮已經不在了。」

「是啊，演習事故，不算重，大腿骨骨折，能好，不過就是肌腱也受了傷，不能像以前那樣發力了，所以還是調走了，過了兩年楊寧也走了。」鄭楷抬起頭看到夏明朗臉色陰沉，抓了抓頭髮繼續說道：「其實我總覺得祁隊也不是真心就煩這事兒，後來那兩人都去武警那邊了，在一個地方待著，祁隊親自寫的推薦信。他主要是怕壞了隊裏的風氣，雖說咱管不著別人晚上抱著誰睡覺吧，可是一大隊的全是年輕小夥子，血氣方剛的晚上都抱一塊睡去了，那還怎麼得了。再說了，他們好的時候還沒什麼，那萬一要是掰了呢？心裏還能沒點嫉恨？你也知道幹我們這行的，事到臨頭的時候不能有半點疑慮。」

「我知道，祁隊有他的道理。」夏明朗點了點頭，心中發苦，何止是有道理，換了他，他也是一樣的幹法。

「其實祁隊後來也挺後悔的，他總覺得是他沒壓住火，反而把事情搞大了，這年頭誰都不是傻的，有一點風言風語的猜猜都能猜出來，大家表面上不說什麼，背地裏都有議論，雖然不會真有什麼，可是楊寧最後那兩年，日子其實真的不好過。」

鄭楷轉而問道：「陸臻他是怎麼個想法？」

「不，這事跟他沒關係。」夏明朗斷然道，「是我一個人的問題，他什麼都不知道，這與他無關。」

「那就好。」鄭楷按住夏明朗的肩。

一點壓力沉下去，好像直接按在胸口上似的，夏明朗一支接一支地抽菸，鄭楷終於忍不住問：「你帶了多少菸出來？」

「就這麼一包，就這還違規了呢，所以，算了，抽光算數。」

夏明朗勉強一笑，眼睛瞇起來，黑漆漆的瞳仁被火光映出異彩。

第二天，夏明朗一直在專心逮兔子，逮著了就用背包繩綁在樹上扔草窩子裏養著，武直的兄弟們趕到的時候驚嘆不已。午飯是用老鼠肉和蛇肉熬的湯，還有烤兔肉和食堂裏順來的饅頭，吃得那兩位飛行員心滿意足地直哼哼，放言以後出來跑還得跟著夏隊長混，跟著隊長有肉吃。

夏明朗手腳太俐落，折騰了一整天，方圓幾里之內的兔子算是徹底絕了後，到晚上他守著篝火心有不甘，早知道去弄點硝鹽來他就能把那些皮子都給硝了，出山還能去集市上賣賣皮草。

於是到了第三天，無聊的夏隊長只能割草餵兔子玩兒，忽然想到陸臻此時不知道在哪個叢林沼澤裏掙命，而他現在清閒舒適得嘴裏都能淡出個鳥來，這場面要是讓他看到了，非得氣個半死不可。想到生氣，便想到那雙火光閃閃的充滿生機的黑眼睛，還有圓鼓鼓的臉頰，夏明朗只覺得更無聊了。

當天晚上出了第一樁意外，那名隊員因為趕夜路誤中了當地獵人的陷阱，本來已經躲開了，沒想到那些鐵齒上還抹了毒，無奈之下只能趕在昏迷之前宣布退出拉了信號彈。夏明朗剛聽到耳機裏的沙沙聲就已經一躍而起，武直的兩位兄弟也揉著眼睛爬了起來。

大半夜的要從漆黑一團的叢林裏找一道黃煙還真是不容易，好在他們在出發之前就在地圖上分過區，查找的範圍小了很多，當夏明朗趕到的時候人已經昏迷了，直升機直接轉場，飛去事先就定好的軍區醫院緊急搶救。一路上就看著氣息越來越弱，夏明朗的手指一直按在他的頸動脈上，摸到後來手指頭都僵了，差點把自己給嚇死，好在本地人常用的毒藥就那麼幾種，一進了醫院就開始打血清試了兩次之後就找到了對症的，夏明朗趕著回去，只能關照護士等病人一醒就馬上通知他。

心驚肉跳，不過這種心驚每次訓練都能遇上幾回，像這樣的訓練與演習都有死亡名額的，五天三百公里的極限野外生存是2％，夏明朗盤算著他這次帶出來八十七個人，也就是說可以死一．七四個人，當然這是一個極限狀態，只不過保證在這個死亡率之下，帶隊的負責人不必受到行政處分，至於自己心裏怎麼想的，那就是自己的事了。

夏明朗回去之後就心神不寧，總覺得好像會出事。

遊走在生死邊緣的人總會有一點奇怪的感應，就像狼天生能夠感知危險，當然，這樣的直覺也不一定能準。鄭楷看到他一回來就找了棵樹靠著坐下，彷彿閉目養神的樣子，就知道他心情緊張，走過去三步之外夏明朗就睜開眼睛，漆黑燦亮，看著他：「有事？」

「沒。」鄭楷搖了搖頭，在他身邊坐下。

夏明朗把菸盒捏在手裏聞著，鄭楷笑道：「早知道就留一根嘛。」

夏明朗笑著搖了搖頭：「早點抽完拉倒，反正都是不夠的。」

鄭楷有些感慨，安慰他：「你太緊張了，放鬆點。」

「明天才是事故的高發期。」夏明朗看著漆黑的密林。

「往年都這樣，今年你特別緊張，別這樣，真出了事，也和你沒關係！至少和你那事兒沒關係吧！」

夏明朗笑一下，不置可否。

當天晚上沒有出事，第四天白天風平浪靜，到黃昏的時候有人要求退出，夏明朗聽到那聲音沉靜如水，心裏一鬆，搭話問道：「陳默你沒事吧！」

「嗯，沒事！」陳默冷靜地說道。

夏明朗一頭霧水，好好的沒事你退出什麼勁兒，到了那邊才知道是傷到了跟腱。

「不能發力。」陳默指給他看，「而且我擔心走到底，跟腱會斷裂。」

跟腱斷裂的意思就是，這隻腳，這輩子都不能再發力。夏明朗點了點頭，忽然慶幸傷的是陳默，要是換了方進大概會一直走到腳斷掉為止。然後他盤算了一下他隊裏有多少人會一直走到腳斷，頭疼地發現還真不少。

陳默的傷不算重，不肯浪費燃油往醫院跑，索性就被一併拉回了集合點。

一夜未眠，大家都知道這是最後一個夜晚，都守著，偏偏通話器裏一點聲音都沒有，看到太陽升起的時候夏明朗鬆了一口氣，心想應該沒事兒了。

隨著太陽越升越高，陸續有人到達集合點，夏隊長開始快樂地殺兔子烤肉，只是可憐了筋疲力盡肚子餓得咕咕叫的隊員們，餓成這樣子吃得太猛容易鬧肚子，可是不吃猛了又饞得慌。出乎夏明朗意料的，第一個到達的新人就是常濱，不過這種事也做不得準，可能剛好他的路線比較好走也不一定。緊跟著的是徐知著，方進還是沒到，已經被好幾個新人甩下，估計這次小侯爺回府有得鬱悶鬱悶。

日頭過了最高的那一個點，慢慢開始偏西，夏明朗動作流暢地剝完一隻兔子扔給別人去洗，耳朵裏忽然一跳，沙沙的電流聲響起，伴著嘶啞的沉重的喉音：「N2，請求退出。」

夏明朗心臟頓下一拍，啞著嗓子問道：「陸臻？」

沉默良久，聲音竟然又弱下去了一些，遊絲似的微弱：「隊長，我是陸臻，救我！」

夏明朗茫然地站起來，忽然發現自己有點不辨方向，鄭楷匆忙走過來拉他，夏明朗著急地問他：「我沒聽錯吧，是陸臻？」

「沒錯，是他！」

鄭楷拉著他往直升機跑，駕駛員已經到位，正在發動飛機。

陸臻是一個對問題設想很周到的人，他甚至對於退出這件事都做了很周到的控制。他給自己找了一個河邊的空曠地帶，雖然後來夏明朗知道他去河邊不光是為了讓他們好找一些，還有更重要的理由。不過像這樣，信號煙幕彈插在河邊的亂石裏的確方便了他們在第一時間鎖定他的位置。

夏明朗在機艙門口往下看，陸臻靠在一塊石頭上，清亮的河水從他手邊流過，帶走一片血痕。

空間太小不方便降落，武直的師傅找了個適合的角度在空中懸停，夏明朗拉著繩子跳了出去，粗糙的繩索在掌心滑動，好像著了火似的疼，他這才意識到他沒有戴手套。

夏明朗先落地，跑了兩步忽然停住，鄭楷從他身邊衝過去，莫名其妙地回頭看了他一眼，蹲到陸臻面前檢查他的狀況。

「還，還活著嗎？」夏明朗結結巴巴地問。

「廢話！」鄭楷把人抱過來，心想有見過死人還能吐血的嗎？

夏明朗深吸了一口氣，手指按上他的頸動脈，陸臻忽然睜開眼睛看著他，夏明朗心口一涼，像是被一發子彈擊中胸口，靈魂飄走，一句話都說不出來。

「先上去！」鄭楷推了他一把。

夏明朗反應過來，說道：「我先上，拉你上去。」

直升機上已經扔了軟梯下來，夏明朗用背包繩把陸臻綁到鄭楷背上，自己先爬上去，再把另外兩個拉進艙門，直升機馬上調頭飛去醫院。

「隊長……」陸臻的聲音極輕，幾乎是氣流，夏明朗靠過去握住他的手，掌心一片濕膩，全是血。

陸臻努力睜開眼睛，喉結滑動個不停，像是努力在吞咽著什麼，他的聲音低啞：「我的胃很痛，應該是消化道出血……」說話間，嘴裏又有血漫出來，陸臻被嗆到，低聲咳嗽。

「夠了，行了，別說話！」夏明朗急忙按住他。

「不行！」陸臻聲音一提，眼神熾熱而急切，「我應該是食物中毒，口袋裏，口袋裏有收集的樣品，不過可能不全……我怕撐不到醫院，你記得告訴醫生。一定要救我，我不想死……」

陸臻固執地低語，粘稠的血沫從唇齒間漫溢出來：「我不能這樣死……」

「好好，我知道，你不會死，有我在，不會讓你死！」

夏明朗看著他的眼睛，覺得自己簡直語無倫次，可是陸臻居然就這樣被說服了，嘴角微微翹了一下，慢慢闔上眼睛。

只是胃出血而已，上消化道出血。夏明朗不停地安慰自己：看著很可怕，其實也不過是胃出血而已，不會有事的，不會死人，只是看著可怕。

「明朗？我來抱吧？」鄭楷看到他的手指全絞在一起，骨節發白，好像隨時能拗斷掉。

夏明朗忽然抬起頭看他，一瞬間的目光，黑到至深的幽明，殺氣騰騰，鄭楷吃了一驚：「明朗！？」

夏明朗用力閉一下眼，低聲道：「我來就可以了。」

醫院離得不算近，上次夏明朗就覺得慢，這一次更是慢得不可思議，慢到他幾乎想把飛機上的螺旋槳拆下來頂在頭上自己飛著走，甩開這麼大個鐵盒子應該會快得多吧！可是，連時間都變慢了要怎麼辦呢？他從兩分鐘看一次錶，飛快地變成了半分鐘看一次錶，腕錶大概是壞掉了，數字居然一動不動。

陸臻很安靜，肌肉在輕微地抽搐，表達著它們的痛苦與不滿，鮮血不停地從嘴裏溢出來，混雜著消化液和膽汁變得粘稠而含混，夏明朗不停地幫他把嘴邊的血跡抹掉，不能放平，更不能嗆血，如果血液流進肺裏，後果更加不堪設想。

夏明朗忍了再忍，只覺得連指尖都開始抽痛，他微微抬眼看著鄭楷，終於偏過頭把嘴唇印上陸臻的額角，觸感鹹澀，全是汗。

鄭楷悄無聲息地轉過頭，連餘光都不往那邊飄。

夏明朗低頭去看陸臻的臉，蒼白的，漆黑的睫毛隨著呼吸的起伏而顫動，像墨做的蝶，飛越滄海，振翅前行，漫延的鮮血把胸前的迷彩服染透，印跡斑駁。夏明朗聽到自己的心跳緩慢而沉重，隨著陸臻的呼吸起伏，心痛的滋味，與別的隊員受傷時完全不同的那種痛，血肉成泥的糾結。這個名叫陸臻的傢伙是他的心病，但是他從來不知道，原來已經病得那麼重。

人送到醫院的時候擔架床已經在門口等著了，夏明朗一路隨著狂奔，一邊把情況告訴醫生，最後轟的一聲，那個人被推進手術室，紅燈亮起，生死再不由他掌握。

「你留在這裏陪他？」鄭楷和他商量。

夏明朗權衡了一下，乾脆俐落地下達命令：「好，我留在這裏，你回去整隊，盡快把陳默也送過來，他的腳不能拖。」

鄭楷點點頭，大步離開。

夏明朗看著那道背影消失在轉角，忽然覺得身上一空，坐到牆邊的椅子上，開始沉默地等待。

他不喜歡等待，非常地不喜歡，他可以潛伏，但其實，那不是等待，那是隨時隨地的觀察，隨時隨地的進攻，而不是像現在這樣漫長的，完全不由他控制的，結果未知的等待。他不會去設想，如果手術室裏推出來的是一具屍體他會怎麼樣，不會有這樣的結果，他不接受。

他這一生，與閻王搶命，與死神調情，第一次，發現還有無法去面對的現實。

他忽然有種強烈的衝動，他想把陸臻踢走，什麼理由都好，去哪裏都好，不要留下來，他可以死一千次，但陸臻不可以，就這麼簡單。

夏明朗閉上眼，腦海裏全是那雙清明透亮的眼睛，專注到幾乎固執的：我不能這樣死！！

是的，是的，夏明朗苦笑。

你不能這樣死，我知道，所以，你也不會這樣走，我更知道！

陸臻，這真的是我最大的妥協了，我會給你，你想要的一切，除了那些不必要的傷害！

紅燈閃滅，夏明朗看到醫生從手術室裏走出來，神色平和，頓時如釋重負。

「沒事吧？」夏明朗問道。

「還好，他很機靈，馬上給自己洗了胃，所以中毒不算很深，休養一段時間就沒事了。」醫生把口罩摘下來，「不過他的胃受到很大的損傷，具體的我們會在出院之前做一個確診，看是不是必須長期吃藥來做調理。」

「好的。」夏明朗伸手與他相握，「謝謝。」

「話說，夏隊長，還是第一次看到你等在這兒呢，每次都是把人一扔就走了。」大概是病人脫危自己心裏也開心，醫生開起了玩笑。

夏明朗笑道：「因為這次是尾聲了。」

「哦……」醫生像是有些失望似的，「我還以為那是個特別重要的兵呢，這麼年輕的少校。」

「不，」夏明朗非常認真地看著他，「我的每一個隊員對我都很重要。」

所以他不光是我特別重要的兵，他還是我特別重要的人。

唔，醫生有些尷尬，說道：「不好意思。」

「沒關係。我什麼時候可以去看他？」

「隨時都可以，等他轉好病房。」醫生笑了笑，轉身離開。

病房裏很安靜，陸臻還失陷在半昏迷中沒有醒過來，臉色蒼白，像一張紙，隨時都會飄散。

黃昏日落，夏明朗看到窗外像失了火一樣的紅，晚飯時刻，外面有吵鬧的人聲，他坐在陸臻床邊，那個人很近，卻又遠得不可思議，於是心裏空了一塊，像是被菸頭燒灼的紙頁，焦枯著，帶著疼痛的空洞擴散開來。

夏明朗站起身到窗邊看了一會風景，然後把窗子和窗簾全拉好，走到門邊，開門看到走廊裏空蕩無人，於是把房門鎖牢。

好了，現在這樣比較好，一個密閉的空間，他與他兩個人。

夏明朗在床邊站了一會，緩慢地，無聲無息地把自己移到床上，隔著被子擁抱，鼻子貼在陸臻的臉側，深深呼吸。然而當他睜開眼睛，卻發現陸臻已經醒了，睜著眼睛看著他，一動不動。

因為發燒的緣故陸臻的眼球上蒙著一層水膜，漆黑的瞳孔明亮光滑，像一面鏡子清晰地映出夏明朗的臉，而眼神卻是恍惚的。

「不要動，也別說話！」夏明朗低聲道，聲音緩緩流轉，陸臻闔上眼睛，看到金色的細砂礫在指間流過。

徐知著收隊後跟著陳默一起去了醫院，問到陸臻的病房卻發現開不了門，用力拍了兩下正想找護士，房門卻從裏面嘩的一下打開了，夏明朗迎著光站在他面前，房間裏一片昏暗。

「你來了？」

徐知著點頭，咽了一口唾液，發現自己居然說不出話。

「也好，那我先回去了，好好照顧他。」夏明朗側身從他身邊走過。

「啊！」徐知著張口，愣愣地看著他就這麼消失。

「臻兒？小臻子……」徐知著忽然撲到陸臻床邊，陸臻皺著眉頭挺無奈似的瞧著他。

「哎，你說，咱們隊長有沒有可能也對你有點兒意思？」

陸臻看著天花板，輕聲說道：「別亂猜。」

冬夜，肅殺而蕭寒，單層迷彩貼在身上，有點冷。

這間醫院年代久遠，樓梯道裏光線斑駁，冬天的爬山虎掉盡了葉子，枯莖貼在大幅的玻璃窗上，像黑色的裂紋，把外面路燈的光線割得支離破碎，夏明朗沿著這些破碎的陰影一級一級走下去。

走出大門的時候一股清寒的空氣撲面而來，大腦頓時清醒。

他忍不住抬頭往上看，找到那個窗子，徐知著已經把窗簾拉開了，窗子裏透出明亮的光。

可怕的冬訓之後，就要過年了，基地的氣氛非常歡騰，一張一弛，文武之道，嚴頭最熱愛的馭人之術。不過今年的新年特別的歡騰，因為美麗的鄭家娘子來軍區探班，雖然麒麟基地不讓進，不過擋不住那幫小夥子們去軍區看美人，鄭家娘子是哈爾濱人，身上有八分之一俄羅斯血統，精華俱現，生得高挑貌美，皮膚白淨。

小夥子們看完之後一個個神魂顛倒，成天在家裏狼嚎不止，見天的請鄭楷去軍區吃飯，只盼著搭上嫂子一起，飽飽眼福，並且連人家大姑家表哥那讀高中的孫女兒，也都訂下了主，常濱說：他完全不介意等待小美人慢慢長大，完全不介意！

臨近年節，整個軍區的氣氛都比較輕鬆活躍，美女軍嫂的大名傳開來，讓嚴頭覺得自己倍兒有面子，那可不，自己手底下的男人個頂個的能幹，自己隊裏的媳婦，豔壓四方！

人生如此，夫復何求啊！

不過一想到這兒，他又開始怨恨上了夏明朗，你說這小子平常精得像鬼一樣，什麼人哄不下來，怎麼就是不能給自己哄個媳婦？鄭楷就一張刀削臉，三句話都能說紅臉的主，偏偏娶著個這麼稱頭的媳婦？

這人生吶，這人參哪！

於是嚴頭趕著夏明朗交年終總結的時候半真半假地拿話敲打他：你那家鄉可是美女如雲的地方啊，怎麼也得給你隊裏那幫小子整個拿得出手的嫂子吧！！

夏明朗臉上一紅，表情誠懇得一塌糊塗：嚴頭，我跟女人不對盤。

難得三寸厚的臉皮還能刮出血，嚴正一愣，讓這小子溜出了門，事後才仰天長嘆，出師了出師了，都會賣弄純情了。

陸臻出院的時候是徐知著接他的，事實上這半個月的住院時光，夏明朗沒有再出現過，前兩天集體請完了鄭家娘子，全員攜美人去看望傷患，陸臻眼尖在門口看到他半張臉，之後，就真的成了浮光。

夏明朗知道陸臻出院了，還知道他在醫院裏都混得像自己家似的，會有小護士分出自己帶的午飯給他加餐，主治醫生免費請了自己爺爺來給他瞧病，幾乎讓他背了一麻袋中藥丸子回來。

乾淨，帥氣，溫文而爽朗，這是個明媚如五月春風的青年，自然誰都會喜歡他，所有的男人和女人。

夏明朗本以為陸臻一回到基地就會來找他，他們之間有太多曖昧不明的東西需要解釋說清，可是陸臻開心自在地與他的朋友們打成一片，他在享受假期。

或者，他不希望有解釋，他也想把這一頁揭過，讓一切的曖昧就回到曖昧中去。

夏明朗嘆氣，說不清自己心裏是什麼滋味，輕鬆？期待？遺憾？失落？

或者，什麼都有。

於是，當陸臻如常地敲開他的房門，如常地站在他面前，夏明朗幾乎有些驚慌地站起來，結結巴巴地問道：「有，有事嗎？」

我本來以為你不會來了。

陸臻笑瞇瞇地看著他，像一隻快樂的兔子，他紅著臉點頭，夏明朗發現他已經把房門反鎖。

「我，我忽然發現我耳朵好像又出了點問題。」陸臻偏過頭，視線游移。

夏明朗失笑，很不錯的開場白，他於是說道：「要我陪你去醫院看看嗎？」

「啊，不，不用，你能治的，只有你能治。」飄移的視線又飄回來，像浮光掠影，羞澀地一閃而過。

夏明朗看到他的眼神熱切而明亮，就這樣看過來，有摧毀一切阻攔的勇氣，多麼勇敢的少年，然而，你真的知道自己在做什麼嗎？

夏明朗走到窗邊去，指引陸臻往外看：「你看到什麼？」

窗外是後山的層巒谷地，陸臻看著它，口氣乾脆：「麒麟。」

「告訴我你的渴望！」夏明朗轉過頭去看他，「最重要的那一種，為了它可以放棄一切的那種。」

「快樂的人生。」陸臻道。

夏明朗挑起了眉。

「我們的人生註定有無數阻礙和困苦，所以只要能快樂地生活，有一些小小的滿足，享受這生活，直到老去。」

「那麼，理想呢？」夏明朗問道，「我還記得你在陸戰的時候，面試時說的那些話，沒變過吧？」

「當然。」陸臻有些詫異。

「陸臻，有些事我能幫你，有些我幫不了你，有些東西我能給你，有些我不能，你還太年輕，這個世界上，不是有勇氣，就可以嘗試一切的。」

陸臻變色。

「我希望你明白自己在做什麼，未來，你想要的未來是什麼樣子的，什麼才是你應該走的路。你才二十四歲，在我像你這麼大的時候比你更衝動而且焦慮，未來這幾年是你人生最關鍵的時刻。時間，時間會告訴你，什麼才是屬於你的快樂人生，所以別在這時候，給你的人生做不可挽回的決定。」夏明朗平靜地看著他，漆黑如墨的雙眸似靜水，平寂無波。

「你不信任我。」陸臻的聲音黯淡下來。

「陸臻，我怎麼可能不信任你？在戰場上我可以放心地把我的後背交給你，在工作中我相信每一個由你提出的建議都經過了謹慎的思考……」

「不，你不相信我。你不相信我有能力控制自己的人生，你不相信我現在就可以為我的未來做決定，你不相信我可以。」陸臻幾乎有些兇狠地盯住夏明朗，堅定而固執，「所以，我還要再經過一場選訓對嗎？這次是什麼？時間？一年，兩年夠了嗎？三年呢，還是五年？」

「陸臻，我不是這個意思，我根本不想要考驗你什麼，我只是希望你能對自己負責……」夏明朗急了。

「我對自己很負責，我知道自己要什麼，但問題是，你不相信我。當然你說得對，人和人之間的信任從來都不是無條件的，我會讓你看到我的誠意，一定會！不過在這之前我……請答應我……」

陸臻終於忍不住上前一步，緊緊地抱住夏明朗。

不行，他一定要快，陸臻在心裏說：他得趕在夏明朗開口說拒絕之前說出他的決心和勇氣，不能等夏明朗做決定，沒有人可以更改他的決定。

「我想請你答應我，你會看著我……就像選訓時那樣，無論前路有多難，在我拼命的時候請讓我明白你會一直站在我身後，你在關注我，你對我有期待……只要這樣，只要這樣……我就可以，一定，堅持下去。」

陸臻的聲音哽咽，呼吸沉重，他的臉貼在他的臉側，胸口貼著胸口一起劇烈地跳動。

夏明朗抬起手，手指插進陸臻髮根裏，他想把他拉起來告訴他一些事，可是又不知道要說什麼，他的腦子很亂，前所未有的亂，這不是自己期待的結果，有些地方似乎不太對，可是，又說不上來是哪裏不對。

陸臻偏過頭親吻他的耳側，輕聲說道：「祝你快樂，我的隊長！」

夏明朗一愣，寒風過境，他的懷裏已經空了，而房門漸漸闔起，空氣裏卻還殘留著讓他迷戀的味道。似乎，平生第一次，一場他精心設計的談話一敗塗地，他完全跟著對方的思路走，不由自主。

為什麼？

第四章 生死與共

1.

夏明朗有時候心想，如果他這個就算是邪行人的話，那麼陸臻的大腦頻率絕對是跟正常人不一樣的，比如說，考驗！

夏明朗把自己從頭到腳檢查了一遍，沒掂出自己哪根骨頭看起來特別重，居然還能撐起來給那個誰那個誰一點什麼所謂的考驗？

真是作孽啊！

事實上他覺得像他這麼個談戀愛永遠從轟轟烈烈談到破破爛爛的男人，居然有人肯這樣上趕著追著撿也是件蠻神奇的事，可是當陸臻哪天站在他面前，一本正經地告訴他，我們現在開始的時候，他很想一頭撞死在那裏，開始什麼？其實他是真的想說：停，不用再說什麼考驗了，真的不是你不夠好，是我不夠好！可以嗎？

當然，他不能，只因為他知道，如果自己這麼說的話，陸臻就真的要失望了。好像不知從什麼時候起，只要那雙黑白分明的眼睛看著他，他就必須要做到最好，在不可能站立的地方站立，屹立不倒。因為好像曾經答應過，絕不再讓他生氣，也不會令他失望，無論何時，無論何地，無論何事。

可是小鬼，你真的知道自己在做什麼嗎？

你才二十四歲，你的人生如此漫長而廣闊，繁花似錦，陽光明媚，而你卻想與我綁在一起，一起躲進黑暗中，這不值得。然而，值不值得這件事，從來不由一個人說了算，於是他只能眼睜睜看著他的小兔子快樂地吹著口哨靠近他，若無其事地有恃無恐地待在他身邊，眼神與語言，偶爾會很挑逗。於是夏明朗不無悲哀地想，翻天了，翻天了，千年道行，陰溝裏翻了船。

陸臻會修改他的屏保程式，拿著他的電腦放歌，打擊他打遊戲的水準，鄙視他居然一把年紀還在聽小虎隊，嘲笑他果然祖國西部地區和東南沿海有地域上的代溝，然後在吃飯的路上雙手插在褲袋裏倒退著走，笑嘻嘻地對他唱星星的約會，平地起跳，做後空翻，像霹靂虎那樣落地，帥得一塌糊塗。

他還是那麼快樂，陽光燦爛，足以照亮所有的黑暗與陰影，任何人心的角落。

年底的新春晚會上，陸臻被方進拿刀逼著扔到臺上去出節目，那小子眼珠子一轉說送大家一首老歌。前奏起的時候所有人都在喝倒采，可是他一開口，整個食堂都笑翻了天。

他用民歌唱法中式英語高唱《說句心裏話》，尾調上帶著陝北人民的悠長折轉，一本正經，氣定神閒，笑得嚴正一口茶水全噴出來，至於旁人，那就更別提了。

夏明朗看著他笑，於人群之中看臺上，名正言順理直氣壯，陸臻衝他眨著眼，含著星光的大眼睛，極燦爛。

下臺走過夏明朗身邊的時候陸臻壓低了嗓子輕聲道：Say a word in heart，I love you so much！

夏明朗臉上一僵，被一口清水嗆到，咳嗽不已，陸臻大笑，得意洋洋地逃開。

某些人恃寵而驕，某些人甘心縱容。而事實上，他喜歡這些，即使是再矯情的時刻，夏明朗也不能欺騙自己說他不迷戀這些單純快樂的美好，心中，一些曾經被禁錮的區域蠢蠢欲動。

於是，就這樣過下去吧！

再過些年，那個孩子長大了，離開這裏，離開他，飛到更高的地方，於是夏明朗這個人會與麒麟封在一起成為他的回憶，相信，也是美好的。

真希望，生活中，只有單純和美好。可惜，那當然是不可能的。

麒麟基地的任務分兩類，一類是可以預計的，一類是不可預計的。

凌晨四點，緊急集合，夏明朗收到的密令是：中等烈度，排級火力。

一個中等烈度的野戰排的火力密度是如何？

在正常的演習中，同等條件下的對攻，戰損比在一比十左右，已經是勝利，也就是說，可以死掉三個左右。而那是不可能的事，這是實戰，不是演習，他們不計算戰損，任何一個死去的，都是獨一無二不會再回來的生命，是用多少敵人的鮮血都彌補不了的殘缺。

夏明朗看到後面的背景介紹有些想笑，冰毒製售窩點？南邊的毒販子都有這種水準，的確就別想活了。他與鄭楷相視一眼，彼此心照不宣。

整隊，夏明朗共挑了二十四人，從被窩裏拉出來，半小時準備，分發裝備，在空軍的運輸機上，夏明朗拿著剛剛收到的密電，向大家解釋這項任務：這是一個規模龐大的製售冰毒的窩點，正藏在中緬邊境的一片原始森林裏，但是邊防武警去偵查時一去不回，一個小隊十八人，已經失聯二十四小時以上。

這次任務的難點主要有兩個：

1．對方的武器十分精良，而且背景十分複雜，作戰風格疑似職業軍人而且有特種兵參與其中，似乎有恐怖分子參與其中，所以一定要注意，盡量確保小範圍的以多打少，不要貪功，不要冒進。

2．當地的地形十分複雜，原始森林危機四伏，而且待搜索的目標區域廣大。

所以第一階段的任務主要是搜索敵情，全隊人員分組分散搜索，一旦發現敵人的蹤跡盡量不要打草驚蛇，等待同伴支援。

雖然情況緊急，但是夏明朗仍然將整個計畫安排得井井有條，鄭楷和陳默幾個把任務安排仔細地看了好幾遍，並在細節上小做完善，然後便是分組。

整個目標區域被分成四大塊，每隊六人，是一個完整的作戰分隊，進入指定區域後兩兩分散搜索。

第一隊的核心小組是夏明朗 & 陸臻

第二隊，鄭楷 & 徐知著

第三隊，陳默 & 方進

……

各組按編號確定指揮順序，如果上一級小組失聯，就由下一組擔任總指揮的任務。

時間緊迫，飛機飛到指定區域後，各小組直接跳傘進入自己的搜索地帶。

這是一次艱難的任務，即使大部分隊員對敵人的來路懵懂未明，可是從指揮官反覆強調的謹慎裏，他們明白，這次遇上的，是一群可以絞殺他們的對手。

微涼的血液從心頭滾過，屬於戰士，屬於勇士的豪情升騰起來。

第一天的搜索完全沒有成果，陸臻在頻道裏清點了一遍人數，大家暫時休整，輪流睡覺。到了第二天，搜索工作終於有了進展，有一個小組發現了戰鬥的痕跡，剛好在夏明朗的責任區內。夏明朗收到座標趕過去，發現屍體都已經被處理過，現場只有武警戰士制服的殘片。他倆沿著枝葉折倒的痕跡檢查過去，在一處斷崖的下面發現了扭曲的屍體，夏明朗抽出匕首挑開傷口，把子彈取出來，陸臻湊過去看。

「5.56mm銅製彈頭，北約制式，毒彈！」陸臻把子彈上的血跡抹乾淨，表情凝重。

夏明朗打開通話器向各隊通報對方的武器情況，並且特別強調對方使用的是更具侵略力的小口徑子彈，躲避時要尋找射擊死角，不要躲在植被後面，直徑在一米以內的樹木不能阻擋這樣的武器。

「隊長，我們遇上毒王了吧！」陸臻道。

「所有的黑色勢力都是一家，販毒也可能是他們資金鏈的一環，不過這些與我們無關，我們的任務是找到他們，然後格殺。」夏明朗眼神專注：「現在相信了吧，這是一次非常危險的任務。」

「你同意把我帶出來……」陸臻神色躲閃。

「你想太多了，陸臻少校，你把我當成是什麼人？」夏明朗壓低的聲音裏有獨特的威嚴。

陸臻不自覺肅顏立正：「對不起！」

「我帶你出來，第一、因為你水準到了，第二、大範圍的通訊是你的專長，第三、你需要經歷這樣的戰鬥，理由充分了嗎？」夏明朗眯起眼睛用陸臻聽不到的聲音在心底說：我永遠都不會把你隔絕在危險和殺戮之外，因為你與我是同樣的戰士，然而我會保護你，因為，我愛你。

陸臻看著他的眼睛鄭重其事地說道：「對不起，隊長！」

夏明朗看了他一會，終於還是忍不住一巴掌拍在陸臻的後腦勺上，罵道：「我有時候真的不知道你那個小腦袋瓜裏到底在想些什麼亂七八糟的東西。」

陸臻被他拍得一個踉蹌，索性就衝了出去，不好意思回頭。

夏明朗根據已經掃過的目標區，重新調整了各組的搜索範圍，兩兩分散，繼續搜索，然而前方是無窮無盡的密林。

陸臻一直在搜索的間隙裏努力操作儀器，試圖在空氣中捕捉對方的蹤跡，可結果仍然渺茫，這裏的空氣真是純淨得連一點電子訊號都沒有。

「媽的。」陸臻難得罵了句髒話。

夏明朗失笑。

「幹嘛？」陸臻心情不太好，任何人在這麼大的壓力下，在這種又濕又悶的地方全副裝備地待了近四十個小時之後，心情多半好不到哪裏去。更何況，做為一個新人，他有他的表現慾，尤其是在夏明朗面前。

夏明朗笑著搖了搖頭，難得的兩個人，難得地遠離人世間在這密密層層的叢林裏，陸臻從他眼睛裏捕捉到一絲寵溺的溫柔，心裏嘭地一跳，低下頭去深呼吸兩次，把剛才的畫面暫時收進記憶的收藏夾。

繼續，陸臻與夏明朗略一對視，分散開，向兩邊搜索，然後再匯合，又分散再匯合。像這樣的叢林雜草與灌木叢生，能見度非常低，幾乎很多地方都要走到面前才能看清，這種搜索非常耗費體力，可是偏又沒有更好的辦法。

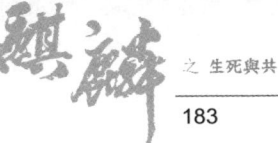

陸臻每隔半小時與各小組確定一次方位，並由夏明朗隨時調整各組的搜索範圍。

「最多還有兩天，就可以蕩平了。」夏明朗在電子地圖上劃了一個圈，順手拍一下陸臻肩膀，「小心點。」

陸臻點頭，拿了一塊高蛋白壓縮餅乾出來啃，咬得面容扭曲：「像狗食一樣。」陸臻抱怨。

「你吃過啊！」夏明朗持槍在手，只要在野外，他便會隨時警戒，就像是呼吸一樣地自然，陸臻白了他一眼，等夏明朗也吃完東西，又開始下一輪搜索。

「會不會已經轉移了。」等到第三天下午，陸臻終於有點沉不住氣了。

「就算是人出了境，也會有痕跡留下來，必要的話會出境追擊，當然最好不要。」夏明朗的表情很嚴肅。

陸臻點點頭，出境追擊代表著你的行為你的犧牲會全部被官方抹去，不存在。他意外地發現自己聽到這個詞的時候居然並不緊張，是因為夏明朗嗎？只要站在他的身邊，就可以沒有恐懼。

他們略作休息。繼續下一程。

這裏已經是密林的深處，陽光從樹梢的縫隙裏透下來，落到身上時已經十分的微弱。陸臻常常會衝動地轉頭去找夏明朗，有時夏明朗也會剛好回頭。

於是，陸臻會在一片顏色曖昧的混沌中看到一雙黑亮的眸，幽深，燦然，所有的浮躁都會化為堅定。

夏明朗曾說過：我會把命交給你，幫我守著它。

陸臻想：現在，我也把我的命交給你了，幫我守著它。

風。

有風從面前拂過。

血腥氣。

極淡的血腥氣，在風中似有若無。

夏明朗舉起了右手，陸臻會意地伏低了身體，向前潛行。

在這密林深處聞到血腥味並不奇怪，上一次他們找到了半隻被啃得零零落落的野兔。

但是夏明朗莫名感覺到一絲寒意，是血，但似乎還有些別的味道，比如說，鐵！

夏明朗忽然睜大了眼睛，拉著陸臻往前一撲！

二！

對二十，被伏擊！

這是什麼概念？

夏明朗的直覺靈得出奇，但也只來得及在槍聲響起的刹那拉著陸臻趴進一個淺草窩裏，子彈擦著背就過去了，陸臻聽到背包裏幾聲脆響，不知道是什麼東西被擊中了，不過在這十萬火急的時刻，沒誰有心思去想這種問題，只有活下去，才是最重要的。

原本像這樣的一場伏擊應該是沒有任何懸念的，如果對方的指揮者是夏明朗。

1.夏陸二人應該在進入伏擊圈的瞬間被狙擊手擊斃。

2.如果沒有狙擊手，應該分組做全方位的射擊封鎖，不留死角。

3.如果萬一讓人躲入了射擊死角，應該馬上停止射擊，轉移陣地繼續潛伏。

4.如果不打算潛伏要速戰速決，則應始終保持壓制性火力不讓他們冒頭，層層推進，步步為營。

夏明朗在一瞬間為他的敵人想出了四種格殺方案，不過幸運的是，對方的指揮官，不是夏明朗。

這實在非常的幸運。

當夏明朗聽到槍聲停下的同時居然伴隨著靠近的腳步聲時，幾乎喜形於色，陸臻狐疑地與他對視一眼，不過霎時間他們也都明白了：輕敵！

這群人雖然有專業軍隊的素質，但畢竟並不都是受過嚴格訓練的特種兵，而且之前大敗武警的經歷令他們太過自信，以為對方已無還手之力。這是萬分之一的機會，然而生死之際，差的，不過是這萬分之一的機會。正所謂一線生機。

夏明朗沒有做手勢，只以眼神示意，陸臻心領神會地一眨眼睛，兩人同時從淺草窩中翻起，在翻滾中，槍聲驟響。

敵人的機槍在掃射，陸臻打的是連發，夏明朗仍然單發。

這只是一個照面的瞬間，槍聲驟起驟落，可是生命在這一瞬間顯得如此脆弱，死神的鐮刀又收割走了一群人。

夏明朗和陸臻滾進事先看好的另一個死角，乾淨俐落地為自己換上彈匣。

「幾個？」陸臻在射擊中無暇他顧，但他相信夏明朗一定可以。

「五個。」死！或者傷，重傷，暫時不再有行動能力。

這是他們第一步反擊，對方滅了五個，輕傷不計。

己方，夏明朗擦傷不計，陸臻的左手被流彈劃過，但尚有活動能力。

假如這是一場演習，這樣的數字已經是勝利，但，現在，很可惜，不是！

在這種時刻，沒有成敗，只有生死。

對方還有十五個或者更多，但慘的是，他們已經不再輕敵，而對於夏明朗和陸臻來說，唯一的改善只是現在的位置稍好了一些，尚有反擊的空間。

「壞消息，我們的通訊斷了！」陸臻在第一時間開啟聯絡，卻悲哀地發現通訊全無，流彈損壞了儀器。

「不管它，我警戒，你療傷。」夏明朗當機立斷，眼睛如鷹隼一般銳利。

陸臻迅速地拿出急救包為自己清理傷口，止血裹傷，這種時刻快點動手才是正理，那些推來推去說著我來你去你生我死的蠢材，只會出現在央視的軍旅情感電視劇裏。陸臻用最快的速度包紮好傷口，抬槍，護住夏明朗的背面。

暫時鬆了一口氣，他們背靠著背，這是一個暫時穩定而安全的姿態，有力量從背後傳來，那就是支撐，對生命的支撐，用生命來支撐。

「等？」陸臻調整呼吸，讓心臟恢復正常。

「不行。」夏明朗斬釘截鐵。

他們是困獸，沒有支援，沒有前方沒有後方，拖得越久越不利，夏明朗忽然想起那些絕望地死在他槍下的亡魂們，不知在當時他們是怎樣的心情，希望？破滅？絕望？

或者就是如此吧，殺人者，恆被殺之。

「我想到了我第一次殺的那個人。」這句話放在這種時刻說，已經有點太長了，陸臻在緊張時總會有點話癆。

「他們是錯的，我們，是對的！」夏明朗一字一字，有金戈之音。

陸臻的眼睛瞬間染上了一層鐵色。

夏明朗手指微動，指出下一個潛伏方位，然後，手掌一揮，出擊。

現身，誘敵開槍，還擊。

這一次死傷不明。

陸臻開始懷念演習，因為那時候人死了會冒煙，現在只聽到慘叫聲，但不知生死。

陸臻身上又多了一道傷，還好，不重。

夏明朗也掛彩了，大腿，很幸運，也不重。

血，與火，很容易就會讓人生出豪情，忘生忘死。

寂靜無聲！

兩次反擊，足以讓對方所有的輕敵念頭全部打散，他們潛伏下來，等待機會，優勢仍然完完全全地倒向那一邊。

沒有下一次了，敵人已經準備好，再來一次就是做活靶子。

不過這兩次反擊已經令敵人不自覺地縮小了包圍圈，似乎對方也沒人意識到，在一場以多對寡的伏擊中，他們本可以再退後一點，以保證自身的安全，也降低對方突圍的可能性。當然，可能即使意識到了，也沒人願意在這種時候退後，近半個排的兵力，伏擊兩人，居然被滅了三分之一，這樣的意外足以激起一個軍人所有的血氣與殺性。會在這種時刻選擇後退重設伏擊圈的，恐怕除了夏明朗這種冷血怪物，不做第二人想。

夏明朗又一次慶幸，他遇上的不是夏明朗。

「警戒！」夏明朗道。

陸臻馬上擴大了自己的警戒範圍。

夏明朗把自己背上的大包卸下來，將最重要的物品轉移到陸臻的包裹。

「突圍，我衝擊，你跟進。」這命令下得短促而清晰。

陸臻眼前驟然一紅，一片血色，卻不假思索地表示了服從：「是！」

是的，衝擊要比跟進危險得多。但是陸臻不能去搶這個任務，因為如果由夏明朗衝擊，很可能兩個人都能活，如果由他來衝擊，多半只有夏明朗能逃脫。

陸臻眼睜睜看著夏明朗滑行在草叢裏，迅疾而優雅，似一頭豹。

上帝保佑！

這裏是叢林，不是沙漠，不是草原，不過若是沙漠與草原，他們也不會如此輕易中伏。

陸臻決定不再做一個無神論者，他終於明白為什麼美軍都信教，因為生死關頭，我們總是需要一點信仰。

相信上帝？他忽然笑了，不，他相信夏明朗。

槍聲又一次驟然響起，脫去束縛的夏明朗如夜風一般輕靈鬼魅。

風，唯有風，穿過荊棘，穿過槍林彈雨，穿過死神的鐮刀。

夏明朗縱身躍起，子彈劃開他的皮膚，而同時，挾著他一撲之力的一記重拳，狠狠地砸到對方的眼睛上，那人頓時暈眩。夏明朗抱著人就勢一滾，在翻滾中扭斷了他的脖子。因為害怕誤殺同伴，近處的敵人遲疑了一下，不過是千分之一秒的遲疑，已經被夏明朗用藏在左手的手槍擊穿了腦袋。

陸臻迅速地跟進，並同時幫夏明朗清理他背後的敵人。

包圍圈，被突破了一個口子。

在這種時候，伏擊者本應該要分一部分人繞到他們前方去重設伏擊線，但是同伴的血令他們憤怒而失去理智，所有人，一擁而上。

夏明朗的瞳孔收縮，這是最後的希望，或者說，絕望。

陸臻迅速與夏明朗靠近，到了搏命的時候了。

仍然是二！

對十餘！

實力仍然懸殊。

唯一的扭轉，所有的敵人都已經出現，而且在貼身的纏鬥中，對方的步槍無法開槍。

沒有一秒鐘的遲疑，也沒有一秒鐘的空閒，近身纏鬥，匕首、刺刀、拳聲、腿影由各個方向重重襲來，躲避致命的攻擊，扛下可以忍受的痛苦。

一劍無血的優雅，是只存在於武俠小說中的幻想。於千軍萬馬中來去取敵首級的武功，更是玄幻式的誇張。

真實的戰場與搏殺，殘酷而血腥，生死一線。

夏明朗把懷裏的屍體甩向最近的那個敵人，同時就勢一滾，縱身而起時，手中的匕首已經在對方的大腿上劃下深長的傷痕，然後沉肩橫肘，反手一刀沒入對方的喉間。

風聲，挾著巨大的壓力而來，夏明朗本想用匕首去擋，想不到剛剛那個死者跌勢太沉，刃口卡到頸骨裏拔不出來，倉促間只來得及側身偏過頭，泛著烏光的槍身沉重地砸到左肩上，夏明朗疼得面容扭曲，險些握不住手槍。但夏明朗畢竟是夏明朗，左臂幾乎不動，只是手腕換了個方向，一槍擊碎了來人的膝蓋，夏明朗棄刀，飛起一腳將那人暫時踢出戰局。

面前稍空，後背已經有勁風襲來，這種時刻，思維早已不再重要，主宰一切的是生物的本能。夏明朗向前一翻，從骨頭裏把匕首撬出，根本等不及看清方向，憑直覺向人影劃去，刀尖劃入肉體時會有一絲阻滯，卻同時感覺到後背尖銳的一痛，他就勢沉下身，為左手空出角度，一槍自下而上，沒入對方的小腹。

夏明朗聽到一聲嚎叫，那是垂死時猛獸的掙扎，避開已經失去準頭的重拳，轉身一肘，打碎了那人的喉骨，而同時，槍聲響起。

當聽到槍聲再躲避那明顯是不可能的了，所以夏明朗幾乎一刻不停地在做大幅度的移動，或者利用敵人的身體掩護自己，當他看到黑洞洞的槍口時，已經沒有躲避的角度，只能沉肩一甩，把剛剛擊斃的屍體擋在自己面前。

子彈，穿透敵人的身體，帶著一蓬血沒入夏明朗的肋下，夏明朗一聲悶哼，將手中的人體踢到對方身體上。

又是兩下槍聲響起，那人被撞得槍口一偏，子彈擦著夏明朗的眉角飛過去，卻在同時被一槍打碎了頭。夏明朗只覺得額頭上激痛，血流披面，眼前一片血紅，下意識地抬手去擦，背後忽地一緊，整個上半身已經被人鎖住。

太過酷烈的戰鬥令人喪失理智，夏明朗的手臂被束住，抬腿往後猛踢了好幾下，對方居然紋絲不動，只是不停地吼叫著，一聲聲嘶裂沙啞。而在此時，眼角餘光中掃到一人拖著殘腿伏在草叢裏，對他舉起了槍……

不會吧！夏明朗腦中有剎那間的空白，卻下意識地轉頭去看陸臻。

陸臻被地上的一具死屍抱住了左腿，自背後攻擊他的敵人正被他一掌切在頸部往後踉蹌著，而迎面那人手中的尖刀卻已近在咫尺。

生死一髮。

但陸臻的眼睛，他的左手，手中的兇器，卻定在另一個方位。

那一瞬，千分之一秒的瞬間，時間像是定格了，夏明朗甚至覺得自己可以看到陸臻眼底的光彩與堅定。

不，不要！

夏明朗的瞳孔急遽地收縮，伴著一聲怒吼，用力掙脫扭轉，幾乎將左臂生生扭脫，而右手，飛刀甩出……

槍聲響，夏明朗沒覺得疼，卻是那黑色的槍身猛地一顫，無力地垂落。

白光閃過，陸臻的肩頭傳來尖銳的激痛，下切的冰冷刀鋒卻猛地停住，陸臻看到那人的胸口只餘刀柄，完全不假思索，拔刀，回身，揮手。

當手中的刃口割破頸動脈時，血液從傷口裏激射而出的聲音，像長風呼嘯。

而在他背後，剛剛拔刀時激起的血幕，將他半邊身體染透。

最後一聲嘶吼。

夏明朗向後空翻躍起，雙腿夾住那名瘋狂巨漢的脖子，然後擰身，利用雙腿的剪切力，將那人的頸椎絞斷。

剎時間，萬籟俱寂！

風，唯有風，吹過林梢，嘶叫，極靜寂而激烈。

陸臻茫然地抬頭看了看天，碧空如洗，血洗？

刺目的日光令他感到一陣眩暈，終於，身體晃了晃，單膝跪倒；鮮血浸透黑色的手套，一滴一滴，從指尖處凝聚出來，無聲落下。

夏明朗喘了口氣，拔刀在手把四下躺倒的屍體檢查一遍，給還在喘氣的統統補上一刀。

這算不算殺俘？

陸臻腦袋裏鈍鈍的，卻又笑了，他們有什麼資格抓俘？

如果回到過去，坐在中隊的會議室裏，他可能會說上一萬個字，從人性人權人類尊嚴等等各種角度來做反覆的比較與論證，可是這一刻，他只想吼一聲，為什麼要來到這裏，站在我們的土地上，殺我？

殺人者，恆被殺之。

「沒事吧？」

一隻手，戴著妥貼的黑線手套，挾著濃濃的血腥氣，落到陸臻的頭髮上。

陸臻緩緩地搖頭，卻看清了夏明朗眉骨上猙獰的傷痕，血液與塵土混合，凝為深褐色。眼角，被血液刺激出的淚水混合了鮮血的紅蜿蜒而下。陸臻抬手，擦去他臉上的血紅色液滴。

夏明朗忽然閉目，在這生死莫測之際，放縱自己做這一秒的沉溺，把臉埋在陸臻的手掌裏，在他的手套上擦去所有硌在眼睛裏的苦澀異樣。

這一刻，時間與空間都停止，陸臻甚至聽不到自己的心跳聲，因為心臟被某種東西充滿了，而那，並不是血液。

這一刻，他們在死劫中餘生，彼此相對，他的手放在他的髮上，他的臉埋到他的掌心，只是一秒鐘的溫柔相對，卻足以銘記終生。

這一生，你曾與誰，真正生死與共？

陸臻忽然相信，他們會在一起，無論以何種方式，永遠，直到時間的盡頭，宇宙洪荒！

2.

「走！」

夏明朗再睜開眼時，只說了一個字，斬釘截鐵，金戈錚錚。

陸臻看了他一眼，眼中的精光又一次爆起，用力掰開那兩隻幾乎掐到他肉裏去的手，跌跌撞撞地跟到夏明朗身後。

狂奔出五百米，夏明朗找了個地方隱蔽下來，輪流警戒，簡單地止血，處理傷口，把身上所有的血跡都擦乾，然後悄然地，沒入叢林中，背後不再留下任何痕跡。

就這樣再潛行出兩公里，夏明朗終於找到了一個可以暫時休整的地方，一個小小的石凹。

「我警戒，你先包紮。」夏明朗的聲音緩下來，不再金戈十足，透出濃濃的疲憊。

陸臻一跤坐倒，再也動彈不得，夏明朗嚇一跳，連忙去扶他。

「十分鐘，讓我喘口氣。」陸臻虛弱地抬一下眼，臉上是塵土與血液混合而成的泥漿。

夏明朗伏身趴到地面上仔細聽，確定附近沒有活物接近，心裏略鬆了口氣。想來那畢竟只是一小股雇傭來的退役軍人，局部對抗時雖然慘烈，畢竟不可能像大兵團對抗演習那般的天羅地網，他的確也有點太過謹慎了。這麼一想，夏明朗將裝備卸下來，武器放在最稱手的位置，開始幫陸臻清理傷口。

「我沒事，自己可以。」陸臻略掙扎了一下，但是一旦坐倒，竟是真的沒有力氣再動一分。

夏明朗把水瓶塞到陸臻手裏：「先歇一下。」

陸臻喝了口水，翻出急救包裏的止痛膠片猶豫了一陣，還是放下了。

「怎麼了，怕我守不住你嗎？」

「算了，我撐得住。」陸臻笑起來，在這窮途末路之地，那笑容卻如拂過五月的霽日清風。

「吃一點沒事的，麻醉性不強，我守得住。」夏明朗垂下頭，解開陸臻的作戰服。

「我信你。」陸臻笑了，撕了半片，咀嚼咽下，同時把一團紗布咬到嘴裏。

左臂上的傷口當時已經包紮過了，但是在後來的打鬥中完全崩裂，重新消了毒，止血，剪去破碎的傷口組織，用特種膠條粘合傷口。四肢的小傷痕另外還有四、五道，不算深，也不算長，只簡單地消毒上藥，包紮。而左肋下有大塊的淤血，應該是被人膝擊造成的，不過在夏明朗的壓按之下，陸臻並沒有感覺到太過劇烈的疼痛，也沒有噁心吐血的跡象，那麼證明內臟並沒有受到損傷。

比較嚴重的傷口只有兩處，一處在左肩，深，而長，血流不止，止血的藥膏抹上去幾乎壓不住，而另一處，則在小腿上，陸臻之所以會被人絆住掙不開腳，就是因為那人垂死的最後一擊，一刀插進了陸臻的小腿裏，那傷口不大，卻極深，萬幸沒有傷到血管和肌腱。

夏明朗看著那紅白翻轉的皮肉，縫針時聲音竟有點抖：「你就這樣跟著我跑了這麼久？」

「嗯！」陸臻眯著眼睛，有些困頓的，「跑起來就不疼了。」

「你啊！」夏明朗無奈，「你那個腦子裏是怎麼想的？」

「我是被逼無奈好不好？後面有槍在追，我難道抱著你哭啊？若是在和平時代，有美人當前，小生一定呻吟得聞者傷心見者流淚。」陸臻笑得勉強，卻不僵硬。

夏明朗知道他這是在活躍氣氛，這個看起來斯文柔軟的傢伙，即使身在絕境，仍然積極與樂觀，或者這才是真正的強悍。

止痛片的藥性過了些，火熱的疼痛又令他的神智清醒了起來。陸臻一面持槍警戒，同時開始清點起背包裏的儀器。而夏明朗則開始自行清理傷口。

陸臻乍一看到槍傷時，也著實嚇了一跳，不過那顆子彈到他身上時已經沒多少衝擊力，入肉不深。夏明朗在傷處劃了一個十字，用鈍頭鑷子把子彈匣出來，壓了一堆膠性的藥物敷料上去堵住血口。

陸臻視線微抬：「你當心感染。」

夏明朗露齒一笑：「感染好，證明還活著。」

七七八八的擦劃口子不論，夏明朗的傷主要是兩處，左肩上被槍托砸的地方已經腫得像饅頭，不過總算是他反應靈敏，沒有傷到骨頭；比較重的傷口在後背，夏明朗自己搞不定，只能讓陸臻幫忙。

一番清理過後，兩人的精力都恢復了些，陸臻開始報告壞消息。

所有的精細電子儀器通迅設備和GPS定位系統，臂上電腦，基本全被損壞，夜視儀一台徹底報廢，另外一台已經勉強修好。情況危急，高科技為他們插上翅膀，可是過分地依賴高科技，當翅膀折斷的時候，他們更似困獸。

當然，夏明朗對此早有心理準備。

「沒關係，我們失聯之後，鄭楷會自動承擔總指揮組的任務。」夏明朗苦笑了一下，「就沒什麼好消息嗎？」

「有個針對你個人的好消息。」陸臻笑起來，「那就是我的護身符都丟了，小生這條命終於不比你值錢了。」

夏明朗無奈：「就這個？」

「還有一個驚天動地的好消息！」陸臻眨一下眼睛，笑容更盛，「我們兩個居然都還活著，而且沒缺胳膊沒少腿。」

夏明朗凝眸看了他一陣，溫聲道：「別笑了，我沒事，你不用擔心我。」

陸臻的笑容一下子僵住了，緩了一陣，還是笑了起來，卻是很清淡很疲憊的笑容：「我累了。」

「睡吧，休息一下。」夏明朗把剩下半條止痛膠硬塞進了陸臻嘴裏，陸臻順從地閉上眼睛，迅速地陷入了近似昏迷一般的深眠裏。

半個多小時之後，陸臻自動驚醒，甚至在驚醒的同時，完成了從持槍、換彈匣到跪立待射的全過程。

夏明朗看得一愣，笑道：「醒了還是夢遊？」

陸臻脖子像是被卡到了，極緩極緩地轉過頭，有些怔怔的：「你沒事吧。」

「我能有什麼事？真醒了？幫忙撐一會，我歇口氣。」夏明朗略微活動了一下身體，靠在石壁上休息。

陸臻看著那雙精光內斂的眸子緩緩地闔上，忽然覺得心頭大慟，剛剛在深眠的夢裏，也是這樣，看到夏明朗緩緩閉闔的眼睛，像是永遠都不會再醒來，這樣的驚恐令他在極限的疲憊中醒過來。

你可不能死啊，陸臻苦笑，我可以平靜地接受一切，接受無數人在我面前死去，無數血染透我的衣服，只有你，不能死！

陸臻深吸了一口氣，靜氣凝神，守護這一小方天地。

長期嚴格的訓練已經讓夏明朗的神經變得異常強悍，睡了不到半個小時，再吃了些東西，精神狀態就已經恢復得差不多了。分批藏匿好損壞的物品，兩人開始討論下一步的任務。

是的，自然是任務，還沒有到要放棄的時候。

雖然電子地圖沒有了，但是恰好夏明朗和陸臻兩個都是愛記地圖的人，他們都還記得遇伏時的地點，而夏明朗即使是在奪路狂奔時，仍然記得方位和路線，所以暫時並沒有迷路的危險。

同時，即使先前得到的情報有誤，也不可能會有大批的武裝分子潛入國境，剛剛那一場反伏擊戰，他們已經消滅了十八個敵人，那麼剩下在基地的人，絕不可能太多，而且夏明朗以在他們身上發現的聯絡設備來看，他們基地應該就在不遠處。

也就是說，他們已經摸在門邊上了。

夏明朗在前，陸臻押後，他們小心地潛行在叢林裏，當然考慮到陸臻的腿傷，速度放慢了很多。

那塊修羅場果然已經被清理過了，一些人被埋了，一些人被帶走。在這樣的叢林裏，兩個人的痕跡好掩藏，但是十幾個人的運屍隊總會留下什麼蛛絲馬跡，夏明朗他們生怕中了埋伏，追蹤得十分小心，不過還好，再一次皇天庇護，他們的首腦人物，不是夏明朗。

老實說，當追到基地時，夏明朗的眼睛也亮了一下，得天獨厚的地理位置，完美的火力佈置，當初選擇並設計這個基地的人絕對是業內行家。這是一個天然生成的大岩洞，就在半山腰上，洞前是一道斷崖，幾乎沒有進攻的空間，洞口的兩邊都設有機槍火力點，來來回回巡邏的人手裏都拿著諸如AK47之類的小口徑步槍。

天色已經完完全全地暗了下來，這兩人潛伏在草叢裏，陸臻用夜視儀仔細觀察過，繪出了陣地地圖，估計整個基地裏的人數在二十到三十人左右。

陸臻咬著牙，恨道：「真想呼叫空中支持，手動引導，一下子炸平了他們。」

「冷靜點。」夏明朗隨手拍了拍他，只是手掌剛一觸及，陸臻的身體一閃，臉色已經大變。

「怎麼了？」夏明朗終於發現問題不對。

解開衣服一看，剛剛肩膀上那道口子居然還沒有止血，而且整個傷口漲成紫色，腫得老高。

「媽的，那刀不乾淨。」夏明朗黑了臉，「疼嗎？」

「嗯！」陸臻遲疑地點了下頭。

「還好，」夏明朗略微放心了點，「疼比痳好一點，應該不是故意淬的毒，估計是那小子原來不知道砍過什麼東西，讓你撞上了。」

「沒辦法，人品太好。」陸臻笑得灑脫。

定好點，標出方位，接下來就該想辦法找人會合去了，畢竟像這樣一個基地，並不是兩個人就能拿下的。

陸臻按記憶裏的地圖對方位再做最後一次的確定，而夏明朗，開始觀察進攻時的路線。

「不對！」夏明朗皺起眉頭，「他們好像要轉移。」

陸臻聞言一驚，用夜視儀往內部仔細觀察：「真的！那怎麼辦？」

兩人頓時心中一緊。

「我留下來拖著，你先回去找人。」

「不行！」陸臻斷然拒絕。

「你有更好的方案嗎？」夏明朗的聲音裏一點火氣也沒有。

陸臻怔了怔，卻還是咬牙道：「不要。」

一個人，沒有任何聯絡工具，獨自面對近三十名持槍匪徒，在這危機四伏的亞熱帶叢林中，陸臻覺得喘不過氣來。

「為什麼？」夏明朗的聲音柔和起來，眼中甚至有一些憐憫。

陸臻狠狠地盯著夏明朗的眼睛看了半晌，猛地別過頭去，眼眶已經發紅：「沒有為什麼，你不會懂。」

「我懂。」那聲音很柔軟，平和而柔軟。

有什麼不懂，怎麼會不懂，正是因為懂得，才會慈悲，於是越加溫柔。

陸臻極緩極緩地轉回頭，幾乎是憤怒地，用一種你他媽想找死的表情瞪著他：「你現在跟我說這個？」

夏明朗不言，眼中有破碎的溫柔，閃閃而現。

「你現在告訴我，你懂？」

你懂？

你他媽懂個大頭鬼！

你知道我現在有多遺憾那些浪費的時間？

我為什麼要傻乎乎地隨著你去拖那個莫名其妙的現世安穩？

曾經，曾經我以為我們的未來是天長地久！！

我以為我還消磨得起！！

你不會懂！！

「我怕現在不說，將來就沒機會了。」夏明朗道。

陸臻牙關緊咬。

「再不說，我怕你會覺得遺憾，現在……」夏明朗有少見的慌亂。

「現在這有什麼分別？」陸臻質問。

「我也不知道。」難得的，夏明朗露出這種完全不自信的神情。

陸臻閉上眼睛，卻又笑了：「好，你成功了，我都聽你的。」他閉著眼睛笑，笑得眼淚都流出來，「其實我根本沒得選擇，對嗎？」

我甚至連留下來陪你一起去面對死亡都不行，無論我願不願意。

「媽的！」陸臻忽然將夏明朗一把推倒，翻身壓上去，伸手去解夏明朗的扣子。

「你要幹嘛？」夏明朗一時錯愕。

「我想咬你，總不能咬你臉上吧。」陸臻冷冷地瞪了他一眼，張口咬在夏明朗脖子上。

所有的渴望，都在裏面，有多少愛，就有多少恨。

汗味，血腥氣，青草味，泥土和油彩的味道錯綜複雜。然後，陸臻的舌尖觸到一絲鹹甜，新鮮的溫熱的血的味道，夏明朗的味道。渴望了那麼久，第一次嚐到，夏明朗悶哼了一聲，眉頭皺緊，一動不動。

「怎麼樣？」夏明朗看到陸臻抬起頭，鮮血將他的嘴唇染得一片殷紅。

「味道不錯。」陸臻舔舔唇，眼睛亮得像狼。

「讓我嚐嚐。」夏明朗微笑，眼中閃過一絲流光，抬手勒住陸臻的脖子吻了上去。

陸臻被吻得一怔，可是當夏明朗的舌尖撬開齒關闖進來之後，頓時也反應過來。

糾纏，吮吸，抵死纏綿，好像要把所有想做未做的事，在這一刻傾盡……

陸臻小心地喘息，唇上有一點痛，大約是磨破皮了。

「我走，重武器全留給你。」陸臻低著頭，不肯看人。

「小心一點，記得你的任務，別放棄，要……活下去。」

「是啊，別放棄，如果你死了，我他媽的還得活下去，還得好好活。」陸臻笑得慘烈，很少會有人露出這樣的神情，眼中有滿滿的沉痛，嘴角卻在笑。

「我不會死。」

「你最好記著你說的話！」陸臻的眼神鋒利如刀。

「我會，所以你也不能死。」夏明朗深深地看著他，「陸臻，只有活著，未來，才會有未來！」

陸臻狠狠地瞪了夏明朗一眼，一轉身沒入夜色中。

他沒說：保重。

沒說：小心點，別讓人發現。

這裏就在邊界附近，如果要困住他們，爭取時間，除了主動出擊沒有別的辦法。

可夏明朗只有一個人，他會怎麼做？陸臻一點也想不出，但那是夏明朗，他莫名其妙地覺得有希望，陸臻忽然發現，他真的像相信上帝那樣地相信他。

陸臻能做的，只是快一點，再快一點，找到幫手，多一分力量，多一點時間，夏明朗活下來的機率就越大。

長夜，漆黑如水，陸臻穿行在危險的叢林中，在顯眼的位置留下隊裏內部約定的標記，只是左腿上的傷口早已崩裂，每一步都像是踩在刀尖上，而左肩的傷卻越發地灼痛了，呼吸也越來越急促。

其實夏明朗的判斷有錯，或者說他的判斷沒有錯，但是他又說謊了，陸臻肩上的刀傷處的確是中了毒，這是一種很粗陋的土製蠍毒，但傷重時，仍然致命。陸臻看到一重又一重的黑影迎面襲來，終於支援不住，跪倒在地。

當常濱和肖准發現陸臻時，他已經陷入了半昏迷的狀態。

手中的槍還在待射狀態，身邊有一團火，他分明就是豁出去了，要嘛讓隊友找到，要嘛讓敵人找到。

一隊A組失聯了大半天，用腳趾頭想也知道夏明朗絕不可能無緣無故地與大家失去聯繫，於是全中隊的人馬都在向這個區域靠近著。可就算是身經百戰，當他們看清陸臻時還是吃了一驚。

所謂血染緇衣本以為是文學上的誇張，原來不是的。隔老遠就能聞到一股濃重的血腥味，整件作戰服都被鮮血浸透，完全變了顏色。肖准馬上撲上去試了一下脈搏，還好還好，還活著。

陸臻一直強撐著一口氣，略一翻動，人就醒了過來，看到眼前模糊的人影，也分辨不出誰是誰，只是虛弱地吐了幾個字：「水，地圖……」

那兩人一陣疑惑，但馬上掏出了陸臻要的東西。

陸臻把一壺水全澆在頭上，抹了把臉，手指按到自己腿上的傷口裏用力一攪，縫線脫落，一陣尖銳的疼痛頓時襲上來，將神智從混沌中拔出了些。

「臻兒？你幹嘛？」常濱嚇了一跳。

「聽著，我撐不了多久。」陸臻一手操作電子地圖，一邊力求以最簡單最準確的語言說明夏明朗的方位和面臨的困境。

「靠你們了……」他用最後的一點神智看到他的隊友鄭重地點頭，然後眼前一黑，陷入無際黑暗中。

情況已經發出去了，肖准趕去支援夏明朗，並在行進中聚合人手，常濱則負責把陸臻背出去，呼叫直升機，馬上送醫。

陸臻中毒頗深，從臨時醫務站一路轉送到了四軍大。本來以陸臻的身體素質，這種粗蠍毒在這個劑量上應該不是致命的，但是陸臻其他的傷勢太重，失血過多，引起了併發性的感染與生命力的衰竭，從送入醫院起就一直在昏迷，卻不能深眠，眉間深皺，掙扎不休，像是在做著什麼最可怕的夢。

病危通知書一單一單地下，常濱嚇得守在門口，一刻也不敢離開，揪著醫生不肯放。

心力衰竭，到了這種時刻，所有的醫療手段都只有輔助作用，關鍵還是要看病人自身的身體素質和意志力。

在黑暗中掙扎，極深的疲憊層層席捲上來，前方像是有個黑而甜的誘人所在在招手。

而他累了！

極限的疲憊，血已經流盡了，每一縷肌肉都酸痛難當，骨頭好像已經碎成了粉末，陸臻猶豫而躊躇，放棄嗎？放棄了就不再痛，要不要放棄，能不能放棄？可是，他看到夏明朗在背後向他招手，子彈緩慢地從夏明朗身體裏穿過，一幀一幀地定格，血濺出，在黑暗的底色上開出豔怖的花，每一瞬的神情都看得分明。

他看到那雙眼睛，原本凝然深重暗藏玄機的眼睛，此刻清清楚楚明明白白地寫滿了溫柔，慈悲的溫柔，我懂，我都懂。

但是緩緩地闔上去，不可挽回地闔上去，無情的幕布，掩去所有的煥然光彩。

所有令他心動，神搖，至死都不能放棄，不能拋棄的一切。

不！

陸臻在黑暗中怒吼，猛然睜開眼睛，天地間一片炫目的白。

「你醒了？」常濱興奮地湊上來。

「他死了嗎？」陸臻目光凝定，筆直而銳利。

「沒！」常濱斬釘截鐵。

呵……陸臻放鬆地一笑，整張臉的線條都柔和下來，閉上眼沉沉地睡去，這一次，他非常徹底地昏睡了三天，期間斷斷續續地醒過來，都迷糊得厲害，不過是喝點水又倒下了。

「應該沒有生命危險了。」主治醫師聽到常濱報訊說陸臻已經醒過一次，馬上衝過來檢查，不由得嘖嘖稱讚，「你們這些人啊，身體素質真好，換別人十個也死沒了。」

「那是。」常濱笑得頗有得色，只是眼底總染著層憂慮。

等陸臻再一次徹底清醒時，他已經在軍區醫院裏了。徐知著看到他睜開眼，馬上歡喜得像是撿到寶一樣，滿臉眉飛色動：「你醒了，沒事了？」

「人呢，都？怎麼就你一個來慰問英雄？」陸臻假裝不滿，可是眼睛一眨不眨地盯住了徐知著。

徐知著沉默了一會兒，陸臻看到他把病房的門關上，馬上問道：「他呢？」

徐知著道：「你要答應我冷靜點。」

「死了？」陸臻幾乎從床上跳起來。

徐知著連忙按住他：「沒，沒有，失蹤，我們的人還沒撤回來，邊防上也在幫著找，會找到的。」

陸臻脫力地坐下去：「我睡了多久了？」

「五天了。」

「沒有一點消息嗎？」

徐知著用力高聲叫道：「隊長是不會死的！！」

陸臻被他震得一愣，半晌，緩緩點頭，對啊，隊長是不會死的，沒有人可以殺死他，有誰能殺死上帝？

陸臻想了一會，問道：「任務完成得怎麼樣了？」

「當然！完成了！」徐知著聲音一硬，臉上一派鐵血的恨意。

陸臻疲憊地淺笑：「不錯啊，氣勢挺足嘛。」

「掃平了，一個沒留。」徐知著的臉色緩和了點：「看你那一身的血，兄弟們全暴了。」

「還有沒有人受傷？」

「小肖傷比較重，他第一個到的，中了兩槍，還好都是穿透性的，後來大家都到了，就是我們的天下了。」徐知著閉上眼睛把臉埋到雙手裏，這是他第一次參與如此慘烈的戰鬥，硝煙與戰火充斥了整個天地間，極豔的血做的花一蓬一蓬地開出來，散落，染透征衣，侵染鐵血的戰魂。陸臻默默無言，手掌按在他的脊背上。

陸臻這種屬於毒傷，來勢猛，好得也快，不到一週就恢復得差不多了，如果不是腿上還有傷，早就可以下床了。只是邊防上一直沒有消息，何確派了大批人馬出去，可是找不到。

失蹤！

陸臻失笑，這叫什麼事？活不見人，死不見屍？

夏明朗啊夏明朗，你真狠。

一中隊的那些兵都是血性漢子，發了瘋似的把那塊原始森林搜了一個多星期，每寸土都鏟過了，連片衣服都沒摸著。

那片林子危機四伏，夏明朗還沒找到，特警那邊已經傷了好幾個。十天了，能找著也該找著了，大隊宣布暫時停止搜索。一群閒沒事把五十公里負重當散步的鐵漢們個個抱頭痛哭，都知道沒希望了。一個人，還受著傷，十來天了，那林子裏什麼沒有，毒蟲蛇蠍，豺狼虎豹。

陸臻是書生，雖然沒人敢拿他當書生看，可是大家心裏還是很關照的。更何況這次的任務他們倆是一組，他回來了，夏明朗死了，那是什麼滋味，他們不敢想。然而總是這樣，當所有人都覺得陸臻一定會哭的時候，他總是笑的，無論如何笑比哭好，又不是哭過了就不會痛！

「真狠吶，真狠。」他笑著搖頭。這妖人，到死也不放過他。既然打算好了要去死，那就別說什麼廢話，現在也是，死都死了，也不肯給個準信，不讓人死心。

不過，陸臻捫心自問，那句話，那句夏明朗說他其實都懂的話，他想不想聽？

當然是想聽的！

無論這句話說完了，他們兩個是陰陽相隔也好，生死與共也好，他還是想聽，想要至少有一刻，清清楚楚明明白白地知道他也是被愛著的，他不是一廂情願。那不是前輩對後輩的縱容，不是兄長對弟弟的寵溺，那是愛！

那麼死亡呢？一點希望也沒有的死亡，和頭髮絲那樣一線僥倖的失蹤，哪個好？

陸臻笑意更深：你是想拖我一輩子啊。

「果子，你別笑了好不好？你笑得我頭皮都炸了！」徐知著眼眶紅了。

「他這不是還沒死嘛，我哭什麼呢？就算他真死了，我也不能哭啊，我還得好好活著呢！對吧？」陸臻忽然覺得身上一點力氣也沒有了。

魂散了，游離四方去了，不知半路上，可還能與你遇見否？夏明朗？

陸臻恢復得很快，超乎所有人想像的快，他接受了夏明朗的消失，就像當初接受他擊斃人生中第一條人命時那樣的坦然，並且無畏。

夏明朗失蹤，一中隊群龍無首，雖然日常的訓練如舊，卻失掉了神韻。

「人選不好找啊！」嚴頭傷心碎骨地衝著陸臻抱怨，夏明朗啊夏明朗，都叫你不要再做獨孤求敗了。

陸臻體諒地點了點頭，可惜他無能為力，他不是夏明朗，夏明朗也不是他，夏明朗有的他沒有，他有的夏明朗也沒有，所以註定他無法取代他，站到那個位置上去。他與他，是鏡子的兩面，最相似卻也是最相反的人。

是的，人選太不好找，雖然夏明朗可能打不過方進，沒有陳默的槍法好，不像鄭楷軍械全能，在電子技術上與陸臻更不能比，但他是夏明朗，他可以服眾。就算是再去找一個人，他會比徐知著更準，比鄭楷還要武器大全，同時還擁有陸臻這般精細的科學家大腦，他也不是夏明朗，他很難服眾。他手上的兵，全是他一個一個從地裏收來的，一隻隻削切成型，都有他精巧的設計與計算。

不過隊長的人選問題畢竟不由陸臻關心，嚴頭愛才心切怕他觸景傷情，急匆匆地趕末班車把他送去軍區參加一個電子偵察訓練營，也不是真為了要提高什麼，只是希望陸臻能出去散一下心。

像陸臻那種精密的腦袋瓜，單單心理干預是沒有效的，他會把心理醫師干預掉，唐起花心思想進行心理安撫，連藥物都用上了，連門都沒摸著。

陸臻走的時候很平靜，徐知著握著他的手問他會不會就此離開，陸臻搖了搖頭，堅定地告訴他：不會。

徐知著覺得他可能一輩子都會記得那個午後，陸臻就那樣看著他，說：「對不起，我把你的隊長弄丟了。」徐知著搖頭，其實他很想說沒關係，可是他說不出來。怎麼可能沒關係，但逝者已矣，他更看不得活人受苦。

「小花，如果隊長真的回不來了，那還有我。」

「陸臻，這事兒不怨你，我們都沒怨你。」徐知著實在忍不住，還是哭了出來。

陸臻一根根地拔地上的草，小心翼翼地抽出最中間那一針細細的芯，眼淚砸下去，無聲無息，掛在草葉上，倒像是露水。

「陸臻？臻兒？」

「可是，呵……他不在了。」陸臻本想笑，可是笑到一半，眼角就被悲傷壓垮。

你不在了，夏明朗，如果你真的已經不在了，讓我成為你。

抱頭痛哭這種事徐知著做不出手，左顧右盼地，眼睛裏已經糊得什麼都看不見。百般無計，他張開手臂抱著陸臻，壓抑了聲音地哭泣，整張臉濕淋淋的，淚水滴到泥土裏，被悄無聲息地吸乾。

天高雲闊！

陸臻一離開基地不再對著老熟人，精神頓時垮下來許多，似乎倒真可以算得上是在放鬆。後來開會的時候遇到肖立文，打起點精神跟他寒暄了幾句，過了兩天，他便看到那個高大強壯的滿足他對軍人最初想像的傢伙虎踞在門口。

「周營長。」陸臻主動上去打招呼，他與他，曾經共謀一醉，老戰友相見，總有難言的親切感。

周源盯著他看了會，忽然皺起眉頭：「真有那麼大的事嗎？我看你現在簡直就像死了，眼睛裏都沒活氣了！」

陸臻一愣，有點錯愕，勉強笑了笑：「不至於吧。」

周源一臉的無奈：「別笑了，老子最煩你們這種人，虛偽！是爺們想哭就哭，要笑就笑，你看你現在像個什麼樣子，我說，你是不是想跟著他去啊！至於嗎？你那事我從頭到底托人問過了，又不是你害死的，你幹嘛啊？」

陸臻沉默無言，可到底還是紅了眼眶，曲曲折折碎了的淚光全含在眼睛裏。

周源這下是真的被唬住了，他受肖立文之託來開解他師兄，想不到竟開解出這麼個結果來。

是啊，戰友死了，傷心啊，撞上這種事誰不傷心？他與夏明朗不過是數面之交，憑的是英雄惜英雄的豪氣，不能跟他們這種寢食同步事事不離的交情比，可是乍一聽到夏明朗的噩耗也傷心鬱悶了好一陣子。

不過傷心歸傷心，可也沒傷成他那樣的吧，整個人都灰了，風一吹劈裏啪啦就得碎掉。周源猝手不防，不知道要怎麼罵下去了。

「周營長，讓我先靜一下吧。」

「你……你你，你自己小心點兒，想想你們那隊長，夏明朗那死脾氣，你當他會樂意看你這樣兒？」周源強瞪著的眼睛倒也漸漸地濕了，胡亂揮手，一肚子火氣不知道衝誰發似的，到後來，還是一拍腦袋，灰頭土臉地走了。

狀態很壞嗎？陸臻回到招待所對著鏡子看，還不賴啊，笑得跟當年一個樣嘛。

不過，好像，是真的變了，刻骨的滄桑，一夜之間就滲入了眼底，原來那笑容似竹，乾淨清爽；現在笑得像松，濃重而沉鬱。

他畢竟還是不像夏明朗，夏明朗像梅，鋼筋鐵骨，卻華麗魅惑，是妖異而誘人的存在，骨子裏又有一脈硬氣。

他不像他，他不是他，他也做不了他，於是他無可取代。

無論他想用什麼方式來留下他，他終究還是不在了。

3.

陸臻有時候心想，可能周源說得對，魂沒了，人還在，可就算是這樣，還是得好好活著吧，都答應了的事，是答應了夏明朗的事。

無論是分組討論還是學習培訓，陸臻的表現都非常亮眼，那樣精密的頭腦，好像由電副程式運作，於是種種讚許不一而足。嚴頭派他出去本意是散心，意外地長了臉，他也覺得很無奈。夏明朗有時候壓抑過深，他看似妖孽隨性的作派之下有一種外人難以想像的謹慎，可是現在似乎有個比他壓抑更深的人出現了，當然，或者也有可能，那是頂級的豁達與理性。

後夏明朗的時代，每個人都在努力適應，磕磕碰碰，彆扭難安，於是，當何確興奮地打電話過來通知他人找到了的時候，嚴正唯一的想法是：你他媽可別拿這種事開玩笑。

謝天謝地，那居然真的不是玩笑。

嚴正看著他最驕傲的戰士從車上走下來，瘦了，更堅硬，整個人剽悍而鋒辣，像一柄飲血的劍。

「辛苦了！」嚴正走過去擁抱他。

夏明朗低聲笑道：「嚴頭，我現在是不是應該說為人民服務啊？」

嚴正滿腔的熱血讓這小子敗壞得一乾二淨，差點就想一拳捶上去，夏明朗低眉笑得更深：「您不會想毆打傷患吧？」

嚴正微微一挑眉，右手一揮，整個一中隊全衝了上去，將他們的隊長吞沒。

陸臻收到消息立即往回趕，周源借了一輛車給他，但是如果沒有，他也可以自己想辦法弄到車。即使這一天所有的汽油都化成了水，他也能跑回去，兩百多公里，根本不是個問題。

徐知著在基地大門口等他，兩個人抱在一起，胸口相碰，差點都飛出去，在這樣的日子裏連哨兵的心情都好，隨便他們鬧，沒人管。

於是一個興奮地流淚：「太好了，他沒死！」

一個高興地吼：「我就說，他不會死！」

徐知著拉著陸臻在基地的大路上狂奔，迎面而來的軍人們都笑眯眯地跳開給他們讓道，陸臻一路上聽著徐知著上氣不接下氣地講述著夏明朗的豐功偉績，可是站到門口的時候人卻一下子懵了。

我進去說什麼？

陸臻用詢問的目光看著徐知著，徐知著詭笑，伸手越過他敲響了門，然後一溜煙地逃走。

「進來！」仍然是乾乾淨淨的，清爽的聲音。

陸臻推門進去，看到夏明朗坐在桌邊寫報告，聽到響動抬起頭，笑容一如往昔。

「隊長！」陸臻忽然忘了什麼叫緊張，只覺得滿腔的喜悅已經把他充滿，心裏像塞了棉花一樣，柔軟的，溫暖的。

「嗨，笑得眼睛都看不到了！」夏明朗翹著腳，吊兒郎當的樣子。

陸臻走過去把他拉起來，夏明朗眉頭一皺，陸臻頓時惶恐：「碰到了？」

夏明朗點頭：「傷還沒好透。」他往後退了一步，從陸臻手裏滑出去。

陸臻有些意外，手指停在半空中：「隊長？」

「對不起，讓你們擔心了。」

空氣裏有些異樣的情緒，這與他想像中的重逢不一樣，陸臻迅速地捕捉到問題的關鍵，急著說道：「隊長，你答應過我……」

「我答應你活著回來，我做到了。」夏明朗截斷他的話。

陸臻張口結舌，是的，活著回來，那麼艱難。

他在路上聽全了那段傳奇，一個人給二十幾個人設伏，打亂他們撤退的計畫，中彈，重傷滾落山崖，被水流帶出境外，在好幾股武裝勢力之間被顛來倒去，然後逃走。據說中彈的部位在胰腺附近，消化液侵蝕腹腔，那不是一般人可以忍受的疼痛。驚心動魄的傳奇故事，如果要講可能三天三夜都說不完，可是夏明朗就這樣三言兩語地打發了他們，可能在他看來，那真的沒什麼。

穿越密林，遊走在槍口和刀尖，那對於他來說都沒什麼。

可是……

「隊長，你答應我的，真的不只這些，是我理解錯誤嗎？還是，你當時只是想要哄我堅持下去？」陸臻覺得黯然，狂喜被失望所吞沒，這讓他生出幾分罪惡感。

其實夏明朗能活著不是就已經很好了嗎？

他不是一向都只要能看著他就已經覺得很好了嗎？

他的隊長，他的盤子，他為之努力，卻從不期待佔有。可是現在，為什麼，竟會如此難過？

「你想要什麼？」夏明朗看著他，靜水流深的黑眸中泛起波光。

「我要我們在一起！」陸臻的眼神坦白而熱切，「是真的在一起，你和我都知道那代表什麼意義。可能沒什麼人知道，我們不能結婚，不能宣告天下，但是我們要在一起，現在，馬上。我不想再做什麼等待，我已經不能。」

「你讓我想一下。」夏明朗坐回去，氣氛陡然變得安靜下來，寂靜無聲。

夏明朗倒在他的座椅上，閉著眼，其實他沒有思考，這一切都不需要思考，他已經做了決定，在這之前。此刻，他只需要執行，他人生中最艱險的任務。

幸好，快完成了。

他聽到細微的呼吸聲在靠近，因為不想睜開眼，於是平靜地呼吸，彷彿熟睡。

陸臻在夏明朗的面前站定，這個角度，這個位置，這樣看，時光的長河裏捲起了浪，將他吞沒。

夏明朗仍然把眼睛閉著，他的睫毛不長，卻密，閉目時有一道黑色的弧線，像是偷偷地在看著誰。陸臻凝視他蒼白的臉色，發現自己的慾望已經無可抑制。

想要吻他，嘴唇和眼睛，每一寸的皮膚。

想要撫摸，想要擁抱，耳鬢廝磨，唇齒相依。

想要……

陸臻的雙手撐住椅背，彎下腰，壓到夏明朗的嘴唇上，唇與唇輕柔地相觸，他沒有動，等待著夏明朗把他推開。

可是，夏明朗也沒有動。

這幾乎是一種鼓勵。

於是他小心翼翼地探出舌尖，一遍一遍地描摹夏明朗的唇形，然後固執地用力，滑進去，撬開齒關，進入到更深。帶著菸味的吻，火熱而迷人，陸臻忽然間忘記了一切，迷失在他夢寐以求的氣息中。

唇與唇相摩挲，舌頭勾纏在一處，在這之前陸臻從不知道接吻可以這樣有力，足以吸走他的靈魂。

呼吸，在彼此的口中流轉，如此熾熱，燒灼饑渴。

陸臻不滿足地吮吻，將牙齒也用上，從夏明朗的唇角邊延伸，繞過下巴和脖頸，一路留下濕漉漉的印跡。

他模模糊糊地囈語，絕望而激烈，急不可待地摸上夏明朗作訓服的拉鏈。

「夠了，陸臻，夠了。」夏明朗寬厚的手掌按到陸臻的脖子上。

陸臻頓時停滯了所有動作，彷彿虛脫一般的無力。

夏明朗聽到自己的聲音平靜，掌心乾燥，沒有汗，生澀地撫過陸臻的脊背。

「隊長，你答應過我的。」陸臻抬起頭。

你答應過我，只要我們都能活著，我們就會有開始。

夏明朗發現他根本無法維持這種姿勢，陸臻仰起的眼中含著淚，讓他有一種在犯罪的錯覺。

「你還年輕，你的未來還很長，別這麼快就給自己的人生做決定。」夏明朗說道。

「我的未來還很長，所以我要找一個伴，陪我走今後的路。」陸臻固執地堅持。

「我不是你的好選擇。」夏明朗聽到自己的聲音撕裂，他一向渾厚而妖惑的嗓音此刻乾澀得好像隨時會被扯碎，唾沫咽過喉嚨的感覺刺痛難當。

「你不是我！」陸臻衝動地握住夏明朗的手臂：「你答應過的。」

「有時候我們會在一些特定的時候說一些特別的話，可能當時我的確是這麼想的，但是現在一切都有了變化，我們生活在這個現實裏，我們必須遵從這個社會的規則……即使，那是不公平的。」夏明朗相信自己的表情一定足夠真誠，可是他從陸臻的眼睛裏只看到一張扭曲的臉，於是他只能鼓起勇氣繼續說下去：「你的未來會很輝煌，別給自己背上不必要的包袱。」

「你不會是我的包袱……」

「我是，」夏明朗冷靜地重複，「你也是。」

「給我一個機會，夏明朗，讓我有機會去證明，那些，你不相信的，如果將來你後悔，我不會再拉著你……」陸臻忽然閉上眼睛，眼淚流下來，滑過瘦削的臉頰。他在哀求，於是聲音顫抖，因為太害怕被拒絕，所以不敢睜開眼。

夏明朗把手掌放到他肩膀上，掌心裏像是握著一個刺蝟，不能用力，銳針會刺穿他的手掌；不敢不用力，疼痛會讓他心安。

「陸臻，」他說，「有些事，不是試一試還能回頭的。你還年輕，未來有很多選擇，你不應該找一個像我這樣隨時會死的人，你是這麼快樂的人，那麼喜歡交朋友，你應該，應該有很好的家庭，很坦然的生活，這才是你的快樂人生。」

陸臻沉默不言，眼淚將睫毛濡濕，變得濃密而黑長，像潮濕的雨林，他的手掌握成拳，指甲刺在掌心的繭上，把指甲的根部壓出了血印。

「所以，你已經決定了對嗎？」

夏明朗看著陸臻慢慢站起來，腰脊筆直，像一支新生的竹，在暴雨中生長，刺破天幕。

「這就是你的決定，對嗎？」

這聲音已經變平穩，而且清晰。

夏明朗聽到自己心臟被撕開的聲音，比想像來得疼痛。他瞇起眼睛往上看，那雙清亮的眼睛蒙在一層薄薄的水膜裏，明亮得令人無法逼視，於是他緩緩垂下眸。沉默也是一種態度，約等於贊同。

「我明白了！」陸臻往後退開了幾步。

他與他的距離，終於回到了尋常，不再無間。

「好的，我明白了。」陸臻深吸了一口氣，「我會向嚴隊申請調離。」

「你說什麼？」夏明朗驚得跳起來，不可置信，「陸臻你這是……」

夏明朗說到一半的時候自己咽下了後半句話。

威脅？

陸臻不會玩這種手段。

「對不起，隊長，我不是你。」陸臻說這句話的時候很認真，幾乎不自覺地把雙手背到身後，跨立的姿勢，這是非常鄭重的，一個軍人的交待，「既然你已經做了決定，我也得給自己一個新的生活，我沒辦法一邊看著你一邊放棄你，我做不到！」

「你這簡直是……」夏明朗無比懊惱地看著自己怒火勃發，這太不應該，可是他控制不住。

這小子在說什麼？他說要走？

逃走嗎？

就為了這個？

他的夢想呢？事業呢？

一時間無數條質問像荒草一樣在他的腦中翻捲，紛紛亂亂，心亂，如麻。

「你以為在這裏待了不到兩年，就把該學的東西都學到了嗎？你一開始是怎麼說的？你來這裏為什麼？」

夏明朗狂怒，氣勢逼人。

可是陸臻平靜的臉沒有更多的表情，他自然沒有被嚇到，他甚至沒有更多的悲傷，他只是認認真真字字清晰的在說。

說對不起，我沒有辦法把已經發生過的事情當成不存在。

說很抱歉，我沒有能控制好。

他邏輯分明：像這樣的情緒註定會影響到我的行動。

他理由充分：所以我現在這個樣子，留在這裏不適合。

於是最後，他如此真誠地看著夏明朗的眼睛：「隊長，您會幫我去說服嚴隊吧！」

夏明朗面無表情，事情忽然跳離了他的想像，他不能接受，亦無從反對。

陸臻等待了一會，沒有聽到回答，便再一次將沉默當成是贊同，於是流暢地立正，微微點一下頭，然後離開。

夏明朗忽然驚醒，在門邊按住他，灼熱的目光筆直地射入陸臻的眼底，他咬牙，一字一字近乎威脅：「你就這樣放棄，啊？」

陸臻看著他，緩緩笑開，笑容溫柔得幾乎甜蜜。

「你都不知道。」他貼到他耳邊輕聲說，「我是那麼愛你。」

夏明朗目瞪口呆，心臟裏被灌足了火藥，於是轟的一聲粉碎，渣滓不剩。

「我走了。」陸臻說，他的目光從夏明朗臉上拂過，如此癡迷，繾綣留戀，然後轉身，乾脆俐落地把自己關在門外。

一扇門，4.5個釐米，一寸半厚，夏明朗一拳就可以把它打穿。

不過，他放上去的是手掌，並不粗糙的漆面，將他的指尖刮痛。

1、2……

他在心裏讀著秒，要做什麼，連自己都沒想好，是數到三的時候就開門追出去，還是等到五？

可是陸臻不會停留，房門扣牢的那一聲輕響過後，走廊裏傳出均勻而清脆的腳步聲，漸行漸遠。

木板上仍然有殘留的溫度。

一秒鐘之前他在微笑，說：我是那麼愛你。

一秒鐘之後他離開，沒有一點停留。

這就是陸臻。

夏明朗忽然轉身衝向窗戶，他速度太快，胯骨撞在窗臺上，微微生痛。

陸臻的背影在陽光下清晰分明，午後的空氣揚起微塵，像金融融的暖霧，曾經無數個背影在這一刻重合，他看到他轉過身，狡猾地眨著一邊眼睛微笑，他看到他倒退著走，眉目帶笑，嘴裏說個不停。

夏明朗在等待，於是乍然而生的幻象又乍然消失，陸臻離開的背影在陽光下清晰得幾乎尖銳，與所有的景物都分開。

十分鐘之前他幾乎跪在地上哀求，淚流滿臉，說：可否給我一個機會。

十分鐘之後他只留下一個背影，離開的腳步流暢得像行雲，不再回頭。

這才是陸臻。

從無抱怨，也從不妥協，取與捨都一樣的灑脫。

這就是陸臻式的豪邁，與他全部的驕傲。

一瞬間天荒，一瞬間地老。

這是怎樣的感覺？

夏明朗忽然發現他的心臟已經不存在，沒有跳動的聲音，他本來以為會有心痛，但其實沒有，胸口破了一大塊，空寂無邊無際，但是不疼。

可怕的空洞。

夏明朗不怕痛，忍耐各種各樣的痛苦、絕望與狂躁，這是他的專長，任何事都可以忍耐下來，只要他願意，夏明朗對此有絕對的信心。

可是，期限呢？

電腦還開著，屏保的光一閃一閃的，五色紛呈，一個個小熊像噴泉一樣地冒出來，陸臻很喜歡一些新奇閃亮好玩的東西，他在這個辦公室裏留下無數的痕跡，當然要清除它們並不困難。

可是，然後呢？

夏明朗忽然發現他的未來是如此的枯燥。

訓練、演習、任務……

選訓、報告、評估……

這些事，曾經他做了多少年，一直充滿了樂趣，興致勃勃，這一刻統統變了樣。

當然，它們還存在，夏明朗並不懷疑自己的能力，過去能做好的事，現在他也全都能做好。

只是它們都失去了色彩。

是他的人生失去了色彩。

像一幅畫泛黃褪了色，像一杯茶沖久失了味，像一盤菜寡淡沒有鹽。

陸臻是他生命中的鹽，沒有他一樣能生存，有了他……才像是生活。

「我是那麼愛你。」

到最後，他居然會這樣說，無畏而坦蕩，即使馬上就要放棄多年來的理想和追求。他看著他微笑，無所畏懼地炫耀他全部的深情，像一瞬間的煙火，劃過天幕無痕，卻灼傷了他的眼。

天若有情天亦老，月如無恨月長圓。

可他們什麼都不是，他們只是人。

夏明朗心想，可能，他是真的太自以為是了。

高估了自己，低估了他。

雖然是意料之中的結果，可陸臻還是覺得至少要試一下才放手，否則那實在不像他的風格，現在也好，所有的希望都清空，將來就不會有遺憾。陸臻在尋思著他要怎麼樣向徐知著解釋，他要走了，而且是非常沒種地逃跑，因為留在這裏的痛苦已經超過了快樂。徐知著大概會生氣，為什麼加上他，算上整個大隊的人綁在一起，居然也比不上一個夏明朗！原本是好好的快樂的一天，他不應該挑這個時候發作，好歹應該讓小花樂和一陣。

陸臻覺得這事真是丟人，可愛情原本就是這麼瘋狂和壓倒一切的東西，他忍耐了太久，也曾有過自得其樂的好日子，可是現在心中滴血，已經沒有辦法維持。

他不想在時光中消磨他的愛情，更不想看到有哪天相愛成怨懟。

愛，或者有起點，不愛，卻不是終點。

或者他們的故事不會再有反覆，可時光會永遠停在那一刻，所有的回憶曾經的美好都是他的。

光陰流轉，塵埃落定。

他一定也能像以前那樣，笑得坦然。

這是藍田教給他的，也是他一直以來期望的。雖然上次的分離與這次不可比較，可是那些最本質的東西不會變，就像他這個人，一路行走而來，也從來沒變過。

陸臻站在宿舍門前拍一拍臉頰，努力給所有人一個微笑。

他走得太急，於是也忘記了，其實笑得這麼假對大家也是個折磨，尤其是那麼敏感的徐知著。

「哦……唔……」徐知著一看陸臻的臉色就知道完蛋，當然他一早覺得這種行為就是求死，只是沒想到陸臻居然這時候下手，也是，這些日子以來他壓抑太重，不爆發根本不可能。不過也好，所謂的早死早超生，於是現在唯一的懊惱也就是為什麼當年沒有早點攛掇著陸臻去自殺，夏明朗這傢伙一向心狠手辣殺人不見血，他信不過陸臻的決斷，也要信得過夏明朗的人品。

「唔？哦？」陸臻坐在床上，挑了挑眉毛。

「那什麼……」徐知著走過來，「你要哭就哭吧，哭一下會舒服點，別憋著，咱倆誰跟誰啊。」

「哭什麼？」陸臻瞪眼睛，「你當我什麼人？」

「哭吧，沒事兒的，要哭就哭一個，憋著多難受啊。」徐知著挺犯愁地在陸臻旁邊坐下。

陸臻若有所思地看著徐知著，想了想，忽然笑開：「你這話說的，真像隊長。」

「啊？」徐知著根本就是錯愕了。

陸臻自顧自回憶下去：「上次陪他去下面看兵源，一個勁兒地攛掇人家小兵哭。」

「哭一個吧哭一個吧……乾脆點兒，想哭就哭……」陸臻活靈活現地學著夏明朗的腔調，說到一半又安靜下來，徐知著扶著他的肩膀也不知道應該說點什麼好，只看到陸臻安靜地眨眼，一雙黑白分明的清亮眼眸裏沒有焦點。

「我其實還是有點想哭的。」陸臻笑起來，「真丟人。」

「這有啥丟人的，我當年，啊，軍校都快畢業了女朋友鬧分手，哭得我……到現在眼睛都還腫著的……」徐知著扒著眼皮給他看。

陸臻實在忍不住，一爪子拍下去：「你那是眼袋。」

「對啊，」徐知著一本正經的，「哭出來的。」

陸臻馬上哈哈大笑，抱著枕頭在床上打滾，笑到後來幾乎斷氣，抱著肚子直叫喚。徐知著束手無措，雖說他就是為了逗他笑的，可是這孩子太配合了，配合得都有點心酸。

「小花，小花啊……」陸臻笑出了滿眼的淚光，伸手去拽徐知著衣服的下擺，「我要走了。」

「哦？」徐知著一開始沒反應過來，愣了一愣，神色驟然變得嚴肅起來，「真的假的？」

「真的，我明天就去給嚴隊打報告，等這階段訓練和培訓完成了，應該就知道去哪兒了。」

「你……你用什麼藉口？？」

「我怕死。」陸臻仰面躺著，嘴角笑得彎彎的。

徐知著覺得頭疼：「你就扯吧，你這理由能唬得住嚴隊倒有鬼了。」

「可是，我這說的是實話，我再不走，就不是我了。」陸臻咬了咬牙，終究覺得繃著臉太難看，還是留下一點笑。

「哎，」徐知著伸手推他，「沒別的路走了？」

陸臻點點頭。

「你哎！」徐知著嘆氣。

陸臻堆在眼角眉梢的淬利終於軟下來一些：「小花，你會不會生我的氣？」

「切，我生氣你就不走啦？」徐知著不屑，「你管我生不生氣，你管你自己吧。」

「小花，你是好人。」陸臻拉下被子蒙住自己的臉，聲音沉悶。

「你才知道啊？你打算去哪兒？」

「不知道，聽天由命！」

「你他媽……」徐知著氣急敗壞地隔著軍被掐陸臻的脖子，「你給我上點心好不好！老大！算我求你了，把你的那些老領導、老同學都用起來。你什麼腦子？這麼多路子空在那兒不知道走。」

「好好好。」陸臻的手臂從被子下面圈上來，安撫似的拍著徐知著的背，「都用起來，這就都用起來。」

徐知著一瞬間紅了眼眶：「以後別這麼傻乎乎的了，老子不在了，誰罩你？」

「什麼在不在的。」陸臻輕笑，「說得像什麼一樣，這年頭天涯海角也就一線，我陸臻永遠都是你徐知著的兄弟，我們倆的交情，不會變的。」

徐知著沉默了一會兒，坐直身子：「想哭你就哭吧，我這就走，我看不見。」

「不……」陸臻翻身把被子抱在懷裏，「我現在還不想哭。」

那天到了最後，徐知著還是沒能把陸臻說哭，有些事情需要時間，每個人的方式都不一樣，徐知著心想，如果哪天陸臻願意抱著他特誇張地號啕大哭，那大概，就真的沒事了。

可是在這之前，他只有等待，反正無論如何，自己的兄弟自己心疼，再怎麼拿不出手，他也不能嫌棄他。

第二天，夏明朗藉口要寫報告，很沒有骨氣地迴避了一整天，第三天到訓練場的時候沒有看到陸臻，據說是臨時有事請了假。夏明朗心中的空洞又變得更大了一些，心房裏養了一隻毛毛蟲，一口一口地啃，蠶食。還不能碰，輕輕一碰毒刺就扎進了嫩肉裏，痛不可擋的滋味。

真是自虐啊，夏明朗心想，居然都有點受不了。

方進於是意外地發現他家隊座這天的格鬥訓練下手特別狠，無論是摔人摔己都殺氣騰騰，他媽的這像個槍傷未癒的主兒嗎？

等到自虐虐人都虐爽了之後的夏大人回到辦公室，辦公桌上整整齊齊地放著兩疊檔案。

黑體字標題，小四號字正文，標準的基地文書格式，陸臻用了三千多字，詳細地向他闡述了離開的理由，嚴格的論證體，有論點有論據有結論。

他用純粹的官方語言評論這兩年，說他學到很多，收穫很多，現在雖然因為一些私人的理由想要離開，深感遺憾，但是也請夏隊長不要太過失望，畢竟曾經經歷過的，在這塊土地上學習到的一切對他的將來都是極大的幫助，云云……

夏明朗只看了一遍所有的字就都飛了起來，脫離了白色的紙頁在他眼前盤旋，腦子裏被攪得一團亂。他本想好好再看一遍，可是每一個字都抓不住，它們帶著翅膀，自己會飛。

檔中夾了一張單薄的紙頁，是用手寫的，即使念過那麼多書，陸臻的字跡仍然稚嫩如幼童，他喜歡把「口」寫得特別大，於是每個字都像是一個笑得合不攏嘴的小孩子。

夏明朗按住那張薄紙，一個字一個字地往下唸。

夏明朗：

請允許我這樣叫你，可能是第一次，也是最後一次。

我想，真的是我要得太多了，我本來沒有想要那麼多，可是你縱容了我，讓我以為可以得到全部，很抱歉我沒能滿足於此刻的擁有卻變得更貪婪。

我想你說得對，不是說我愛你，於是所有的問題都能解決。我想你應該有一個美麗而溫柔的妻子，一個家庭，有孩子，得到來自父母的祝福，讓你的兄弟們會覺得羨慕的女人，而這一切，我都不能給你。

不用為我擔心，到了新的地方，我仍然可以實現我的夢想，雖然與預計的路線不同，可能將來會打點折扣，也有一些遺憾，可是，這就是人生，我想我們每個人都應該要學會忍受殘缺的生命。

所以請相信我不是在賭氣，這是一個慎重的決定，我認真地考慮過，然後決定執行。

我想我是真的不如你，我不像你那麼堅定，繼續生活在你的身邊卻忘記這些事我做不到。這超出了我的能力範圍，我可能會仍然抱有期待，我會在進退之間患得患失，我會擔心會後悔，我會無法再坦然面對你，可能有一天，我會心懷怨恨。

可是，當我不再是一名合格的戰士我還剩下些什麼？我會辜負你所有的期待！

真的非常對不起，我沒能繼續堅持下去卻在這樣的時刻選擇離開，我想你應該會為此而難過，可我真的已經無能為力，非常抱歉，為所有我給你帶來的傷害。

請原諒我必須首先回頭找到自己的位置。

所以，也請你相信我可以為自己的人生規劃軌道。

在麒麟這一年多，讓我學到很多，這不是客套話，是真的，我相信這片土地會持續地給我力量。還有你，我的隊長，我會記得你教會我的每一件事，你永遠都是我的隊長，我因為曾經與你並肩戰鬥而感到驕傲和自豪。

感謝你，所有的幫助和鼓勵……總之，感謝你給我的一切。

你放心，我不會永遠愛你，在下一個適合的人出現之前，我會努力 盡快地放開這件事。

我的未來請你不必憂慮，我的理想，還有快樂人生的渴望，我不會放棄。

最後，祝你快樂，我的隊長！

陸臻

很惶恐，強烈的不安。

閉上眼睛就看到陸臻微笑的臉，他在說：我是那麼愛你。

一遍又一遍。

看到他坐在螢幕前打字，手指起伏，敲擊鍵盤的聲音有如暴雨，他咬著筆桿，用他最不喜歡最不擅長的東西，為他寫下這樣長長的一段話，夏明朗無法想像，陸臻是以一種怎樣的心情去寫，是怎樣回頭去看，修改錯別字，調整邏輯，列印，出頁，裝訂成冊，字字描摹。

他永遠都低估了他。

夏明朗仰天，長嘆，為他的自以為是，為他的坦白純粹。

一直以來，因為知道自己是多麼可怕的一個人，知道自己的手能做多麼可怕的事，於是在夏明朗的心中有一個問題變得非常重要。那就是理由。出擊的理由，動手的理由，師出必須要有名。他不能隨心所欲地做什麼，他必須確保自己的每一個決定都有正義的藉口，即使那僅僅是藉口。

這是一頭天生的狼，卻固執地只想做好藏獒。

因為只有這樣，他才能平靜自己，才能有足夠的勇氣帶著他最親密的戰友出生入死，才能在血與火的邊緣選擇誰拋棄誰，才能放任自己的尖銳與狠毒，血淋淋地割開別人的傷口，讓他們直面自己靈魂最陰暗的部分。

這是一種習慣一道枷鎖，他必須要保證自己的絕對正確，他才有足夠的自信一往無前。

曾經，當他第一次執掌一中隊，第一次指揮絕密任務，第一次看到戰友的鮮血，嚴正看著他眼底的驚恐告訴他，無論何時何地，要相信你的正確。

為了相信，所以要克制，身為武器的自覺，他有識心詭術，他有屠龍之技，然而那是他不能濫用的權力。

只有那些能夠克制並恰如其分地使用自己權力的人，才配擁有它。

可是在陸臻身上，一直以來他都沒有找到那個理由，那個讓他可以動手的理由。

屬於陸臻的冷靜，他的堅韌他的執著，還有他的勇氣與決斷，永遠都在他的想像之外。那個叫陸臻的傢伙，雖然看起來還很幼稚，似乎衝動，好像輕浮，其實比誰都明白自己想要的是什麼。

夏明朗自嘲地苦笑，他自以為是某人靈魂的導師，要引導他走向更光明的坦途，卻忘記了那個人根本就不需要他的指導，他早就不是個孩子，那是一位成熟的軍人，固執而堅定，充滿了理想，並且樂觀向上，甚至，比他還成熟，他不應該輕視他。

他想了太多，太依賴自己的腦袋，卻信不過別人的嘴。

這是他的誤區，他從來沒有想到過他的猶豫、遲疑與拒絕在陸臻看來是怎樣的黯然無奈，他沒有想過墜落永遠是兩個人的事，他自以為是的憂慮，在另外那個人看來，不過是迴避的藉口，他沒有想過一個永遠在自信微笑的人，心中有怎樣的卑微與惶恐。

與他一模一樣的惶恐！

這一次，是他想錯做錯，一手傷到兩個人。

夏明朗把紙頁撕碎，兩份文件統統扔進了碎紙機，紛飛如蝶的鉛字回歸到紙頁，這一回真正碎落了一地。

4.

那天晚上，夏明朗走進陸臻他們寢室的時候，那哥倆正在費勁地用法語嘮嗑，徐知著抱著字典一本正經地坐在桌邊，陸臻抱著枕頭靠在床上，手裏還拎了一本電子對抗相關的專業中文教材，有一搭沒一搭地看著，順便回答那位結結巴巴的法文問句。

夏明朗就這樣推開門進來，徐知著不由自主地閉上嘴，甚至不由自主地沒有打招呼，夏明朗開門的第一眼，把他劃到了死人的範疇，他連氣都喘不過來。

陸臻一下子就坐直了，看到夏明朗的靴尖停在自己床前。

「有，有事兒嗎？」陸臻仰著頭問。

「你跟我過來。」夏明朗丟下這句話，轉身就走。

陸臻一頭霧水地看著徐知著，愣了幾秒鐘，一路蹦跳著把靴幫拔上，追出門去。

夏明朗站在門口等，看到他出現，馬上轉身走在前面。

陸臻跟得心裏七上八下，看這樣子夏明朗應該是看到他的報告了，然後現在是打算要幹嘛呢？把他打一頓？扁一通？還是關到狙擊訓練的小黑屋裏關個三天不讓他出來？

他一路胡思亂想，到後來看著夏明朗沉默的背影忽而又覺得安定，怕什麼，最壞的都已經過去了，現在還有什麼可怕的？

夏明朗站在自己的寢室門口，深吸了一口氣，到口袋裏掏鑰匙，他連頭都沒敢回，聽著腳步聲知道陸臻一直跟在他身後沒有走。鑰匙在門鎖之外徘徊了兩下，終於得門而入。

「進來。」夏明朗推開門。

陸臻覺得莫名其妙，緩了一步沒跟上去：「隊長，到底有什麼事……」

陸臻話還沒說完就被夏明朗扔到了門上，肩胛骨撞擊木板發出沉悶的聲響。

「哎……」

陸臻睜大眼，嘴唇被封死，讓他在一瞬間僵硬如雕塑。

夏明朗的吻，一旦落下便迅猛如風暴，摧枯拉朽似的攻城掠地而去，狂暴的氣息像一團火那樣傾瀉而下。最初的三秒鐘，陸臻的腦子裏一片空白，於是身體在神志回歸之前先一步做出了反應，吮吸、糾纏，追逐令他心動的氣息。從來沒有這樣貼近過，夏明朗將他作訓服的拉鏈拉到底，手掌探進去，撫摸光裸的皮膚，牙齒在鎖骨處流連，引起層層的戰慄。

「隊，隊長？」陸臻終於開始掙扎，把夏明朗推開，眼神困惑無比。

「要不要？」

夏明朗忽然抬起頭，一向靜水流深的眼中此刻有千軍萬馬在奔騰，可惜兵不成行，馬不成列，一派馬亂兵荒的煙塵。

「要！」陸臻脫口而出，手指哆嗦著按上夏明朗作訓服的領口。

衣服在糾纏中被剝去，漂亮的結實的麥色的胸膛裸露出來，急不可耐地親吻、撫摸，留下濕漉漉的印跡，陸臻看到自己的神志凌空飛去，身體在燃燒，劈啪作響，他被火焰吞沒。

褲子繞在腳踝上掙脫不開，夏明朗抱著他跌上床，把床板撞得吱吱作響，陸臻模糊地憂慮著，這床會不會斷掉，然而很快的，他的一切思考全部都消失。

這是真的嗎？還是幻覺？

陸臻仰面倒在床上，低頭看到夏明朗漆黑刺硬的頭髮。溫柔而霸道的吻，從脖頸往下，一路走過胸前敏感挺立的部位，舌尖沿著腹肌的中線滑下去，舔弄圓潤的肚臍，再往下，某個驕傲的器官已經在炫耀著它的興奮。

夏明朗微微抬起頭，黑色的眼睛濕潤而明亮。

陸臻有些羞澀，尷尬地別開眼。

夏明朗看到陸臻在喘息，視線游移，從耳尖一直紅到胸口。心中有多少憐惜，眼神就有多纏綿，而嘴角一點點彎上去，妖孽回歸，只一點笑，就讓人想把魂予神授。

他低下頭，試探著含上去，讓粗糙的舌面磨過柔嫩的尖端。

陸臻頓時頭皮發炸，神志被轟得一乾二淨，他撐起上半身把夏明朗拉起來。

「別，別……別這麼幹……」

陸臻胡亂著地吻咬著他的唇，不肯放開。

別這麼幹，再這麼碰幾下，他馬上就得交待過去。

「知道怎麼做嗎？」

陸臻靠在夏明朗的肩膀上喘氣，心跳快得飛起。

「嗯！」夏明朗遲疑了一下，點頭。

「那就好。」

陸臻貪婪地看過去，漆黑的眉目，挺直的鼻梁，分明的唇線，他最愛的男人！

終於，他心滿意足地笑開，趴到床邊去拉床頭櫃的抽屜，心太急手上失了分寸，整隻抽屜都被拉脫了出來，裏面的東西嘩啦啦落了一地。

夏明朗咬著他肩膀模模糊糊地說：「別管它，沒關係。」

陸臻伸長了手臂著急翻找，終於從一堆雜物裏找到一小瓶橄欖油，那是冬天夏明朗的姐姐寄給他擦手用的，打開時溢出淡淡的香味。

「幫我。」陸臻把橄欖油塞到夏明朗手上，目光漆黑灼熱。

夏明朗愣了好一會才反應過來，手指顫抖倒得滿床都是，濃烈的薰衣草香把這兩具糾纏的身體層層包裹，讓血液又流快了幾分。

夏明朗的手上有厚繭，身體被打開的滋味痛不可擋，真到了要進入的時候反而好一些。固執地挺進，卻又有超乎尋常的小心謹慎，緊緻地吸附，摒息的快感，全然陌生的體驗讓夏明朗幾近驚恐，遇到阻澀也不知道要先退後。

陸臻放鬆了身上每一寸的肌肉，他看到夏明朗眼中的緇然墨色，黑得不可思議，額角的汗滴緩緩滾落，凝在下巴上，於是貼上去親吻，把那滴汗水捲進舌間，鹹鹹的滋味。

「別怕，我死不掉的。」他啞著嗓子，在夏明朗耳邊說。

疼痛的感覺很鮮明，可是有另一種滿足會將靈魂包裹。

痛並快樂著的感覺異常的奇妙，熱血在體內沸騰著，翻滾出的蒸氣向上聚集，凝結而出的卻是晶瑩的汗水，對立的兩極在體內交織擴散，火燒火燎，忘乎所以。

最原始的律動，帶出火熱的快感，如痛醉般的沉溺。

擁抱的力度，心跳的頻率，汗水從每一個毛孔裏湧出來，融合到一起。

當身體融合在一起時，心靈會覺得滿足。

夏明朗在衝撞時有十足求索的力度，陸臻在疼痛中感受他的存在，印記深刻之極，最後的一失神，滾燙的液體射入他身體的最深處，好像能把他燒穿。

陸臻完全沒有留力，以至於高潮時幾近虛脫般地恍惚，顯然夏明朗也沒比他好多少，氣喘吁吁地抱著他的腰，濁重的呼吸久久不能平復。

陸臻很想就這樣睡著，耳邊有灼熱的氣息，後背上感應著他的心跳。而汗水，像是一種粘合劑，把彼此的皮膚融合在一起，陸臻幾乎有些心酸地想，分開的時候應該會很痛吧？

陸臻小心地轉過身去，與夏明朗相對而臥，夏明朗頓時被驚醒，可是睫毛飛快地顫動著，卻沒有睜開眼睛。陸臻覺得自己看了很久，彷彿天地已經荒蕪，時間像是停滯了，指標停擺，沒有前進也沒有後退。

然後，他聽到一個聲音在他耳邊說：夠了，陸臻，夠了。

陸臻坐起來穿衣服，速度很快，幾乎有點匆忙，夏明朗起身按住他的肩膀，充滿了意外地問：「陸臻？」

剛剛經歷過情事的聲音低迷沙啞，磁得過分，這男人單憑著一把嗓子就可誘人犯罪，陸臻聽得心跳停住一拍，沒有回頭，手掌按在夏明朗的手背上。這是一隻骨節分明的大手，寬厚而溫暖，掌心裏有厚繭，只是握著，就讓人感覺到安全和滿足。

可是……

「謝謝。」

陸臻低下頭，有些無奈地看著自己的眼淚滴下去，沾在作訓服上，染出一個深色的小小圓斑。

謝謝你與我相遇。

謝謝你與我分離。

謝謝你讓我愛你。

謝謝你真的愛我。

感謝你讓我迷戀而不至於寂寞。

感謝你這樣清醒，逼我離開，不再沉醉。

感謝你總是心軟，給我更多回憶。

感謝你，賜我歡喜無限。

陸臻握緊的手忽然鬆開。

「我走了，隊長！」

「陸臻……陸臻，不是，你等一下。」

如果要比格鬥，陸臻永遠都不是夏明朗的對手，更何況一個其實不太想走，一個著急要把人留下。夏明朗居高臨下地看著陸臻的臉，那張年輕的面孔上有滿眼的困惑，卻不問為什麼。

「是，是這樣的，我現在……你，別走了，你不用離開這裏，也別離開我。」

夏明朗結結巴巴地說出這句話，自他成年以來，第一次將一個句子說得如此支離破碎，忽然明白原來等待別人宣判的感覺是這樣的，這樣驚恐，這樣惶惑，每一秒鐘都是折磨，即使有十把槍抵著他的頭，他都沒有這樣害怕過。

他想起那天陸臻眼底的淚光，他也曾這樣忐忑，滿懷期待，而最終心碎。夏明朗不無惡毒地想，陸臻應該馬上掙脫他，轉身就走，連背影都別給他留下，好讓他知道什麼叫悔恨，什麼叫錯過，他一生一次的奇蹟，被他親手推開而不再回來。

的確如此，他猶豫那麼久，活該這樣的下場。

陸臻的臉色一點點白下去，眼中似乎有期待，又似乎什麼都沒有，夏明朗一向覺得自己能看穿別人的心，可是這一刻他自己心亂如麻，什麼都看不透。

陸臻囁動著嘴唇，聲音很輕：「隊長，這沒有意義。」

夏明朗頓時從心底涼下去，不知所措！

怎麼回事？出什麼問題了？

才兩天啊，才兩天一切就會改變嗎？

陸臻清了清嗓子，整理思路，聲音漸漸清晰：「隊長，我知道你希望我留下來，可是這不現實，不是說你肯妥協，你願意跟我上床，我就會留下來。我想要的不是這些，我想要全部，你明白嗎？我要所有。」

「你還想要什麼？」夏明朗莫名其妙。

陸臻看著他，慢慢微笑，笑容卻有些冷，那是最深刻的絕望，異常憤怒：「對不起，我們說的不是同一件事。」

他固執地從夏明朗的鉗制之下掙脫出來，裸露的皮膚相摩擦時仍然有心醉的感覺。陸臻很無奈，男人的身體還真是沒什麼節操的東西，他的皮膚已經認熟了人，會記得好一陣。

夏明朗目瞪口呆地沉默，手上失了力道讓陸臻輕易地逃脫。他沒有想過會被拒絕，陸臻不是這種人，他不玩心機也不玩花樣。他可能會覺得被耍了，被欺負了，會生氣，會憤怒，會回頭討回他的公道，可是只要他想要，他還是會要。

那一刻，當他抱緊他，他沒有推開，他以為那就是結果，怎麼可能還會有反覆？

「陸臻！」夏明朗忽然低吼，鎖手鎖喉鎖住他每一個關節。

「夏明朗！」陸臻大怒。

「我不能反悔嗎？我現在後悔不行了嗎？」夏明朗幾乎氣急敗壞，「我不能犯錯嗎？你就這麼狠？」

「我，我……」陸臻一下子就啞了，喉嚨口乾得一塌糊塗，心臟狂跳。

「你確定，你在說什麼……」他小心地試探，「我，我要我們在一起，我是說，要在一起，你要承認我，我們兩個……」

「對，就這樣，我們會在一起，我跟你在一起。」夏明朗迅速地捕捉到問題的關鍵，努力讓自己的聲音聽起來更平靜，或者就會更可信。

「可是，你當時不是……」

「我後悔了。」夏明朗打斷他，漆黑如墨的眼一眨不眨牢牢盯住陸臻的，「如果說，我覺得那是一個錯誤，你願意跟我一起糾正它嗎？」

「我願意！」

陸臻脫口而出，他回答得太快，以至於夏明朗幾乎不能相信，遲疑地又問了一遍：「真的？」

「我願意啊，我，我願意的。」陸臻好像生怕夏明朗沒聽清，說完一遍馬上又重複，他忽然笑起來，眼睛閃閃發亮，「你要我說幾遍？我可以繼續說下去，真的。」

夏明朗的手指撫過陸臻明亮的帶笑的眼，有些恍惚。

沒有想過，像我這麼個破破爛爛的傢伙居然能讓你這麼開心，如果這就是你想要的，還有什麼理由去拒絕？就算將來你會後悔，就算相對會成怨，至少，你現在很快樂……

我現在也很快樂！

「以後，就不能反悔了。」

陸臻笑眯了眼睛：「如果我反悔，你會殺了我嗎？」

「當然，不會！」夏明朗看著他的眼睛，「告訴我，為什麼是我，你選了我，為什麼？」

「你的頭腦吸引我的頭腦，你的身體吸引我的身體。如果這都不算愛，那是什麼？生命是一個漫長的旅程，兩個人一起走，才會更快樂。」陸臻眨著眼，纖長的睫毛像飛羽，烏濃的笑眼。

「但我永遠不能給你一個家。」夏明朗眼中有傷痛。

「那又怎麼樣？我也不能娶你當老婆啊？我們誰都不欠誰的。」

陸臻固執地翹起嘴角，像平常時分那樣，自信而清爽的笑容：「知道嗎？當時我躺在醫院裏，一天下了四次病危通知，那時候我也覺得要撐不下去了，可是又想，萬一你還活著，我倒死了，那怎麼辦？你該多傷心，我捨不得！後來，都以為你死了，我也以為你死了，那時是真後悔啊，後悔沒早點跟你說，要不然回憶也不會只有十分鐘這麼少。這種滋味一次就夠了，我不能再錯過任何事。那種遺憾和後悔的味道我不想再嚐第二遍。所以，我沒有辦法假裝什麼都沒發生過，那些話你從來沒有說過，然後，我們就各自分散，像以前那樣活著，然後，再等到下一個生離死別的時刻，痛哭著後悔，後悔為什麼應該要說的話，不肯早點說，本該要做的事沒有早點做！我不能！！在生死面前，一切都是浮塵。」

「是我的錯。」夏明朗道。

「沒有，還好，真的，還可以！」陸臻著急安慰，但情急中找不到詞。

「你太縱容我了。」

「我能理解。」陸臻非常肯定地說，斬釘截鐵。

「你能理解？」夏明朗訝然。

「要改變活了半輩子的觀念是很難的，有很多人都轉不過來，我真的能理解，我不怪你的，沒有怪過，但是現在……」陸臻把手臂圈到夏明朗背上，用力抱緊，「現在我真高興你也能理解我。」

夏明朗彎起嘴角笑了笑，放鬆地讓陸臻就這麼抱著，手指穿行在陸臻的頭髮裏，沙沙的癢。

陸臻偏了偏頭，問：「隊長，為什麼會改變主意？」

他的聲音很輕，像氣息一樣。

「因為……」

夏明朗撐起上半身看著陸臻的眼睛：「因為，我怕這輩子再也見不到你。」

我怕世界那麼大，未來那麼長，我再也找不到我愛的人。

我怕你會難過，會傷心，因為一些並不重要的事，放棄你最想要的。

「夏、明、朗。」陸臻彎著一雙眼，一字一頓地叫。

「嗯。」

「你有沒有談過戀愛？」

夏明朗把臉埋到陸臻的脖窩裏，沉悶地應了一聲，牙齒咬上陸臻的耳垂。

誰和你談戀愛，我跟你過日子。

「沒有是不是？」陸臻輕聲笑，興致勃勃，「那麼從現在開始，就跟我一起談戀愛吧。」

「我當然有！」夏明朗反抗。

「啊？好不好？」陸臻固執追問。

「好！」

夏明朗的聲音很軟，無可奈何的柔軟。

「我們會很長很久地談下去。」

「嗯。」

「會一輩子。」

「嗯，一輩子。」

三十歲就把未來確定會不會太早？那麼才二十五歲就訂下的終生會不會更早？

所以，只要你不反悔，我就不會後悔。

第五章 我覺得值

1.

世人總是如此，新相知的時候最是情熱，可是羞澀與慾望混雜在一起，反而會躲避，所以那一陣夏明朗老是愛加班，陸臻訓練特別勤快，沒事的時候從來不回屋裏，沒有辦法，只要和夏明朗單獨密封在一個空間裏，心臟就會跳得特別快，視線膠著，像是粘了絲，慢慢地就纏到了一起。

這是一種失控的狀態和感覺，好像飄浮在空氣中，腳不著地似的，陸臻管這叫做戀愛初期的狂歡症，成天介地希望這個階段快點過去，好馬上過渡到老夫老妻。

好在生活也還是那樣順水流過，他的飄浮，並沒有給他的工作帶來太多的負面影響，事實上，唯一的轉變大概就是，隊員們發現陸臻好像從一個笑眯眯的孩子，忽然變成了一個笑得合不攏嘴的孩子。可是大家都能理解，死裏逃生地回來了，原本以為回不來的隊長，後來也回來了，狂喜的感覺會延續很久。

其實那時候整個一中隊都有點狂歡症，他看起來就不那麼明顯了。

唯一沒有狂歡症的人是夏明朗，他狀態一直穩定，方進認定那是因為他沒有經歷過失去的痛苦，他自己當然知道自己沒死。陸臻很贊同這個解釋，只是稍微有點兒失望。可能夏明朗到底還是夏明朗，他，與他的愛情，不知道在那個強大的生命裏意味著什麼。

夏明朗順利地通過了為期一個月的半封閉式政審，開始進入正式的工作狀態。今年不是選訓年，目前各中隊的人員都還算滿標，夏明朗的工作負擔輕了很多，然而另一場特別的選訓在經過了長久的準備之後終於進入了實質性的階段，那就是嚴正大隊長一直以來的期待，由光桿司令陸臻領銜的通信支隊開始正式招收隊員了。

隊員的組成主要集中在兩個部分：電子偵察與干擾，網路攻擊與遮罩。

要求，在實戰及演習中可以有效地保護自己經歷最高烈度戰爭的考驗。而同時，他們的專業技術也必須達到一專多能的強大攻擊力。特種部隊與普通野戰部隊最大的不同就是用最少的人辦最難的事，所以需要技術人員可以一個人完成包括電磁干擾與抗干擾，捕捉信號，傳遞資訊，發現目標並實施引導等等一系列的技術問題。並且在熟練運用各種儀器的同時，他們還得是硬體上的專家，在戰鬥時任何損傷都有可能發生，越是高科技的東西就越容易壞，可是在戰火硝煙瀰漫的地方，是不會有一個專業技師隨時供人差遣的。

陸臻有時候開玩笑，他們這是在招一個人的兵工廠，這話雖然過了一點，可是也不無道理。

當年夏明朗花了兩年的時間學習去適應一個教官的角色，學習怎樣調整心態，全心全意地只為了調教別人超過自己，學會享受學員們的成就，而不去放縱他那種幾乎是與生俱來的爭強好勝。然而與夏明朗不同的是，陸臻似乎是天生地適合這樣的工作，他是如此欣喜地期待著別人的進步，期待著他的團隊有人可以超越他，似乎即使是站在隊伍的末尾也不會讓他覺得沮喪，只要他相信自己已經盡力。

有時候夏明朗會覺得在陸臻身上有一種氣質，很好地解釋了他的一切行為與準則，那是一種真正地充滿了貴族意味的氣質，令他有一種與生俱來的優越感，這種優越感保證了他在任何情況下都不會喪失自信。

相識越久，夏明朗便越來越深刻地感覺到陸臻毫無疑問是驕傲的，他像一個魏晉時代的高門士子那樣天生地驕傲著，他的驕傲甚至不需要用任何高人一等的姿態去表達。

毫無疑問的，夏明朗是欣賞這種氣質的，那是一種從容不迫的微笑，令人著迷。而現在，這種欣賞更多地轉化為了一種隱密的自豪，那個人是他的，他在人群中看著他閃閃發光，眾人都喜愛著他的某一面，而只有他擁有全部。

擁有與被擁有的關係會產生安定感，好像兩個人合而為一，彼此的缺點都被抹平，而優點被無限放大，這是最美妙的時刻，彷彿夢幻。所謂愛情，它那異彩紛呈的魔幻一般的力量在他的心底湧動，波浪翻滾，然而卻沒有人看得見。

在夏明朗的堅持和解釋之下，嚴正將陸臻任命為這次選訓的主訓官，陸臻接到命令的時候差點沒一跟頭栽下去，他氣急敗壞地去找夏明朗，告訴他這種事絕對絕對不能拿來開玩笑。夏明朗一臉嚴肅地向他開誠佈公，告訴他，在陸臻之前，他可以勝任並基本上代替一中隊裏任何一個人的職能工作，而這保證了他可以在訓練中準確地把握他們的優缺點，控制訓練強度。

可是現在，很明顯的，陸臻比他更加瞭解這批學員的綜合素質，每個人缺在哪裏優在何處，怎樣劃分技術培訓與軍事訓練的比例。在一次訓練任務中，制訂規則與大綱者為主，執行者為輔，這是非常順理成章的事。

所以陸臻是主訓官，他是助理教官。

夏明朗非常嚴肅地看著他的小兔子緊張地眨巴著眼睛，他焦慮了，惶恐了，懵了，傻了，慌了，他茫然地睜大眼睛急切地看著他，似乎期待著從自己手裏得到一點依靠與支援。夏明朗於是語重心長得幾乎有些憂傷地回望，聲音落寞而蕭索：「時代在進步，未來是你的天下。」

陸臻頓時傻了眼。

夏明朗興奮而快樂地竊喜著，心中暴爽不已，下流無恥的優越感滿心蕩漾，同時油然地感覺到這個一貫驕傲從容的小傢伙不知所措的緊張小臉真TMD可愛到爆。

陸臻捏著衣角鼓足勇氣，鼓了又鼓，夏明朗期待地看著他，終於，陸臻彷彿放棄似的一拍桌子：「我什麼時候給你看計畫？」

夏明朗愣了一下，迅速地說道：「三天之後。」

「好！」陸臻把帽子抓下來捏在手裏，心事重重地出了門。

夏明朗憋屈地看著辦公室的大門緩緩闔攏，最後啰的一聲輕響，關牢。

真TMD，小子哎，你當真沒看出來我臉上寫著大排的字：快來求我啊，求我啊，求我啊！

夏明朗非常懊惱，這小子怎麼就能這麼強？

陸臻在雞飛狗跳，當陸臻雞飛狗跳的時候徐知著當然也不好過，於是當小陸少校第一百零一次要求徐小花回憶訓練細節的時候，某槍王終於發怒了：「你去問他啊！人是專業的！！」

陸臻咬著嘴唇，一臉憋悶的小樣兒。男人都是有自尊心的，尤其是戀愛中的男人，丟人可以上天入地，可就是不能在自己的情人面前丟人示弱，夏明朗把活兒交給了他，他就得獨立把這事給幹好了。

否則……

其實他自己也不知道否則得怎麼樣，這是一種非常單純的雄性的心理，我們通常稱之為逞強。

陸臻逞強了三天之後拿出了初稿，夏明朗只翻看了一眼就要往碎紙機裏扔，陸臻大怒，於是夏明朗又把東西砸了回來讓他親自拿去給嚴頭。嚴正一貫溫文而狠辣，陸臻站到嚴正大隊長面前的時候才知道害怕，他的那些彆扭的小伎倆在夏明朗跟前使使還可以，反正怎樣都有點恃寵而驕的味道，夏明朗總是不會拿他怎麼樣。可是大隊長清凌凌的似笑非笑的眼神襲過來，那是一種手術刀一般鋒利的洗禮，陸臻感覺到自己從頭到腳地讓他給剖了一次。

嚴正敲著封面，笑眯眯地看著他：「跟你們隊長鬧矛盾了？」

陸臻背後的汗毛全炸了起來。

「他也是為了你好，想給你加一點壓力，把責任都承擔起來，自己主動地去思考而不是想著自己上邊還有人能罩著，你應該好好跟他合作。」嚴正手腕運勁橫甩，文件夾子呼嘯著橫飛出去，陸臻下意識地縮頭，硬皮殼擦著他的頭皮劃了過去，嚴正微微驚訝。

陸臻賠著笑把東西撿起來，落荒而逃。陸臻剛剛被嚴正罵過，不肯馬上溜回夏明朗的辦公室，夏明朗等啊等，等到太陽下山了也不見動靜，心裏一怒，回屋裏去了。幾分鐘之後陸臻垂頭喪氣地敲門進去。夏明朗快樂而無恥地瞧著他那張鬱悶的小臉，陸臻囁囁道：「你能把你以前的訓練計畫讓我看看嗎？」

夏明朗張大嘴，做出驚訝的模樣。

陸臻義憤填膺，正想說不給就算了，可是轉回頭想到嚴正清明的冷眼，心中又是一陣激靈，於是憋悶著，進退不得的模樣，夏明朗終於嘆了口氣，招招手，說：過來吧！

陸臻迅速地蹦了過去。

夏明朗把檔調出來讓他看，這是一份最新的訓練計畫，就是陸臻那屆的事，格式規整而明確，計畫目標，訓練內容，完成情況分明而具體，陸臻回想著他閉門造車而成的那份計畫書，臉上燒紅，非常地想把那東西扔到碎紙機裏碎掉。

「你得學會怎樣做一個老大，」夏明朗看到陸臻臉紅，知道時機已到，「知道什麼叫老大嗎？你得承擔責任，分配任務，調動一切可以調動的資源，完成你的工作。」

陸臻紅著臉：「為達目的不擇手段嗎？」

夏明朗笑道：「有點，你很寬容，這很好，不過你還不夠不要臉。」夏明朗握住他的手，「現在只是我在你手下幫點忙，你就已經抹不開臉了，今後呢？你會遇到比我更不好合作的人……」

「不會的。」陸臻道。

夏明朗一愣：「什麼不會？」

「我相信這個世界上還是人比較多，像你這種妖怪千年難遇。」陸臻笑眯眯的。

夏明朗摸了摸下巴，神色複雜地看著他：「我可以認為，你這是在誇我嗎？」

陸臻笑而不答，轉過頭去看螢幕，嘴角越揚越高。

一週之後，陸臻交出了一份不必扔碎紙機的計畫書，他是極其聰明的人，聰明人一點就透，夏明朗看得心曠神怡，順帶的，他的那種隱密的自豪感又升騰起來：瞧瞧，這小子，多上道兒，多聰明，我老婆。

陸臻一看夏明朗的表情就知道這次基本過關，神采飛揚之際就有點蹬鼻子上臉，夏明朗斜眼瞥瞥那笑彎的眼角，一手指著報告中的某一條說道：「這裏，有點問題。」

唔？哪裏？陸臻馬上湊過去看。

「行進間迅速有效的掩護跑動，」夏明朗似笑非笑地瞧著他：「你告訴我怎樣地跑動是迅速而有效的？」

陸臻梗了一下。

「你把這一條拿給方進看，他能呼死你，跑成什麼樣子才算過關，我這樣，你這樣還是他那樣兒的？」

陸臻若有所思，問道：「那怎麼辦？」

「你寫計畫的時候要記著幾個原則，可以量化，具有操作性，明確的目標，至於目標嘛……」夏明朗詭笑，「你明天去操場上把各項技能測一遍，就以你為參照。」夏明朗挑著眉毛看他，陸臻瞪著圓圓的眼睛很不服氣的樣子，夏明朗湊過去貼著他耳根處輕聲道：「達到你的90％就算過關。」

90％？

陸臻有點沒滋沒味的，原來自己在夏明朗心裏還是挺差勁，其實他的失落有些太激進，一個成熟的特種兵通常需要三年以上的訓練和實戰磨練期，三年之後才能進入成熟的服役期，可以獨立地完成各種高危任務。陸臻知道這些資料這些標準，然而他一向的從容與平和卻偶爾會在夏明朗面前失去功效。

他有一種強烈的願望，在愛上夏明朗之前這願望就很強烈而現在則變得更急切。

想要變得更強大的願望，想盡可能地縮短他們之間的距離，直到有一天，他可以轉過身去抱住他。這願望是一顆小小的種子在他的心頭發芽，他沒有對夏明朗說起過，因為他不知道那個人會是怎樣的態度，他會不會樂意被他超越被他保護，這一切的答案陸臻不知道，所以他隱密地餵養著他的心願，靜悄悄地守著它，期待著它的開花它的結果，可又害怕這結果會損傷他們之間的關係。

這段來之不易的，讓他狂喜並由衷快樂的關係。

陸臻有時候心想，他開始變得小心翼翼了，人們總是這樣，一無所有的時候總是勇敢的，堅定而無畏，因為已經不會失去更多，而當我們手裏已經實實在在地握著什麼，就會變得怯懦。

「哎？」夏明朗發現陸臻眼神飄移。

陸臻醒過神，就著這個角度他看到夏明朗軍裝T恤的領口有點斜，露出從脖子到肩膀的一小塊深麥色的皮膚。

這場景似曾相識，而當時的他身陷在某種隱密的臆想之中，一切的渴望都只是渴望，不像現在。陸臻聽到自己的心跳聲，於是，為什麼不呢？我們應該充分地享受已經獲得的權利。

靠過去，十分之一秒之後，他的唇落到他的皮膚上，那並不是很光滑的皮膚，然而卻莫名的柔軟，像亞麻，舊的，沙沙的麻，柔軟而貼服，可以融化皮膚的質感，他把舌尖滑到鎖骨的位置，小心地啃咬，手臂圈上去抱住夏明朗的脖子。

有種驚心動魄的興奮感，過去與現在，回憶與現實交織在一起，夢幻般的禁忌味道。

「唷唷，小傢伙，」夏明朗捏著他的下巴，「你在幹嘛？」

陸臻舔了舔下唇，像一隻還沒有吃飽的貓，他睜大眼睛看著他，單純的直白，坦露著渴望與慾念。陸臻是極其聰明的人，一點就透，他可以在實踐中迅速地積累經驗，於是他當然知道夏明朗最吃哪一套。

夏明朗喜歡他直接一點，夏明朗喜歡被需要，他喜歡。

於是，他粗魯地把手指插進他的髮根裏，固定著頭部角度的火熱激吻，吞咽彼此的呼吸與唾液，當他們分開的時候彼此的嘴唇都揉得發紅，皮膚滾燙而敏感。

陸臻低低地喘息，被唾液濡濕的嘴唇明潤光亮。

夏明朗看了一下時間，晚上十點，離熄燈還有一個半小時，他看了一眼裏間，那裏有床，他們在寢室，天時地利人和似乎都在，好吧，如果為革命工作到深夜，似乎也很應該要娛樂一下以獎勵自己，畢竟身體是革命的本錢，讓它們愉悅，會更有利於進步。

難道不是嗎？

他捏住陸臻的下巴狀似兇狠地說道：「你敢煽風點火，就得承擔責任。」

陸臻笑起來，只是小聲地提醒了一句：「我明天的訓練要下水。」

明白！夏明朗站起身非常野蠻地把陸臻扛到肩上，陸臻一瞬間天旋地轉，馬上奮力掙扎：「你，你，你幹嘛？」

唔？

夏明朗換了個方式橫抱，笑容惡劣：「這樣是不是文明一點。」

陸臻眨巴一下眼睛，臉上漲得血紅，一翻身從夏明朗懷裏跳出來，氣急敗壞的：「你他媽少耍我！！」

夏明朗看著陸臻半個空翻落地，細韌的腰靈活有力，兩條長腿在半空中劃出漂亮的弧線。

真是誘人。

他把作訓服的拉鏈猛地開到底，甩開上衣撲了上去。陸臻在半空中扣住他的腰仰面倒下，他笑得很放鬆，他們有很好的身體，經過專業訓練的身體，靈活而有力，可以隨心所欲地做各種動作。這話聽起來有點太蕩漾，不過，身體是革命的本錢，做嚴肅狀，也是運動的本錢，各種運動。

漂亮的，柔韌的，緊實的肢體從衣物底下被剝出來，像白楊的枝幹那樣的結實有力，充滿著清新明亮的氣息，陸臻的皮膚乾淨而健康，線條流暢得像美術書裏的標準畫。

他們很年輕，他們精力旺盛，他們彼此渴望，那種原始的慾念讓人們理智悖離，羞恥退散，這是激情的時刻，隨心而動，讓理性離開。據說一個人在床上的表現代表著他性格裏最本質的部分，比如陸臻的細膩敏感與夏明朗猛暴直接。

如果接吻還不夠深的話，那麼再加上噬咬。

如果撫摸還不夠深的話，那麼再加上揉捏。

如果快感還不夠尖銳與深刻，那就再加上一點點疼痛。

這些小動作像酵母一樣發酵著快樂，有時是一個專注的眼神，有時是一句無心的囈語，有時是深深印刻在某個隱密部位的牙印。

陸臻以前沒有嘗試過這樣激烈的性愛，怎樣都不夠，身體被拆散，然後重新拼接，好像打架一般的肢體接觸，讓他從對方的眼睛裏看到自己的渴望與興奮。

是的，他喜歡。

一開始，陸臻總以為他會是他們之間比較主動的那個，畢竟夏明朗曾經一路退讓。可是他忽略了，那是像火山一般的人，他最擅長的就是隨時隨地的隱蔽，隨時隨地的進攻，他的動與靜之間只有一念，當熔岩迸發的瞬間，除了被吞沒幾乎沒有別的出路。

陸臻拉著夏明朗的手去碰自己的下身，早就堅硬挺立的慾望像火一樣燙手，夏明朗毫不猶豫地握住，寬厚的手掌帶著硬質的繭，恰到好處的力度，混合了刺痛的摩擦極大地撫慰了陸臻期待已久的焦躁，他不滿足地舔舐著夏明朗頸側的皮膚，蜷起身，咬在夏明朗胸前，細細地合牙磨蹭表明他還想要更多。

在他們身上有很多地方不能咬得太深，比如說脖子，比如說四肢和肩膀，這是一些隱密的約定俗成的禁忌，即使在理智悖離大腦一片空白的時刻仍然被嚴格地遵守，如同他們的愛情。

就像火山之下的熔岩，在地底流淌，燒穿一切，可是陽光下，只有凝固成灰黑的殼。

陸臻有時候會覺得，可能正是這個原因，讓他們比一般的戀人更饑渴。

夏明朗受痛，疼得嘶嘶抽氣，他拉起陸臻急切地撬開他的唇舌齒關，好像侵略一般地啃噬，先用牙把嘴唇咬腫然後含住吮吸，陸臻不甘示弱地想要照樣吻回去，夏明朗卻驀然退開，被情慾染透的眼睛漆黑明亮，帶著火熱的氣息，陸臻看著他，手指攏上去撫摸他的臉側，他輕輕地叫他隊長，用一種微微顫抖的喘息似的聲音。

夏明朗從他的手掌裏滑出去，下巴蹭過陸臻胸口火熱的皮膚，一點點往下退，陸臻覺得癢，難耐地扭動著身體，夏明朗牢牢地盯住他，舌尖探出緩緩地沿著嘴唇舔過一圈，低下頭含了上去。

陸臻從喉嚨口滑出一聲潮濕的低喘，手指插進夏明朗的頭髮裏。細膩的、光滑的溫暖，深深地包裹著他，敏感的表皮廝磨著口腔內部的每一點，不同的質感，不同的刺激，牙的銳，舌的粗糙綿軟還有喉嚨深處那種熾熱狹窄的吸附。

那樣的柔滑滋味，陸臻只覺得神志被抽離，讓他放棄一切只專注於身體的反應，感官的刺激令人如此快樂，如此滿足，像潮水將他吞沒。夏明朗狡猾地控制著節奏與方式，偶爾輕咬深吞，滿意地聽到陸臻抽氣似的驚叫聲，伴著無意識的低囈，好像撒嬌求饒一般的細微呻吟。

於是，他開始專注於攻擊陸臻最敏感的部位，來回往復地逡巡舔舐，動作越來越快，越來越狂亂，讓快感來得猛烈而直接，有時候做愛並不需要太大的動作，陸臻的身體在他的控制之下彈跳挺動，長腿不自覺地曲起，肌肉緊繃，猛然間挺起身，壓抑不住的喘息聲在舌尖滾動，零零落落地從緊咬的唇間輕泄流淌，最後緊張的肌肉在瞬間放鬆，讓他跌回到床單上。

夏明朗抽了張紙把嘴裏的東西吐乾淨，爬到床頭摸到菸給自己點了一支，陸臻抱著他的腰靠過來與他接吻，一口煙霧在兩個人的肺裏來回流轉。陸臻不常抽菸，事實上，他不抽菸，只有一種情況之下他不排斥尼古丁侵染他的肺。

陸臻濃膩的親吻細細密密地往下滾，夏明朗含著半支菸，煙霧裏混合了情慾的味道，是最讓人上癮的毒品，這空間裏承載了他最喜愛的一切：菸、陸臻、驕傲與放縱的美妙的性。

因為一點先天缺陷，陸臻嗓子眼淺容易吐，所以做口交的水準一塌糊塗根本不堪一試，但夏明朗並不介意這種差別待遇，反正，陸臻還有靈活的手指。

他喜歡用舌尖和手指一寸寸地去感知夏明朗的皮膚，每一點傷口，每一個故事，他喜歡這具筋肉健美的身體上的每個部分，粗糙與細膩，光滑的皮膚與凹凸不平的傷口，不厭其煩。他喜歡聽著夏明朗叫他名字，高潮的時候，聲音低啞而醇厚帶著細微的沙，像是沙礫的閃光，在那一刻，那個一貫強悍的男人會有一種莫名的楚楚可憐的味道，泛著潮紅的顫抖，在他的手中釋放激情，多麼令人迷醉。

高潮過後，兩具汗津津敏感的身體交疊在一起親吻，越燃越旺的火焰在血管裏動盪奔流，夏明朗用力按住陸臻的腰把他帶向自己，火熱的器官碰撞到一起，彼此廝磨擠壓。陸臻低聲喘著氣，緊緊地抱住夏明朗的背，把指甲握在掌心，夏明朗把手探到兩個人之間握住用力擼動，粗暴而猛烈的節奏讓兩個人都像喘不過氣來似的張大口拼命呼吸。

每一回的第二次都會持續得特別長久，快感累積到幾乎無法承受的地步，可是那個爆發的臨界點卻遲遲不肯到來，就像是在撈著水中的月，每次都差那麼一點點，以為是衝過去了，可是指尖流淌的卻是虛無的水，莫名的焦躁，全心的沉醉，這種感官的盛宴。

陸臻發出含混的低呼，胸口貼在夏明朗胸前，頭向後仰去，脖頸繃出一道直線，如同垂死的鳥一般，喉結艱難地滑動著，吞咽唾液與呻吟。

在最後的瞬間，靈魂從沉重的軀體中劈裂飛出，輕飄飄地旋轉著，慢慢落回，擁抱糾纏在一起。

夏明朗疲倦地微閉著眼睛，微笑時露出雪白的牙齒：「舒服了？」

陸臻輕舔他的嘴角，小聲呢喃：「嗯。」

夏明朗把眼睛睜開，漆黑的瞳孔裏還有未盡的火光，他笑著警告他：「別亂碰。」

陸臻耳尖頓時發紅，他抱著衣服爬起來結結巴巴地說道：「我去洗澡。」

夏明朗看著那道背影消失在門後，那是年輕而修長的身體，在燈光中勾勒出乾淨的線條，汗濕的皮膚閃著細膩的光澤。夏明朗滿足地嘆了口氣，大剌剌地仰躺在床上抽菸，蒼藍色的煙霧在燈光下變幻著曲線，床上亂糟糟的，殘留著人的體溫和精液的氣味，浴室裏的水聲嘩嘩作響。

夏明朗想，他是真的喜歡陸臻，每一種面目，無論是睜大眼睛看著他直白坦露地說我想要；還是紅著臉結結巴巴地逃竄。有些事，當他做得好，他覺得自豪，他做得不好，他也覺得很可愛。

那孩子是他的心病，在他不知道的時候，一手一腳地在他心裏生長，每一個動作都牽動他的神經，好在，他是真的值得。

陸臻很快地把自己收拾乾淨走了出來，衣服穿得很齊整，乾淨的皮膚上帶著清爽的氣息，毛巾按在頭髮上用力地擦，夏明朗順手把毛巾接了過來絞乾，蒙頭蒙腦地包上去幫他擦頭髮，陸臻用力推他：「快去洗澡。」

「急什麼？」夏明朗拖長的聲調裏有一種懶洋洋的綿軟的味道。

陸臻迅速地把毛巾抽走，他的眼眶裏還濺著水，於是笑得星光燦爛：「你別招我！小爺我正當年輕，血氣旺盛……」

夏明朗慢吞吞地站起來，貼到陸臻耳邊非常露骨地吹了一口氣，滿意地看著那個小傢伙全身一僵，像被雷劈了似的跳起來。他把散落在地上的衣物踢起來接住，拖拖拉拉地走進了浴室裏。

夏明朗不需要把自己收拾得那麼乾淨，所以他洗得更快，當他滴著水從裏間走出來的時候陸臻正站在窗邊吹頭髮，他削薄的短髮已經半乾。

陸臻在這些細節上十分的小心，每次都會等自己的頭髮乾透了以後再回去，然而他沒有辦法抹去的是一種氣味，剛剛洗過澡的飽含著水氣的清爽的乾淨的氣味，夏明朗站到他身後，閉上眼睛呼吸屬於陸臻的味道。

基於這個隱密的理由，夏明朗十分確定徐知著瞭解他們之間的關係，然而他並不知道陸臻是怎樣擺平了他的朋友，徐知著對他的態度自然得從無變化，陸臻也從沒向他提及此事，陸臻總是這樣悄無聲息地把自己身邊的一切處理好，只留給他一個安定從容的微笑，彷彿一切都好，現世安穩。

陸臻不像那些小女孩，她們喜歡指使著自己的男友說這個不許那個不能，如果你要是敢犯，我就要和你分手云云，但其實即使同樣的錯誤被他們犯上十次，她也不會同他分手。可陸臻完全不這樣，陸臻只會站在最後的底線上低下頭說對不起，然後一切無可挽回，他是沒有黃燈的人，綠燈之後就是紅燈，他非常寬容也同樣的苛刻。

夏明朗很欣賞陸臻這種乾脆的個性，而同時他也隱隱地不安，他很擔心自己有一天會無意中踩過陸臻的底線，聽他說出一句對不起，從此無可挽回。不是任何事踩過了線都有機會反悔，像那樣的幸運不會永遠存在。

「我回去了。」陸臻摸了摸頭髮，轉過身。

夏明朗點點頭。

陸臻偏過頭去吻上他的嘴唇，只是安靜地貼合著，呼吸與心跳都很平靜，像蜻蜓點水那樣，一觸而收，夏明朗的這間宿舍在走廊的頂端，窗外是起伏的群山，這是唯一可以放縱的視窗。

而裏間的窗簾則常常是拉起的，害怕情不自禁時的意外，陸臻於是開玩笑說他們真有偷情的潛質。

陸臻一邊拎著東西出門一邊撥著頭髮，忽然炯炯有神地想到，這是多麼地道的姦夫動作，於是他沒來由地在門口轉過頭，衝著夏明朗眨了眨眼睛用口形笑道：拜拜了，淫婦！

再高深的口型訓練也沒有辦法讓人分辨出「婦」與「夫」的不同，所以夏明朗理所當然地認為陸臻說的是淫夫，由此很是感慨地想到這小孩真是有自覺。

於是，現實再一次雄辯地證明了，所謂的心靈相通是只存在於小說中的可遇而不可求的神蹟。

2.

在麒麟有一個不成文的節日就是新丁們入隊後的第一次生日，通常最倒楣的壽星就在於此，被人欺負得鬼哭狼嚎的還得負責買單。陸臻最近除了訓練就是忙於研究選訓的事，這是正式歸在他名下的任務，他必須得盡心盡力，忙起來天昏地暗，自然忘了自己的生日。

方進一開始不太明白為什麼夏明朗會放權讓陸臻當這個頭。可是後來看到陸臻焦頭爛額地拉著他們開會，一遍又一遍，而他們可惡的隊長大人總是三分怠慢地陪坐在一旁，一副戳一戳動一動，你不戳他就不動的死豬模樣，方進忽然激靈靈從背上滾過一道冷汗，心想著：他家隊座可真是心疼他，這都好幾年了居然也沒起過心思讓他去坐這頭把交椅……

他一邊胡思亂想著，一邊眼珠子亂轉，夏明朗好似有所感應，轉過頭衝他詭譎一笑。嚇得方進頭皮一麻，差點鑽到陳默懷裏去瑟瑟發抖：隊長我知道錯了，知道錯了，我以後再也不敢嘲笑你削人的手段單一技術粗暴了。

有些事陸臻忘了，但是廣大人民群眾不會忘，而某位同志更不會忘，事實上，做為確定關係之後的第一個生日，夏隊長還是頗為盡心地準備了一番的，有一位泡妞的祖師級人物曾經說過，你可以在一年三百六十二天都忽略她，但是你得在那三天裏讓她印象深刻，那就是情人節、耶誕節，還有她的生日。

陸臻雖然不是妞兒，可是人性總是互通的，夏明朗非常篤定地這樣想著。

陸臻在晚飯前遇上黑子來傳話，他氣喘吁吁地告訴他隊長有急事在後山等他，陸臻心裏嘀咕著這老妖又在耍什麼新花樣，一邊不敢怠慢地狂奔而去。

夏明朗站在峰頂某個風景秀美的地方，五月春暮，繁花似錦而開，陸臻看著那人轉身，非常神經抽搐地聯想到類似花間一笑百媚橫生這一類天雷劫度一般的詞語，而由此痛心疾首地意識到他的審美真的相當有問題。

於是，當夏明朗看到人的時候，陸臻正以五公里急行軍的狂猛姿態滿頭大汗地衝向他，臉上卻佈滿了詭異的笑容。

夏明朗懊惱地攔下他：「幹嘛跑這麼急？」

「黑子，說你有急事。」陸臻扶著腰仰頭大口喘氣，夏明朗看著他的汗水從額角滾下來，一路滑行，沒在衣領裏，此時此刻他的立場微妙，不由得心動神搖口乾舌燥，然而回想起「黑子」這兩個字，夏明朗在心裏靠了一聲，心道我明明是叫徐知著去傳話的，怎麼那小子竟敢？真有種！

「對了，什麼事啊？」陸臻緩過氣來。

「其實，沒什麼事。」夏明朗扭捏。

陸臻對於這種忽然召見又不說為什麼的戲碼已經久違，貿然再相見幾乎有種穿越的味道，一時之間沒有鬱悶只有興奮，就好像是看到某位李鬼裝李逵，忽然手裏的板斧一抖，果然不是鐵打是木造，陸臻正想拍拍手說：你怎麼還玩這齣啊，江山易改本性難移嘛真是……

夏明朗忽然非常尷尬地瞧著他，目光閃爍，說道：「我給你準備了個生日禮物。」

陸臻一愣，嘴巴張成一個O。

做為一位從列兵起步走向中校崗位的草根英雄，做為一位生在大西北長在野戰軍的粗獷男子，夏隊長毫無疑問地保留了一部分底層兵匪氣質中比較粗礪的習氣，而這些通常被小陸少校鄙夷地稱之為不懂浪漫。

雖然夏明朗堅定不移地認為那根本就是扯淡，他怎麼不浪漫了，老子跟你槍林彈雨裏來去，浴血驚魂的簡直浪漫死了，可現實是，如果你找了個小資的老婆，哦不，就當是老公好了，那麼在某些關鍵的時刻你也就只能順著他哄，所以這一次夏隊長豁出本兒去，為了驗明一個浪漫的正身，他學習了一樣樂器——

口琴！

陸臻張口結舌驚愕地看著他，先是說：啊啊啊，我要過生日了嗎？哦哦，不對啊，今天是我生日啊！！

然後更加激動地拉著夏明朗：什麼禮物什麼禮物，長什麼樣的，什麼樣的……

陸臻私心希望那是一個可以長久留存下來的禮物，就算是一個子彈殼也好，讓他可以時常拿出來看看。

「你，咳，反正就這樣吧，你就當是心意。」夏明朗咳了一聲轉過身去，陸臻驚奇地發現那三寸厚的臉皮居然都透出了一點血色。

夏明朗從袖子裏把裝備抽出來，用一種慷慨就義一般的神情吹起了《祝你生日快樂》。不要嘲笑，請嚴肅，不要嘲笑，對於一個連簡譜都不識的人，我們不應該要求更多。夏隊長的本意其實並不是《生日快樂歌》這麼簡單，可無奈的是他沒有辦法用死記123、321的方法背下大段的譜子。所以，心意，就像是隊長說的，大家都當是心意到了就好。比如說陸小臻同志，現在基本上已經感動得淚眼婆娑。

夏明朗一曲盡，用一種我知道我自己死透了的表情豪邁地轉過頭，不期然對上陸臻眼淚汪汪的大眼睛。

「你哭什麼？」夏明朗嚇一跳，心道也沒這麼難聽吧？

陸臻專心抹眼淚，眼眶兒揉得紅紅地衝著他笑：「我開心不行嗎？」

夏明朗放心了，拿口琴敲他腦袋：「行啊，怎麼不行。」他的聲音很寵溺，他的心中卻在感慨，這把總算是押對了。

「新買的？」陸臻心懷激盪地把口琴從夏明朗手裏抽出來，看到上面貼著嶄新的膠布，黑色墨水筆齊整地標著：1234567，那些字跡還很鮮潤，不過寫了三四天的樣子。

「哦。」夏明朗抓抓頭髮，「第一次碰這種玩意兒，走調了你多擔待。」

「沒關係，」陸臻低頭笑，聲音溫柔如水，「你把音全吹錯了也沒關係。」

「也不至於會全錯吧！」夏明朗嘀咕。

「事實上，」陸臻忍不住大笑，「你還真的就是全錯了。」他指著那層膠布遞給夏明朗看，「你貼偏了一格，全部高了一個音。」

夏明朗頓時傻眼。

「沒事。」陸臻美孜孜地蹭著夏明朗的肩膀，「我很喜歡。」

夏明朗沮喪地嘆氣：「你喜歡就好。」

他遙望金烏西去，感覺自己倍兒蒼涼。

「這口琴送我了哦？反正看這樣子你也不會再碰它了。」陸臻把膠布撕下來，想了想，又按原樣錯一格貼了回去。

夏明朗很不爽地「哦」了一聲，雖然效果顯著，他還是覺得今天真是丟人現眼。

陸臻隨手把琴甩了甩，貼到唇上吹了一段，夏明朗頓時驚訝地瞪大了眼睛：「你會吹這個？」

「好久沒玩了，生疏了。」陸臻笑道。

夏隊長的不爽又加深了一層：「沒聽你說過。」

「你沒問嘛，我還會彈鋼琴呢。」陸臻眨眨眼，夏明朗鬱悶到了極處，於是釋然。

「想聽什麼？允許你點歌。」

夏明朗想不到要點什麼，或者說，他並不介意陸臻吹什麼，反正什麼都好。

陸臻想了想，憂傷而和緩的調子在他的唇邊流淌出來，伴著西沉的落日紅光，將暮春染出了幾分秋初的蒼涼蕭索，夏明朗熟悉這調子，轉過頭看他。是《白樺林》，風琴的音質聽起來與口琴有幾分相仿，很適合改編做口琴曲，陸臻似乎早年練過，自己重新編了曲，副歌的和絃裏墊了音節進去，聽起來更加寂寞哀涼。

「怎麼想起來吹這個？」夏明朗問道。

「大學時候很喜歡這種歌，你也要允許我有……」陸臻飛快地抬頭看了他一眼，明亮的眸子裏有過分閃爍的光。

「怎麼了？」夏明朗溫聲道。

「前一陣，就是你不在那會兒，我老是會想到這歌，就覺得……我連，我連刻著你名字的那棵樹都沒有，就算是你只是迷失在遠方，我都不知道去哪裏等你……」陸臻越說越低，漸漸不再出聲，他不敢再動，生怕太多的面部表情會讓眼淚流下來。

「以後不會了。」夏明朗仔細分辨了一下風裏的聲音，確定四野無人之後終於大著膽子從背後抱住了他。

「以後不會有這種事了，我死了也會回來，回到你這裏。」

風過林梢，唯有風，穿透荊棘，無可阻擋。

陸臻聽到沙沙的枝葉相碰聲，他想起曾經喜歡的一本書，那裏面說最美麗的愛情到最後，是兩個老人老到再也動不了於是一起躺在床上，手握著手，說：好了，現在我們可以死了。（注）

在那一刻他忽然想對夏明朗說，讓我們發誓相愛用盡這一生吧。

可是故事的最後那兩個人都沒有活到老邁，一個消失在大海，一個自盡在人海。

承諾是可怕的東西，人們總喜歡說，執子之手，與子偕老。

其實那是最悲涼的心願，大家都忘了上一句：死生契闊，與子成說。

生死離散，這是最無奈的現實，要如何握你的手，直到白髮蒼蒼？

陸臻抬手把夏明朗的手指握在掌心裏，遠處的夕陽已經與地面接在一線，再近一些，是基地淺白色的樓房，這是他們的土地，生活與戰鬥的地方。

所以，陸臻心想，暫且先忘了未來吧，我只要現在。

「想聽我唱歌嗎，我唱歌可不好聽。」陸臻忽然說道。

「嗯！」夏明朗毫不遲疑。

其實何止是被迫聽點歌，就算是陸臻現在想割他一塊肉，夏明朗大概也會說好。

陸臻的歌聲並沒有他形容的那麼不好聽，那是乾淨清爽的很年輕的聲音，溫和而柔軟卻不單薄，像厚實的白棉布，安靜地包裹，溫暖的光滑的質感。低低的吟唱，青澀的，好像試探一般的歌聲，從《召喚》到《旅途》、《那些花兒》，夏明朗聽到陸臻的心情慢慢好起來，扣在他胸口的手臂加了一些力道，笑道：「你有很多花兒嗎？」

陸臻無聲笑得很燦爛：「那是，很多很多。」

夏明朗把他的臉扳過來，問道：「那我是什麼品種？」

「你是我的樹，而我，是你身邊的另一棵樹。」陸臻專注地看著他，那是一個安靜而平和的微笑，眼睛很亮，黑白分明，而嘴角微微翹起，仍然是那個看習慣了的，永遠自信乾淨的模樣，可是眼底卻凝了深黑的底色，明潤而哀傷的。

他說：「所以，我希望，我們不會被風帶走，散落在天涯。」

語言的魔力在於它可以描繪心靈的悸動，構建魔幻一般的氣氛，而有些時刻，當心靈自己就可以相互碰撞，當眼神代替了文字的交流，而心情再也無法找到適合的詞語來形容，無聲的沉默中所有的情感奔流交錯在一起，那樣的激烈，火熱。

無聲地激吻，舌尖在彼此的口腔中輾轉，堅定地幾乎是執拗地試圖用這樣赤裸裸的廝磨來表達情緒。快樂與惶恐，堅定與不安，我的忐忑你在給我安慰，你的疑慮我試圖為你撫平，種種微妙的難言的矛盾的情緒全部融化在一個吻中。

想要進入，用自己身體的一部分進入到另一個身體裏面去，而同時，也期待著那個人同樣地進入自己，這彷彿是人類來自亙古的習性，或者說，最原始的獸性。

想要交換一些東西。

情緒，悲傷的，快樂的。

信任，我的，你的。

唾液甚至，血液！

如此沉醉，忘乎所以，直到彼此的肺部再也不能供給足夠的氧氣，他們在分開時急促地呼吸，帶著窒息似的輕飄飄地眩暈。

夏明朗留戀地輕輕碰觸著陸臻的嘴唇，單純地，滿懷喜悅地。陸臻睜開眼睛，看到地平線吞滅了最後一道日光，暗金色的餘暉勾勒出夏明朗的輪廓，如此熟悉，一分不差。

在那一瞬間，他忽然渴望天長地久，於是偷偷咬緊了牙。

「天黑了。」陸臻低聲道，聲音軟膩。

夏明朗轉了轉眼珠，忽然眼前一亮，失聲道：「完了，一個食堂的人都在堵你。」

陸臻迅速地醒過神：「那怎麼辦？這回要玩什麼？」

「灌酒，灌到醉為止，」夏明朗拉著他轉身就跑，「完了完了，他們找不到人，等會能拆了你。」

陸臻慘叫：「我不能喝醉啊！你一定得幫我想辦法。」

「難得醉一次，沒什麼大不了。」夏明朗安慰道，他也不敢犯眾怒。

「我喝醉了非禮你怎麼辦？」陸臻快哭了。

夏明朗聽得腳下一軟，差點跌個跟頭，他想了想：「裝醉，到時候我掩護你。」

夜風輕盈地從髮間穿過去，好像飛翔。

陸臻看著夏明朗在黑暗中背影模糊的輪廓，動作流暢得像是在滑行，豹子一般的姿態。他的手一直握在他的手腕上，忘記放開，就這樣拉著他穿過樹叢，飛快地奔跑，帶起飛揚的塵土。放肆的奔跑讓人心胸開闊，陸臻忽然覺得他可以一直這樣跑下去，他的體力沒有止盡，快樂也是。

然而，在他們身後，遙遠的灌木叢中慢慢站起來一個人，月光下面目模糊的臉上只看到一雙明亮的眼睛，閃著幽亮的光。

夏明朗以一種「看，我幫你們把逃犯給捉回來了」的英雄姿態把陸臻扔進了人群裏，陸臻的咬牙切齒還沒有來得及磨出聲響，憤怒的人群已經把他吞得一個渣都不剩。

遲到的先罰酒，少囉嗦，白的紅的黃的一起，三杯又三杯，陸臻稍一反抗，什麼擒拿格鬥都上了，捏著下巴往下灌，陸臻嗆得七暈八素。眼看著夏明朗站在周邊，再看看徐知著也站在周邊，一副袖手旁觀你自求多福的樣子。

陸臻醉到三分，豪氣就上來了，他桌子一拍，揮斥方遒，吼道：他媽的有種一個一個上，老子今天放倒多少是多少！

眾人頓時哄然，推杯換盞，拗勁兒上來，每一杯酒都用尺子量好，你一杯我一杯，陸臻拉著沒酒量的先磕，轉眼就放倒了幾個，有些人瞧著厚實沒想到比夏明朗還不如，二兩酒一口就悶倒。陸臻一想到夏明朗就是心頭火起，拎著酒瓶，手裏捏了一把花生去找夏明朗死磕，夏隊長手裏握著兩杯酒，笑眯眯地塞給他：「我敬你。」

陸臻也不推辭，酒到杯乾，入口才發現不對，酒味寡淡，不知道裏面加了多少水，夏明朗狡猾地衝他眨一下眼睛。陸臻是聰明人，聰明人只有不為，沒有不會，所以要說這喝酒的貓膩兒他知道的也不少，轉頭看今天整個中隊都土HIGH土HIGH地鬧得翻天，心知今天拼真本事是過不了關了，私底下悄沒聲地把小半瓶白酒塞給夏明朗，夏明朗會意，半晌，換給他一瓶滿的。

陸臻嚐了一口，太上道兒了，這酒水比配得剛剛好，又有酒氣，又沒味兒，陸臻大喜，利器在手，江湖我有！

注：本文所指的那兩個人為三毛與荷西。

3.

不過這以一敵八十的戰況就算是有夏明朗在一邊拆牆打諢，陸臻還是毫無懸念地醉了下去，雖然他的戰損比已經創造了一中隊有史以來的最高峰。

有人喝醉了喜歡哭，有人喝醉了喜歡笑，據說方進喝醉了甚至會去操場上踢正步，不過那天方進酒喝得極少，一直蔫巴巴地待在陳默旁邊，讓陳默也覺得莫名其妙得很。

可是陸臻發酒瘋的方式另類得讓人想哭，他醉了不折騰自己，光折騰別人，把酒倒在別人脖子裏啦，劃著火柴往人身上扔啦，他像個幼稚的小孩那樣惡劣頑皮又興致勃勃樂此不疲，誰都拿他沒辦法，一個不小心，一塊蛋糕已經呼在你腦門上，還要磨兩下。夏明朗大樂，坐得遠遠地看著陸臻藉酒裝瘋，報仇雪恨。

這俗話說跟什麼人學什麼樣，這狐狸家養著的兔子你能指望他純良到哪裏去？夏明朗三分得意，心道，這小子果然隨我。

到後來徐小花終於瞧不下去，竄過去拽他，陸臻睜著一雙星光大眼睛衝他眨巴眨巴地傻笑，忽然「吧唧」一口啃在他臉上，大呼：小花，我最喜歡你了！

在眾人的哄笑聲中，徐知著當場石化，僵硬著一寸一寸地移過臉，看到夏明朗正綠幽幽地瞧著他。夏隊長終於意識到，那小子，他是真的醉了，隨即，夏隊長極具危機感地意識到，得盡快把這小子弄回屋裏去，丟人得丟在家裏。

夏明朗以領導的姿態插手亂局，大家畢竟也算盡興了，現在有人收拾禍害他們也是巴不得，夏明朗架著陸臻往外走，徐知著馬上跟過來幫忙，他壓低了嗓子問：「你要把他弄回哪兒？」

夏明朗一愣，要說他還真沒考慮過這個問題，似乎下意識地就想把陸臻往自己屋裏帶。

徐知著飛快地抬頭掃了他一眼，說道：「交給我吧，你放心。」

夏明朗悶聲應了一句。

徐知著忽然覺得有點感傷。

你放心，這三個字在最初最初的時候夏明朗曾經對他說過，那時候如果他想繞過自己去接近陸臻，兩方對峙的時候他還得向他說一句你放心。那時候他與陸臻是好兄弟，而夏明朗是一個外人中的外人，接近於敵人。

而現在，當他想把陸臻從夏明朗面前帶走，卻變成了他得給夏明朗一個交待，徐知著覺得有點憋屈的心酸，因為陸臻的緣故提前感受到了類似於兒大不由娘，女大不中留的感傷心態。

由於徐知著的沉默，夏明朗尷尬得無以復加，隨著徐知著一起把陸臻抬上床之後，他甚至沒敢再去看一下徐知著的表情就落荒而逃。

陸臻喝醉了酒只有一個好處是實實在在的，那就是如果他睡著了，那就是真的睡著了，不會再有反覆，一覺到天亮，所以徐小花那一晚倒是沒遭什麼罪。

第二天夜裏，食堂給陸臻送了張帳單來，差不多五千多塊，看著要是沒問題，那就直接報給大隊從陸臻的工資卡上劃走。雖說這人均五十的標準放在外面不算過分，可是基地食堂畢竟是自產自銷，糖醋小排才十塊錢一盆，那得吃成什麼樣才能吃掉他五千多塊錢？

陸臻揪著菜單細細地看，看到最末兒一口血鬱在喉嚨口差點兒就噴了出來，灰黑色小字兒整整齊齊地排著：五糧液，52度醇三瓶。陸臻義憤填膺地衝出去找人算帳。不，重點不是那幫臭小子居然膽敢敲了他三瓶五糧液，重點是，他們開了三瓶五糧液他居然一口都沒撈著。

這，這個實在是太過分了！！

大家正窩在楷哥寢室裏抱團兒聊天，頗有點仗著人多架子大的味道，眼看著陸臻氣勢洶洶地殺進來，一個個笑得三分得意七分推托，七嘴八舌地調侃：哎呀，酒仙來了。嗨，小臻子有水準啊！你昨兒一共放倒了幾個……

陸臻不聽他們打岔，揪著追問五糧液誰給點的，誰給開的，他要找人算帳！

太過分了，用他的錢在他眼皮子底下開了好酒，一滴都沒讓他沾上，這還有沒有人性了啊！

陸臻悲憤怒吼，大家哄然而笑，一個個狡猾狡猾的當然沒人告訴他是誰下的手，陸臻氣不過去纏鄭楷，原本就是打打鬧鬧的時段，鄭楷年紀最大性格最穩，永遠都是老大哥安穩可靠的樣子。陸臻眼下覺得委屈，拉著鄭楷說話的時候就帶上了三分拖音，含混著一些撒嬌耍賴的味道嚷道：「楷哥，你管管他們，這太欺負人了……」

「煩死了，不就是三瓶酒嘛，爺我賠給你啊的！」角落裏忽然炸出一聲爆響，方進分開人群站到陸臻面前，一雙大眼瞪圓了火星直冒，煩躁地甩出一句話：「媽的，給爺等著。」當場摔門而出。

陸臻頓時愣住，四下裏寂靜無聲，眾人面面相覷。

陸臻茫然回顧，找了一圈發現陳默不在，只能求救似的看著鄭楷，鄭楷也是一頭霧水，安慰地拍拍他肩膀，說道：「別管他，那小子抽風，從昨兒晚上開始就這樣，昨天讓他去找你，人也不知道跑哪兒去了，你都到了，他還沒回來，小孩子脾氣，別跟他計較。」

陸臻勉強笑了笑，心裏有種空茫茫的疼痛，沒著沒落的，很壞的預感。他心事重重地往回走，看到方進陰沉著臉等在他宿舍門邊，陸臻頓時心裏緊張，推門看到徐知著不在，莫名其妙地鬆了一口氣，努力輕鬆地笑道：「侯爺，你搞什麼？」

方進一聲不吭地跟著他進門，從口袋裏掏出錢來一把砸在陸臻床上：「酒是我點的，還你，一千五，有空點點。」

陸臻終於變了臉色，怒道：「你怎麼回事？有話明說。」

方進抬頭憤怒地瞪了他一眼，轉身就走。

陸臻是固執到底的個性，馬上伸手去拽他，方進像是被電打到似的一下彈開，嚷道：「你別碰我！」

陸臻飛起一腳搶先把門踢上，翻手落鎖，神色冷冽：「不說清楚就別想走。」他盯著方進的眼睛，「侯爺你也是爽快人，我到底怎麼得罪你了，你給個明話，要殺要剮我隨便你，但是你得讓我死個明白。」

方進氣得臉都白了，拳頭握緊，骨節咔咔直響，陸臻梗著脖子與他對視，不偏不讓。

「好，好……」方進指著他的鼻子，「你和隊長那點髒事兒，我都看到了。」

陸臻頓時僵住，一身的鋒芒全折在半空中，眼神落空而茫然，方進大力把他從門口推開，自己開門出去，摔門時一聲爆響，震得整個走廊裏都嗡嗡直響。

方進很鬱悶，非常鬱悶，事實上他活這麼大就沒有這麼鬱悶過，鬱悶到讓他覺得全身都有壓不住的火在燒他，就算是打爛一百個沙包都洩不了憤。

昨天他找到山上去的時候遠遠地聽到陸臻在唱歌，很輕的飄飄蕩蕩的聲音，但是很好聽，他覺得很得意，總算是抓到這小子的把柄了，明明就是會好好唱歌的嘛，唱這麼好聽就給隊長一個人聽，太他媽不厚道。方進想抓現行，所以走得特別輕，當方小侯鐵了心不想讓人發現的時候整個麒麟只有兩個人能發現他，一個是陳默，此刻正在遙遠的食堂，另一個就是夏明朗，而前提是他得全心戒備。

然而當方進的視野中出現了全部的人影，那種奇異的曖昧的氣氛頓時讓他感到迷惑，源於一個特種兵融化在骨血中的謹慎，他在茫然不解中迅速地選擇了隱蔽，靜觀其變。

於是他看到了讓他血液逆流的畫面。

他知道那樣的動作意味著什麼，做為一個在軍區大院裏長大的孩子，他十八歲特招入伍，二十歲來到麒麟，對於外面的世界他可能瞭解得有些單一，可是所有與軍隊有關的事，他知道的並不少。

他知道部隊裏有這種人，他仍然記得當年他的父輩們是用怎樣的輕蔑口吻談論著他們，他們管這種人叫屁精，那是一群垃圾似的軟弱無能的傢伙，他們是膽小鬼娘娘腔，他們什麼都做不好，只會躲藏在沒有人的地方互相幹一些見不得人的事。

然而，夏明朗？

當他把這個名字與那兩個字聯繫到一起的時候，一瞬間天塌地陷。

四年，他在麒麟已經待了四年。

早在四年前他就已經聽說過這個名字，愛爾納的鬼魂，如雷貫耳，他因為可以與他待在一個隊裏並肩戰鬥而激動不已。這四年中，無數次，他們在槍林彈雨中來去，演習，實戰，他看著他遊走生死，縱橫無敵。

那是他的隊長，無論何時，無論何地。

有時候方進甚至認定，即使是當他站在懸崖邊，只要夏明朗讓他往下跳，他都會毫不猶豫地跳下去，沒有理由也不必解釋，這是一種信賴，超越生死。

可是現在？

極度的驚恐讓方進一時之間茫然不知所措，他坐在山頂上直到夜風把他吹透了才回過神，回到基地的時候他看到食堂裏燈火通明，忽然才想起來今天是什麼日子，他原本應該去幹什麼。

陳默看著他的眼神安靜中有詢問，但是他什麼話都說不出來，這是樁醜聞，像笑柄一般的只會在私底下被人嘲諷，而在一些正式的場合人們甚至不屑提及的醜聞。

方進很難過，他不是那種藏得住話的孩子，他需要傾訴可是他不能說，這種矛盾的局面讓他覺得委屈難安。他一聲不吭地喝著酒，躲避陳默的目光，一個人生著悶氣，鬱悶的情緒在心底翻湧發酵。

陸臻已經被灌醉了，像風一樣滿場跑，欺負了這個再去招惹另一個。方進看到他笑得陽光明亮，快樂得好像在飛行，到處都是興奮的人，把啤酒搖得起泡像香檳那樣潑出去，濺了別人和自己一頭一身，可是仍然開心得要死。

所有的人都大笑，而陸臻是笑得最閃亮的，於是那笑容在方進看來是如此的刺目，簡直傷得他眼睛疼。

他看著他四處耍賴，看著他調戲徐知著，看著他放肆地亂吼亂叫，毫無顧忌，這一切原本再正常不過的舉動落到他的眼底統統變了味道。

人的眼睛是有底色的，用什麼樣的顏色看人，就會染上什麼色彩，我們的眼睛能看到的，永遠帶著自己想像的樣子。

這是一個錯誤！

方進心想，可怕的災難，一定是什麼地方出了問題，而，如果夏明朗一定不會犯錯的話，那麼問題顯然是在陸臻那裏。他忽然發現他根本抑制不住對陸臻的厭惡，他想忍耐，裝作什麼事都沒有發生過，然而他畢竟不是個具有心機城府的人。

他忽然間失去了兩個親密的戰友，其中一個甚至是他的隊長，所以總得有人為此承擔責任。人們總是如此，一到關鍵時刻，親疏立現，總是認為對我們來說更重要的那個人更無辜，即使明知道真相不盡如此，卻一廂情願地這樣認定。

陸臻其實有一點預感，可是當方進忽然翻臉說破的時候他仍然僵住了，那一瞬間他像是回到了從前，最初的曾經，當他還不是那麼堅強不是那麼堅定而自信的時候，看著凜冽的現實撲面而來，渾身僵硬，額角生汗，內心彷徨無助。

方進推他的力氣下得很大，他跌出去三步後撞到了牆，那聲悶響被關門聲吞滅，當陸臻回頭時就只看到門框上的灰撲撲地往下掉。

一分鐘之後，陸臻追了出去。

方進聽到背後有腳步聲的時候幾乎不能相信陸臻敢追他，但是基於某種莫名的理由讓他完全不想面對這個人，所以他開始狂奔，然而當陸臻下定了決心要幹點什麼的時候，他是永遠不會放棄的。走廊裏的人被這兩個傢伙一前一後地撞到，暈頭轉向之際大家面面相覷，誰也不明白這兩人到底在鬧什麼，總不可能是為了三瓶酒吧？有聰明點反應靈敏的想到去找陳默，可是反應更靈敏的悲哀地告訴他，陳默和隊長一起陪著大隊出門撬牆角去了。

陸臻一路追進巷戰演習區，眼前黑影一閃而逝，他大怒，站在高處大吼：方進，你給我滾出來說清楚！！半晌，一條人影閃出來把他拉到一個角落，方進怒氣沖沖地低吼：「你他媽還要不要臉啊？」

「我當然要臉。」陸臻從他的手裏掙開，神色冷冽，「我現在過來就是要告訴你，我跟隊長，我喜歡他，他也喜歡我，我們兩個在一起，是……反正就不是髒事！！」

陸臻竭力控制，可是說出這句話的時候，身體仍然止不住地發抖。

方進一時之間氣得連話都說不出來，陸臻在幽暗的光線之下只看到一雙像鏡面那樣光亮的大眼睛，清清楚楚地印出自己的臉，陸臻暗自咬緊了牙，一千一百遍地對自己也對方進說：「我沒錯。」

「你還敢說你沒錯？你你……和隊長……你們，幹那種事……」方進的牙齒嗑在舌頭上，嘴唇直哆嗦。

「我沒錯。」陸臻斬釘截鐵，整個人凝立著像是一柄劍，鋒利而堅韌：「我喜歡他，我們在一起，這有什麼錯？這跟你爸喜歡你媽所以就待在一起沒什麼兩樣，你將來說不定也會喜歡什麼人，可能是姑娘，搞不好也是男的。」

「你他媽少胡扯！」方進忽然一拳揮出去，陸臻下意識的偏開，拳風掃得臉頰上火辣辣的疼。

「我沒胡扯，事實就是如此，我沒犯法沒害人，我只不過是喜歡男人，我有什麼錯？你可以受不了你可以看不慣，你覺得噁心你想吐那是你的事，跟我們沒關係明白嗎？我會躲開你，我不會再讓你看到那只是因為我當你是朋友，我尊重你的喜好，而不代表我會認為這是錯的。」陸臻幾乎是咬牙切齒地砸出這句話，眼中跳動著脈脈的火光。

「你沒錯，行啊，你沒錯……」方進怒極大笑，「你沒錯你敢不敢到樓頂上去告訴大傢伙你喜歡隊長，你倆抱在一塊兒親嘴，沒準還幹過那髒事。」

「那不是髒事。」陸臻的聲音很輕，然而固執清晰。

「行啊，你有種，你不是不怕嗎？光明正大？啊？你有種就跟我回去，咱們說給大家聽聽……」方進伸手去拽他，觸手之下一片濕冷，才發現陸臻出了一身的冷汗，一直不停地在發抖。畢竟不是敵人，沒仇沒恨的一天前還抱在一起打鬧，稱兄道弟，兩肋插刀。方進頓時就心軟了，再也使不出力氣。

「方進，我以為我們是兄弟。」陸臻發著顫說出這句話，眼淚含在眶裏，用力地眨回去。

「我也沒想不把你當兄弟啊！」方進委屈之極，大顆的眼淚往下掉，「可是你看你幹的這叫什麼事？我就想不明白了你們倆這麼聰明的人……臻兒，你清醒點成不成？這種事趁早說清楚，你們總不能一直這麼錯下去吧？」

陸臻心煩意亂，他努力鎮定情緒想對方進細說從頭，想要告訴他同性戀不是病，他沒有錯，他無從清醒也沒有誤會可以澄清，他想說我是真的喜歡他，只要他肯，我想一輩子都跟他在一起。可是他絕望地看著方進眼睛越瞪越大，越來越憤怒，終於暴跳起來吼道：「一輩子？你還想纏著他一輩子啊？他不結婚啦，不生小孩啦，他爹媽就他一個兒子你不讓人家抱孫子啦？你他媽怎麼能這麼自私呢？你就知道你喜歡，你喜歡就有理了？」

陸臻終於說不出話來，他悲哀地發現他與他已經完全不是在講一路的道理了，於是也就順理成章地出現了當他曾經血性正濃時衝動地披馬甲上陣與那些恐同分子舌戰辯論時一樣的結果，永遠無解的結果。

再有理，再堅持，可是擋不住別人討厭你，沒有理由的就是討厭你，就像是有人天生不吃香菜，有人看到羊肉就想吐，可是香菜和羊肉犯了什麼罪？

沒有！

然而在這個世界上，卻不是沒罪就不會被人討厭的，方進是第一個，相信絕不會是最後一個，這個中隊裏有多少人會看他不慣？夏明朗的父母家人會多麼討厭他的存在？

陸臻絕望地閉上眼睛。

你沒錯，沒有犯罪沒有傷人，可是你挑戰了他們多年以來的觀念，你在一個回教徒面前大吃豬肉，還要逼他承認豬肉是可以吃的，所以他討厭你，就這麼簡單，我們永遠也不能靠言論來改變觀念，激烈辯論的後果總是各執一詞老死不相往來。

然而以前的陸臻可以這麼幹，關機下網，反正彼此都只是網路上的陌生人。

可是現在呢？

這是他兄弟，他的戰友，他要怎樣去面對他的厭惡？

方進看到陸臻的神色悲涼，他還想說什麼，可又發現似乎沒有什麼好說的。

陸臻走回到宿舍時徐知著已經等得很著急，一看到他就馬上走過去，關上門，壓低了聲音問道：「怎麼了？出什麼事了？？」

「方進，他知道了。」陸臻覺得疲憊。

「怎麼會這麼不小心？」徐知著吃驚。

陸臻抬頭看著他，苦笑：「是啊，真是不小心，沒藏好……」

徐知著連忙攬著陸臻肩膀安慰他：「沒事，沒什麼大不了……他不會給你捅出去吧？」

「不會！」陸臻對於這點倒是很篤定。

「那現在怎麼辦呢？」徐知著在犯愁，「方進那人，可是，他這是……」

陸臻失笑：「我在想，侯爺現在大概覺得我是個狐狸精，勾引了他的隊長還死不認錯，幹了醜事還覺得自己特有理，真他媽的不要臉，他不衝我發火才怪呢！」

徐知著馬上生氣了，陸臻連忙按住他，鄭重道：「這是我的事，你別插手。」

徐知著想了想：「你跟隊長商量一下，方進敢衝著你，也不敢拿他怎麼樣。」

陸臻堅定地搖頭：「什麼事都讓他幫我解決，我變成什麼人了？」

「那你打算怎麼辦？」徐知著非常不以為然。

「該怎麼辦就怎麼辦，他罵我什麼我就是什麼了嗎？他討厭我，我就不活了？反正原來怎麼樣，我就怎麼樣。」陸臻拿定主意，衝著徐知著燦然一笑。

徐知著笑得頗為敷衍，陸臻有時候有種樂觀過頭的理想主義的壞毛病，好像只要他在向著陽光奔跑，一切就會春暖花開，月明日朗。當大家都對他好的時候這毛病是優點，當有人看他不慣的時候，那就成了自命清高我行我素。

第二天早上出完早操，陸臻把錢理了理拿給方進，食堂裏眾目睽睽之下方進不好發作，更何況陸臻笑得誠懇，伸手還不打笑面人，方進不肯收錢，陸臻只能把錢按在他桌上，發動四鄰威脅道：「還是不是兄弟啊？這麼玩不起？」

「兄弟」一詞，在麒麟有至關重要的地位，所有的眼睛都在看著，方進還真不敢說他和陸臻不是兄弟，更何況他從來沒想過要和陸臻反目成仇。陸臻不是壞人他知道，可偏偏就是他兄弟幹了這樣的事讓他更難忍。方進一聲不吭地把錢收起來，陸臻坐到他身邊去小聲說道：「侯爺，我知道你現在討厭我，可是，有些事真的不是像你想的那樣，我只希望你將來會明白，不過，我還是會一直把你當兄弟。」

方進百味雜陳，還沒想好要說什麼，陸臻已經走開了。方進瞧著那背影心裏想著，我一定得跟他再談談，這一回不發火，一定得好好談談，陸臻明明是這麼好的人。方小侯想得很美好，他是真的想好好談，可是他選錯了場合。

下午的格鬥訓練，常濱陪著陸臻在練腿功，陸臻表面上再平和那也是自己繃出來的，他覺得自己就是應該要平靜，所以無論如何他都會把心靜下去，陸臻只做自己覺得正確的事。可是那些負面的情緒仍然存在，暗藏在心底裏隱隱發威，陸臻運腿如風踢得虎虎生威，常濱舉著皮靶東歪西晃，驚喜不已。

方進站在旁邊看了半天，忽然攔住常濱對陸臻說道：「咱們來玩玩。」

有時候人們會不自覺地放棄語言而運用另外一些媒介來交流，而那些通常都是他們所擅長的。酒徒喜歡與人拼酒，賭鬼相信別人的賭品多過於人品，方進最擅長的就是格鬥，這種一招即可分生死的打鬥讓他玩起來像某種殘酷的藝術，有時更像是賭博。

陸臻煞氣正濃，什麼都沒說，與方進碰了碰拳。常濱一開始不放心，可是比劃過幾下之後看這兩人都挺正常，想想今天早上的氣氛也挺好，便自然而然地以為心結已解。本來嘛，男子漢大丈夫，還是自家兄弟，有什麼事解不開？

常濱這麼一想，就放心地找別人練去了。

拳來腳往，陸臻身上的功夫有七成就是方進教的，出拳的方式運腿的習慣他多半心裏有數，幾個回合下來，陸臻極為憋悶，他本來就是求發洩的，現在不光不讓他發洩還讓他更鬱悶。

陸臻咬牙切齒，越打越急，穩紮穩打還能輸得慢點，心急火燒只能死得更快，方進一下抱摔把他壓到地上，有點不高興：「第二次了，你剛剛就是這個破綻。」

「再來。」陸臻怒了。

方進瞧了他一會兒，特沒滋沒味地把人放開，訕訕的：「算了，你先歇會兒。」

陸臻無奈：「又怎麼了？」

方進一鼓作氣，壓著嗓子說道：「算我求你了，你和隊長真的不能這麼下去了，你看你啊，就跟這打架一樣的，你明知道你踢到那邊我得摔你，你幹嘛還非得這麼踢呢？」

「這是兩碼事好不好，侯爺，說真的你對這事有點誤會，我們的觀點在根本上有分歧……」

「你怎麼就不聽人勸呢？」

陸臻忍無可忍：「我白米飯吃得好好的，你硬要我吃饅頭，何必呢？」

「你那是白米飯啊，你那是在吸毒。」方進終於怒了。

靠！又來了。

陸臻無語問蒼天，氣憤之下扭頭就走，方進連忙去拉他，陸臻想躲，自然而然地擒拿的動作就用了出來，方進手上用了陰勁，陸臻猝不及防又讓他掀翻在地。

陸臻大怒，馬上撲過去罵道：「方進，你現在什麼意思？你這根本就是歧視，有種說理啊？你就剩下打人的本事了嗎？」

方進當然不甘示弱，立刻迎上去，戰在一處。

「我打你怎麼了？我是打醒你。」

「媽的，你就算是打死我，他還是喜歡我。」

「他媽的，你還要不要臉啊？」

「你有種打死我……」

這兩個人拳腳來往，下下都帶著火星，而刻意壓低的恨聲怒語隱在拳腳聲中就像是聚變的核子，以幾何級數爆炸開，終於……方進忽然咬牙，閃亮的大眼睛中流過一道豹子似的陰利嗜血的光，陸臻知道不妙，可到底還是沒躲開，下腹部炸開一團灼熱的痛，喉口一甜就跪了下去。

4.

方進大驚失色，一下子彈開三步遠，驚慌失措地看著自己的拳頭，好像完全不能相信剛才發生了什麼。

一隻冰涼的手驀然從背後出現扼上了他的喉嚨，方進沒躲開也不想躲，只是順從地隨著那股力道轉過頭去，陳默抿著嘴憤怒地盯著他：「怎麼回事？」

方進動了動嘴唇彷彿有滿腹的話要說，可是最終還是咬緊了牙，眼睛眨了眨，大顆的眼淚滾出來，像一個受夠了委屈的孩子，傷心之極。陳默一時失措，被他弄得不知怎麼辦才好，他剛才一回到隊裏就聽說方進這兩天跟陸臻不對盤，原本走的時候就覺得方進有問題，可平常芝麻大的小事那小子都能在自己面前囉嗦半天，現在既然沒出聲，想來就不是什麼大不了的事，只是有點放心不下，順便就去操場上轉轉，沒想到剛好就讓他撞上了這一幕。

那個瞬間，他清清楚楚看到方進的眼神，陰利冰冷，刀鋒一般的殺氣，陳默長這麼大都不知道什麼叫害怕，可是剛才他被切切實實地嚇到了，骨頭縫裏都在冒寒氣，一時間動彈不得。

出什麼事了？

方進居然要殺陸臻？

怎麼可能有這種事？

方進抱頭哭，大顆的眼淚砸到黃土上，驚起塵埃。陳默莫名其妙，可是又覺得不能繼續罵下去，只能轉頭去看陸臻。

陸臻已經緩過最初的激痛，拉著徐知著站起來，勉強笑著對陳默說道：「那，那個，不關侯爺的事，我自己不小心，疏忽了……」

陳默眉頭微皺。

方進卻忽然激動起來，指著陸臻罵道：「老子不用你做好人，老子……」

這暴怒的聲音戛然而止，徐知著目瞪口呆地看著方進撲通一下栽倒，陳默收回手，眼中的怒意猝然乍現，又迅速平復。

「我也不知道這小子在抽什麼風，等我問清楚再給你交待。」陳默匆匆對陸臻說了一句，把人扛走。

陸臻疼得厲害，現在方進掛了，他也撐不住了，剛剛強咽下去的半口血又咳了出來，轉頭安慰似的看著滿操場懵懂的人群，擺擺手：「沒事兒，小問題。」頓一頓，看大家還是一副回不過神來的模樣，陸臻只得無奈道：「找擔架送我去醫院啊，我疼死了！」

軟組織挫傷，肝脾損傷，不過最嚴重的問題是腹腔腸系膜有出血點，基地醫院一看就知道治不來，打了止痛針馬上往軍區送。夏明朗從嚴正辦公室裏一出來就撞上這種突發事件，什麼都沒來得及反應，直接跳上了救護車。陸臻倒還是很清醒，鎮痛藥用過了整個人都有點遲鈍，木木的什麼感覺都隔了一層，也不太疼，反而是他樂呵呵地還在和大夥開玩笑，感慨方進神拳無敵，以後再也不跟他對打了，人比人得死，貨比貨得扔，現實太殘酷了云云。

夏明朗雖然一字沒問，可是猜也能猜個八九不離十，眼看著陸臻嘰哩咕嚕地越說越亂，抬手按在他額頭上溫聲道：「別說了，睡會兒。」

陸臻仰起臉看了他一會兒，眨巴一下眼睛，安靜地閉上了。

同車的還有徐知著和基地的一個值班醫生，夏明朗與徐知著對視一眼，彼此都是意味深長的眼神，夏明朗苦笑了一下，覺得這事簡直丟人到家。徐知著瞧著他那意思，明顯三分不悅，方進是他這邊的人，他不光沒攔平，他還讓他把人給打了，無能得一塌糊塗。

電話早就打過去了，腹腔鏡早已準備好，人一到馬上就送進了手術室，夏明朗聽著那一聲熟悉的撞擊，那個人又一次被手術室吞沒，而現在比當時唯一好點的大概只是，這回他確定知道陸臻沒大礙。

然而腹腔鏡是非常冗長的手術，夏明朗摸到口袋裏有半包菸，拿出來分給徐知著，火柴劃起，夏明朗攏著火遞到兩個人之間，徐知著看了他一眼，垂下眼簾偏過頭去引燃了菸頭。

「出什麼事了？」夏明朗吐出一口煙霧，看著它們在天花板上變幻身姿。

「方進他，可能是知道了什麼。」彷彿是一種默契，徐知著隨著他一起看天花板，兩個人的問答在旁人看來更像是一種自言自語。

「故意的？」夏明朗的聲音仍然很平靜，沒什麼波動的樣子。

徐知著想了一會兒，說道：「大概不是，話趕話趕上了，陸臻他，脾氣也不太好，高興的時候怎麼都行，火氣上來就難說了。」

夏明朗沒再說話，沉默良久，徐知著把一支菸抽完捏滅，等了半天終於還是忍不住問道：「這事你會管吧？」

「那當然，我會解決的。」夏明朗道。

徐知著看向手術室，遲遲疑疑地說道：「他這人吧，平常傻乎乎的好像全不在乎，其實心裏什麼都知道，你得對他好點兒。」

「我會的，一定。」夏明朗馬上道。

「他以前總是喜歡跟我說：我們要學會忍受殘缺的生命。這話雖然挺在理，可我一直都當他是專門想出來勸我的，明擺著，他這種人能有什麼殘缺的生命，可是後來我明白了。」徐知著從夏明朗手裏又接過一支菸，於是一口煙霧漫出來，緩緩地上升，跟他的聲音一樣的輕。

夏明朗給自己也把菸點上，安靜地聽著。

「你別看他成天陽光燦爛的，好像特自信對什麼事都特別有把握的樣子，可是，我就想吧，一個人如果老是想著他活著就得去忍受那什麼殘缺的生命，那總是有點問題的。他就是喜歡給自己豎個杆子，好像他金身不倒的樣子，他就真的金剛不壞了……」徐知著說到這裏終於說不下去了，悶了半天還是固執地重複，「反正你得對他好點兒。」

「我知道，我會的。」夏明朗於是只能跟著他重複。

「你都不知道，你剛剛答應跟他好那陣，他有多開心，成天樂得像什麼一樣，連我都覺得找個……哦，也是件挺不錯的事。其實我本來也覺得吧，你們這種人怪怪的，剛下連隊那會，我特煩這個，你知道吧。可是臻子……陸臻他是好人，他對誰都那麼好，我就覺得如果像他那樣的人都，都是……那其實也沒什麼大不了的。」徐知著想了想，又添了一句，「當然隊長你也是好人。」

「你放心。」夏明朗低著頭玩自己的菸，灼熱鮮紅的那個點，一下一下地用手指去碰它，速度控制好了就不會燙傷，只是有點疼，夏明朗玩了一會，把菸頭捏滅，轉過頭去看著徐知著的眼睛，一字一字緩慢地說道，「我不會讓他後悔的。」

腹腔鏡的手術切口很小，不必全麻，只是手術過程極為漫長而無聊，陸臻撐不住，向護士討了一片安眠藥迷迷糊糊地睡了過去，結果到手術結束之後精神比醫生還好，一看到夏明朗他們進病房，陸臻就十分驚奇地衝著他們嚷道：「哎，你們知不知道，給我做手術的是一個機器人，叫Echo，非常強大。」

夏明朗坐到床邊握住他的手，陸臻舌頭一磕，臉上紅了起來，尷尬地瞄了徐知著一眼，徐小花多麼知趣的人，隨便找了個藉口，順手幫他們把窗簾拉上，大門反鎖，先走了一步。

陸臻臉上紅紅的，繼續活靈活現地講述他那個會做手術的機器人，怎麼怎麼的有七個關節轉向啦，怎麼靈敏怎麼穩定，拿著攝像頭一點都不會抖，據說還是國內自產的。陸臻眨巴著眼睛一副我軍有望，我國有望的樣子。

夏明朗等他把整個機器人的說明書都背了一圈下來，手上緊了緊，說道：「關於方進的事。」

「是我的錯！」陸臻馬上打斷他。

夏明朗一愣。

「是我的問題，我沒處理好。我明知道小侯爺什麼脾氣還拿話刺激他，我這是找打。」陸臻苦笑。

夏明朗撥著他額角的碎髮，手掌貼在陸臻額頭上：「你能原諒他，那最好。」

嘆息似的聲音，飽含著複雜的情緒。

陸臻皺著眉，眉目凝定，過了一會兒忽然笑道：「我能理解他，沒事的。他也是我兄弟哎，你放心，我會好好跟他談的，我們不會再打起來。」

最熟悉的笑容，堅定而自信的，一往無前的，然而總有一點烏雲的灰，赫然存在著，卻從來染不透天空的底色。

夏明朗安靜地看著他，手背蹭著他的臉，最初看到的就是這樣一張臉，極度的熱情而又極度的冷靜，夏明朗一直能看出陸臻的笑容裏有陰影，他的思路，他行為的方式，他的那種隨時隨地都能從紛爭中跳脫出來，用一種旁觀者的立場去看問題的角度。最初的時候，他以為那是一個極為理性的工科生的邏輯慣性。當然的確有這樣的原因存在，可是還有些別的因素混合在一起造就了現在的他。

那些陰影，也不是他當年想的那樣，一個少年的為賦新詞強說愁。

夏明朗低頭親吻陸臻的手指，含糊地說道：「這事交給我，我能擺平他的。」

「不行！」陸臻忽然提聲，「這事你別管。」

夏明朗一陣驚訝，陸臻目光堅定，斬釘截鐵地說道：「他是衝著我來的，什麼事都讓你給我擺平，我成什麼人了？」

夏明朗頓時無奈：「你別這麼強，這也不是你一個人的事，那小子我瞭解，我比較……」

「你瞭解他所以你去？那將來再出現什麼人什麼事攔著我，你都替我掃嗎？你把我當什麼？」陸臻氣鼓鼓地，眼睛都瞪圓了。

夏明朗其實挺想說：當我老婆。可是心想這時候再開這種玩笑，陸臻大概能劈死他，只好暫時閉嘴。

「我知道你怎麼想的。」陸臻垂頭喪氣憤憤不平，「你就拿我當你老婆看，是吧？你拿我當丫頭！」

夏明朗心中無奈，心想，我雖然拿你當老婆看，我也從來沒覺得你是個丫頭啊！不過這話前半段都犯禁，後半段也索性咽了吧。

陸臻見夏明朗一直不吭聲，也不好意思不依不饒的，只能握牢他的手換了個方式軟著求，反正來來去去就是一個意思，這事他得自己處理了，他不能什麼事都讓別人為他出頭。

夏明朗看他說著說著又急起來，額頭上沁出一層細汗，抬手擦了擦：「傷口不疼了？」

陸臻「啊」了一聲，好像這才想到這一層，皺起眉毛嘀咕：「有點，疼得不過分。」

夏明朗看門窗都鎖得挺好，拉開被子躺到他身邊去，陸臻有些警惕，剛想開口就被夏明朗堵了回去，字字句句含在舌尖上又被咽了下去。

「還疼嗎？」夏明朗低頭看著他，灼熱的呼吸留連在唇齒間。

陸臻痛心疾首地紅著臉，鬱悶地說道：「好點了。」

於是……

陸臻終於氣憤地把人推開，怒了：「別親了，我快不行了。」

夏明朗誇張地挑起眉毛看他，陸臻鬱卒，心想，真他媽天生妖孽，專門就是來剋我的，老子上輩子造什麼孽了，死在這種人手裏？

陸臻低頭生悶氣，一聲不吭，夏明朗看了一會兒，笑容慢慢收斂，低聲道：「陸臻，會後悔嗎？」

陸臻猛地翻身坐起來揪住夏明朗的衣領，怒罵：「你最好別告訴我，你要打算為了我好，想跟我分手，這麼荒唐的理由我不接受！」

夏明朗按住他的手背，笑道：「這麼荒唐的理由我也不接受。」

陸臻難得兇狠，瞪了好一會兒才慢慢軟下來躺回到床上。半晌，嘆息似的說道：「其實，我，也不是說你不能跟我說分手，你要是喜歡上別人，煩我啦怎麼的，那是正當理由，我能接受。但是你不能不相信我，我用不著你這麼對我好，你干涉了我的選擇權……」

「我侵犯人權。」夏明朗失笑。

「是啊，中華人民共和國的憲法規定本國公民有保護人生選擇不被侵犯的權利，夏明朗中校你違憲了！」

「好大的罪名。」

「嗯，所以啊，別再犯了，這次我放過你，就不去高院檢舉你了。」陸臻驕傲地挑起眉。

夏明朗微笑，抬手蒙住陸臻的眼睛，溫聲道：「睡吧。」

不知道是輸入血管中的藥液起了作用，還是這溫柔低緩的音調具有某種魔力，陸臻在黑暗中緩緩地閉上眼，睫毛刷過手心，安靜地停下了不再動。

夏明朗最後等值班醫生查完房才走，陸臻的傷不重，救治即時沒有引發腹腔內的大出血，所以基本上再觀察一天情況穩定了就能出院，休息一兩個星期就差不多了。這樣的訓練事故並不鮮見，從醫院到大隊都很平靜，嚴頭只是打了個電話過來問問情況，聽到陸臻沒什麼事，也就不提了，怎麼處理當然是夏明朗全權。

方進！夏明朗把這個名字唸了幾遍，一瞬間百感交集。

夏明朗離開的時候忽然想起了窗外的爬山虎，春末，新生的綠葉密密層層地覆蓋著，夜風吹過的時候泛起水波一般的漣漪，就好像陸臻的笑容，水波一般的，溫和而明亮，向著陽光而去。

永遠的樂觀，堅定，固執地追求著希望與理想的光芒，那是一種幾乎執拗的衝勁。光明的方向對於他來說是至關重要的，他的心裏可以有陰影，然而他的眼中不會有陰暗。他是那樣的堅定而且無畏，對正確的堅持，光明，理想，寬容，這世間任何美好的事物都對他有種天然的吸引力，他如此熱切地追逐著它們。

一瞬間，記憶中的陸臻衝破時間的界限攪散在一起，無數的畫面像漩渦飛旋，又一張張落下。

我能理解，無數次，用不同面目他這樣說，無論當時他的理解有多單薄，可理解畢竟是懂得的第一步，他總是那麼勇敢地跨出去，放開自己，理解對方，那是他的誠意。

最初的時候他理解了他的訓練方式，藍軍與紅軍的不對等演習。

後來他理解了他在感情上的退縮。

現在他理解方進對他的傷害。

起初夏明朗以為這只是妥協，後來才知道不是，那不是妥協也不是贊同更不是屈服，他僅僅只是理解，他仍然堅持自己的想法觀點，但那也不妨礙他能理解，這是陸臻式的寬容，他很寬容，但其實他並沒有原諒誰或者接受誰。

要取得他的認同他的原諒，是非常困難的事，那比理解難得多。雖然他會在憤怒的同時，強迫自己去理解，理解對方的立場、行為與理由，尋找空間，求同存異，可是他也從來沒有哪怕是一秒鐘，放棄過自己的堅持。

夏明朗跳下最後一級臺階，下意識地抬頭看，發現病房的窗簾忘記拉開，灰濛濛的，光線從窗簾的邊緣透出來。

我需要幫你把窗簾拉開，讓你看到這黑夜嗎？

夏明朗有些悲哀地想著。

讓你明白，在這個世界上，光明並不是一條筆直的大道，要追逐它，我們常常要付出被黑暗浸染的代價。

你會不會因此而失望？

你會不會絕望？

離開這片土地，離開我？

夏明朗回到基地之後直接就去了方進寢室，無論如何這小子是當務之急，得馬上料理了。夏明朗敲門之後聽到裏面傳出來陳默的聲音，平平的冷調：「門沒鎖。」

他心裏奇怪，推開門進去差點沒笑出來。陳默黑著臉坐在桌邊，鋒利的眼神筆直地盯住方進，方進獨自縮在牆角，偌大一個人都快縮沒了。陳默一看到是夏明朗馬上站了起來：「陸臻沒事吧？」

「沒事。」夏明朗用餘光看到方進鬆了一口氣。

「這就好。」陳默的眼神銳辣逼人，淡淡地橫過去，方進又像挨刀似的縮了起來。

「我先把他帶走了，出這事故總得處理一下。」夏明朗說道。

陳默想了想，點頭同意，聲音裏難得地沾了點火氣：「拎走吧，反正我也問不出結果。」

方進小心地看了他一眼，見陳默不理他，只能垂頭喪氣地跟著夏明朗出門。

夏明朗一肚子火氣都快笑沒了，要是方進當真在屋裏讓陳默用目光狙擊了大半天，連他都有點同情這小子了，畢竟陳默的眼神也不是一般人受得了的。

方進跟在夏明朗身後走著，心裏又慢慢躁動了起來，他估摸著夏明朗一準得揍他，就算陸臻不是他相好，他也得揍他，太過分了，訓練的時候打傷打殘的事多了，可他這性質不一樣。方進也覺得自己該揍，可不知道怎麼的，他就是受不了讓夏明朗揍他，換了陳默啊楷哥什麼的，把他揍死都無所謂，但就是夏明朗不行，他不服。

可為什麼不服，他沒細想過，然而還沒等他想清楚，夏明朗已經把他領到格鬥房了。快熄燈了，空曠的大房間裏黑燈瞎火的空無一人，方進一看這架勢，脖子就梗起來了。

夏明朗開了一角的燈，把上半身的衣服都給脫了，從器械上隨手拿了根棍子走過來。

方進頓時連眼都直了，居然……居然要，難不成他還想打死他？

可是「撲通」一聲，木棍砸在他跟前，方進吃驚地抬起頭，看到夏明朗站在他面前，沉聲道：「打我！」

方進一頭霧水。

夏明朗冷笑：「你連他都打了，我不挨你幾下這說不過去啊！打吧，你不是心裏有火嗎？打到你夠出氣為止。」

「隊長，我……」方進臉漲得通紅，不知道說什麼好。

「我什麼我？老子不怕告訴你，是我先纏上他的，他拿我沒辦法，就這麼著，你看不慣心裏有火衝我來，你打他算什麼本事？」夏明朗抬手一推，方進踉蹌著直往後退，夏明朗索性逼上幾步把他壓到牆上，怒火沖天地瞪著他：「你三歲開始練格鬥，他二十三歲才在你手下混，你把他打趴下你很威是不是？你還真有種？我怎麼教出你這麼個東西，欺軟怕硬的混蛋。」

方進馬上急了：「隊長我那是一時失手！」

「失手好啊，來吧，也對著我失手幾下，好歹我還能多扛你幾拳，讓你打得爽點兒。」夏明朗一腳把棍子踢過去，「方大爺要是嫌手酸，我武器都給你備上了。」

方進又急又氣，一肚子火被堵得沒處說，眼眶紅了一層，吼道：「我不想打人。」

「哦，不想打人了，是啊，打人有什麼意思，疼一下過去就完了，要玩咱得玩點狠的呀！我教你，你現在就去把這事往軍區一捅，趕明兒看著我跟他一起捲舖蓋走人，你覺得這麼玩夠不夠爽？夠不夠你出氣了啊？方進！」

夏明朗原本還是三分帶演的，演著演著終於成功地把自己也給演進去了，這一聲方進叫得眼眶一熱，小侯爺那邊就別提了，哭得一塌糊塗，邊哭邊嚎著叫隊長。

夏明朗看著他哭自己心裏也不好受，嘆了一口氣，聲音沙得不行，喑啞苦澀：「方進，說實話我真沒想到你會這樣，老子跟你兄弟一場這麼多年，咱們什麼風浪沒見過，水裏火裏都淌過，我是什麼人，你不知道？太好了，原來只要我喜歡個男的，你就不拿我當兄弟了，真謝謝你！」

「隊長，你別說了，隊長，我錯了……」方進終於受不了了。

「你錯了？」夏明朗冷笑，「你錯什麼了？」

「我不該動手打人，不過……但是隊長，我真的沒想過出賣兄弟，這事兒我跟誰都沒說過，陳默逼我了一下午我一字沒跟他提。」

「這麼說你還挺有功，是吧？」

方進被堵得一字不能吭。

「算了。」夏明朗心灰一片。

方進急得要死：「隊長，我其實就是特別擔心你們！」

「你擔心我們？」夏明朗挑眉。

「你們真不能再這麼下去了，你說這事要是傳了出去大家得怎麼看你？還有你爹媽那兒，能饒得了你嗎……」一說到這個，方進的口齒馬上順溜起來。

這是就一個話匣子，方進這幾天就光想這事了，一拉開就是無限的深。沒想到夏明朗反倒是笑了，淡淡地：「何止啊！到時候我還在不在這裏，他還在不在這裏都是個問題，搞不好，就得脫了這層皮回家了。」

「就是啊！」方進急得差點跳起來。

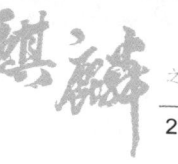

「所以，你打算出賣我嗎？」夏明朗挑眼看著他。

方進目瞪口呆，半晌，擠出來一句話：「那你都知道，你幹嘛還？」

「我覺得值！」夏明朗淡然道。

方進被驚到，露出難以置信的表情。

「要說能不能，這世上不能做的事多了去了，就說咱們這兒吧，你說這一個月萬把塊錢，窩在這荒山野外，槍裏來火裏去的，沒準還得送命，咱不說那丟在境外找不回來的，就算是死了國家能給你個烈士，值嗎？有人覺得不值，可我覺得值。就這麼簡單的事。」夏明朗轉頭看著方進，抬起手安撫似的揉揉他的頭髮。

方進垂下頭，哭是不哭了，可是垂頭喪氣的，什麼脾氣都沒有了。夏明朗東翻西找地從衣服裏摸出菸來，彈了支出去給方進，兩人蹲在牆角，默默無言了老半天。到最後還是方進忍不住想做最後的垂死掙扎，擠牙膏似的擠出一句話：「隊長，你真想清楚了覺得值？」

夏明朗似笑非笑地瞧著方進，說道：「你問我值不值還真沒什麼意思，你倒不如去問他，學歷那麼高，年紀輕輕的就是個少校，最近立功不少，過兩年一準得升。大城市裏出來的，還念過那麼多書，長得又好，脾氣也好，放哪兒不是讓人寶貝的，人陸戰的旅長到現在都惦記著呢！別的不說，就你不知道這個事的時候，你會不待見他？」

方進尷尬地低著頭。

「你看啊，人家好好的在軍區安安穩穩地升官發財不做，他來我們這兒，好，這個先不提了。就說吧，你看他如果再過個三五年往軍區一調，總參、總裝備那邊包準搶著要。我賭他三十出頭就能升上校，到時候什麼樣的漂亮姑娘不貼著他，像他這樣的，找個軍區參謀長的女兒也能配吧……可現在呢？偏偏瞎眼跟了我，成天提心吊膽偷偷摸摸的也就算了，還被自己兄弟上趕著追著打，那是個什麼滋味你自己想。現在人還躺在醫院裏呢，你說他圖什麼？就為了被你這種人當面罵一句下賤？他要不是真心喜歡我，他能幹這傻事兒？我都替他不值當了。」

方進嘴唇都快咬破了，臊得差點又要哭出來。

夏明朗瞥了他一眼，火上加油，淡淡地說道：「不過，你也別太擔心，他剛才跟我說了，這事是他的錯，明知道你脾氣不好，還不順著你，也是他找打。」

「隊長，我這就給他賠罪去！」方進一下子竄起來，面紅過耳，滴血似的。

夏明朗連忙拽住他：「這三更半夜的你怎麼過去？好幾百里地呢，你跑過去醫院也不開門啊！」

「那怎麼辦？」方進急了。

「等著吧，搞不好明天就出院了，你去跟他道個歉。」夏明朗想了想，馬上添一句：「記得說是你自己想通的，明白嗎？」

「為啥？」方進顯然不明白。

「主動自首和被動逮捕哪個罪更大？」夏明朗心道這小子怎麼能這麼笨呢？

方進到底還不夠笨，馬上反應過來，道謝不迭的。

「還有陳默再問起來，你就說你最近心情不好煩得很，陸臻又老煩你，你也就是一時失手了。」夏明朗繼續交待。

方進一聲不吭地點頭，夏明朗把邊邊角角都交待了一遍，想了想，實在是沒什麼漏下了，這才放他回去。

方進一路垂頭，不過這事既然已經有結論了，就不用他再去糾結，這麼一想，心情倒反而暢快了不少。

兩天之後陸臻順利出院，在這兩天之內，方進受夠了陳默的冷眼、楷哥的黑面和隊友們的埋怨，然而在這樣的痛苦折磨中方進仍然不屈不撓地團結在廣大人民群眾的周圍以便於吃到更多的冷眼黑面和埋怨。

對於這種上趕著找罵的心態我們通常稱之為內疚，這種挨了罵不但不覺得委屈反而覺得倍兒爽的行為我們稱之為犯賤。

好吧，事實就是方進狠狠地犯賤了兩天，這期間在他的主動引導下，在夏明朗的推波助瀾下，事情的假象演變成了這個樣子：方進同志本著某種陰暗的仇富心理敲了陸臻三瓶五糧液，然而基於某種莫名的理由方小爺當天心情不佳，當他回頭找酒的時候發現一滴都沒剩下，那是當然的，三瓶酒才三斤，八十多號人呢，一人一口就沒了，誰還給他留點兒不成，誰讓他遲到來這麼晚啊？找個人都找不著！

結果方進追根究底覺得是陸臻的遲到間接地導致了自己的遲到，是自己的遲到直接地造成了自己錯過五糧液，然後再遇上陸臻回頭找人算帳，於是他就很二百五地抽風了。好吧，群眾這個時候也出來說公道話了，要說那陸臻啊，是不依不饒了一點，小侯爺都要還錢了，那擺明就是在犯抽了，怎麼還惹他呢？要惹也得等老大們回來，家裏有人坐鎮了再說嘛！

於是此事件正式被定性為三瓶五糧液造成的血案。

方進抽了抽鼻子，實心實意地說道：是我不好！

兩天後血案的受害人正式歸隊，方進馬上將他這種犯賤的行為推到了頂峰，陸臻一下車就看到方進撲過來衝著他抱頭痛哭誠懇道歉，一時之間乍悲乍喜百感交集，陪著一道哭天抹淚。

「好了好了，」夏明朗抱著兩人的腦袋，聲音低柔，令人沉醉，「把話說開就好了，誰也別記仇，誰也別生怨，都是自家兄弟沒什麼抹不過去的。」

兩顆青澀的腦袋瓜子頻頻地點，方進那油炸豆腐心都快成豆腐花了，又酸又辣又甜哪，心想，隊長真是好人！

兩個小時之後陸臻回過味來，揪著夏明朗的領子問，你是不是玩什麼花樣了。

夏明朗一臉誠懇而嚴肅地指著陸臻的鼻子罵：你小子也太瞧不起人了，你都上醫院躺著去了，他心裏還能沒點觸動？在你眼裏方進就這覺悟？

陸臻摸著鼻子，訕訕不語。

夏明朗道：我也就是指點了他一下，幫他想想怎麼善後，主要問題的關鍵還是靠他自己想通的，我說你小子也過分啊，這麼不相信兄弟是不行的，所以說這事你真的有責任。

陸臻臉紅了，腆著臉賠笑。

夏明朗大度地揮了揮手，看著那紅蘋果似的臉，衝動了再衝動，看著這青天朗日的也沒了想法，雖然他八隻耳朵豎起來也沒有聽到方圓一里之內有一個人聲。

算了！

夏明朗看著金烏西沉，覺得這人世啊，有所得必有所失，得失之間，不過是一個值字。

值了就好！

——第二部・生死與共・完——

番外

在一起・走下去

1.

夏明朗最近加班加過了頭，到最後徹底沒了任何事情可幹，聽到操場上收操的聲音，心中悸動。回去的時候，聽到浴室裏的水聲，忽然想起陸臻說這幾天他們寢室的水管壞了，鬼使神差地，他鎖上了門。

天熱，浴室的門當然沒有鎖，夏明朗靠在門框上往裏看，陸臻站在水流下面，身體鍍著一層晶瑩的膜，細膩的白色泡沫從髮梢上流下來，沿著脊柱的凹陷往下走，一路蜿蜒。

陸臻的皮膚仍然是麥色的，身上就更淺，天生白的人再曬也曬不成夏明朗那種古銅色，棕與黑，好像都是在皮膚表面上淺淺地抹一層，一搓就能搓掉，內裏泛出明亮的光。

夏明朗放縱自己的眼睛從上往下地看，火熱的視線掠過修長的脖子和漂亮的寬肩，線條跌宕收束匯成肌肉勁瘦的腰。訓練日久，即使身體的機能已經足以承擔高烈度的戰爭，陸臻仍然不是很壯，勁實的長條形的肌肉緊緊地包裹著修長的骨架，穿上衣服的時候甚至偏瘦，然而這是最靈巧的肌肉類型，爆發力強，靈敏，快速，充滿了流動感。陸臻的腿型很好看，修長，筆直，腳踝精緻，沒有一絲多餘的肌肉，夏明朗不由自主地想起每一次當他進入時，陸臻絞在他身上的長腿，心口驀然湧過一陣熱血。

陸臻沖完頭髮，回頭撈肥皂，眼角的餘光掃到夏明朗頓時嚇得退了一步：「你站那兒幹嘛？」

陸臻滿臉是水，眼中星光燦爛。

「看你啊！」夏明朗一句話說出來自己也嚇一跳，怎麼啞成這個樣子？

陸臻被那三個字撞在耳朵裏呆了半拍，忽然被水嗆到，轉過身去咳，連著耳朵根都紅透。

夏明朗忍不住想笑，不敢出聲，整張臉像花似的。

陸臻咳順了回頭，氣短：「你怎麼還在啊？」

「我為什麼不能在？」夏明朗理直氣壯。

「你這麼看著我怎麼洗？」陸臻怒目而視。

「這話說的，你公共浴室不是一樣洗，那麼多人看著你都不怕，你還怕我一個人啊？」夏明朗抱著肩膀蹺著腳靠在門框上，完全是賴定了的姿態。

陸臻欲言又止，憋得胸悶，惡狠狠地指著夏明朗，並起右手的食指和中指在脖子上劃了一下。夏明朗仰天笑，腳下還是不動。陸臻無奈之餘只能淡定，心裏默唸著金剛經，肥皂打滿全身只想著速戰速決。

說實在話被視姦的滋味真的不好受，尤其是夏明朗的目光又熱又毒，有如實質，輕如飛羽，熾烈如火。陸臻被他看得身體一寸一寸地熱起來，不小心視線相碰，胸口一陣狂跳。到最後陸臻只想說：你過來吧，我讓你摸，我求你了，別看了行不行？

當然，這話說不出口，可是要死的催命了，他硬了……人到了真沒地兒可退的時候，就會生出一股豪情，就像是臉如果丟到盡了，索性還可以來個不要臉。當陸臻絕望地發現他真的有反應了，而且從夏明朗的眼底看到戲謔之色的時候，腦子裏轟然一下，他也就豁出去了。

也對嘛，做都做過了還裝什麼處呢？

你要看是吧？

我就讓你看個夠。

陸臻滴溜一轉身，肩膀靠在牆上向夏明朗抬起了眼，沁著水的瓷磚牆冰冰涼涼的很是舒服，陸臻吁了口氣，手往下滑，握到自己已經火熱跳動的部分圈上去握住，幾近迷離的沾了水的視線與他糾纏在一起，手掌緩緩地滑動。

你要看是吧？

那我索性做給你看。

既然你敢視姦我，我就能意淫你，看咱們誰比誰狠。

夏明朗的耳邊剎時安靜下來，封閉空間裏只剩下嘩嘩的水聲和陸臻漸漸急促的呼吸，麥子似的蘊著陽光溫度的膚色漸漸被情慾染滿泛出淺粉，浸著水色，現出半透明的色彩。呼吸越來越緊，陸臻不自覺地舔過下唇，咬緊，視線卻寸步不離，眼中滿是直白坦露的情慾渴望。

夏明朗咽了一口唾沫，他聽到自己的心臟在狂跳，血液狂流的聲音，奔騰如千軍萬馬，像荒煙的戰場。完全移不開眼睛，那具身體的每一點反應都牽動他的神經，這孩子是他的心病，這個認知從很早以前就鮮明地印下，然後在時光中越來越深。他的呼吸急促，比曾經看過的任何關於情色的畫面更為讓人興奮，他想要看到陸臻就這樣在他面前射出來，可是驀然的，心底生出了一絲嫉妒，他在嫉妒陸臻的右手。

那是他的東西他的特權，令陸臻快樂迷亂，呻吟喘息都應該是……屬於他的，特權！

沒有誰可以代替他去做這些事，即使是陸臻自己！

夏明朗忽然走到陸臻面前雙手捏住他的肩膀把人按到了牆上，冰涼的瓷磚與火熱的身體大面積的貼合，陸臻頓時激靈了一下醒過神，茫然地看著夏明朗，莫名的瑟縮。

雖然該做的都做過了，能看的也都看過了，可是人類對裸體的羞澀感似乎是從嚐過蘋果之後就根深蒂固。

尤其是，當他的赤身裸體對上他的一身戎裝。

隱密地，羞恥地，畏縮地輕微顫抖著，陸臻睜大眼睛，在半醉半醒的時分，難得地流露出像鹿一般濕潤而清亮的眼神，令人發狂。

「是我的。」

夏明朗掰開他的手，強硬地按到牆壁上，手指輕拂而過，繞著打轉，像是羽毛振翼的觸感，陸臻不自覺地挺動著身體，想討要更多愛撫。

「你是我的。」夏明朗牢牢地盯著他，右手戲弄似的輕彈著頂端，左手往上移，手指從陸臻鬢邊插進去，拉住髮根固定他的頭，黑幽的眸子就像藏在地芯裏最純的炭失了火，逼近他。

「隊長。」

陸臻被這束視線所貫穿，茫然地張開嘴，著了魔似的看著他。

「都是我的，這裏，全部。」夏明朗微笑著，那是蠱惑而妖孽的誘人沉醉的笑意，吹氣似的吐出字，像來自地底的惡魔吐出咒語，右手忽然翻轉，用力握上去，敏感的表皮與粗糙的掌心相摩擦，絲絲刺痛被強烈的快感包裹著直貫頭頂，陸臻忍不住想尖叫，卻又被強勢地堵了回來，於是所有的尖叫喘息，都被堵在喉間碎成細細的呻吟。

難得的，被嚇懵了的，不再磨著尖牙向他挑釁的陸臻，舌尖顫抖著，任他糾纏吮吸，夏明朗滿意地深入淺出地品嚐了一番，稍稍放開他的唇，陸臻急促地喘著氣，眼神慢慢地起了變化，某種，應該要被稱之為惱羞成怒的變化。

「夏明朗！」陸臻提聲叫，隨著夏明朗的節奏喘氣，咬牙切齒。

夏明朗輕輕舔過他的嘴角，笑了滿眼，忽然間跪下去，一手扶著陸臻火熱的根源，張口含了上去。

這……這個，實在是，太過分了。

陸臻驀然睜大了眼睛，一口氣喘不過來，窒息似的快感，腦中缺氧，一片空白。

夏明朗覺得神奇，這個時刻，這個姿勢，這種行為。

一年前如果有人告訴他，有朝一日，他會半跪在一個男人身前吮吸他的陰莖，他大概會一拳打碎那人嘴裏所有的牙。可是現在他就是這麼做了，心裏卻沒有一點恥辱感。

這到底是怎麼回事？

如果換了別人，那可能嗎？

他大概還是會一拳打碎那人嘴裏所有的牙。

所以，只有陸臻，因為是陸臻的，他不覺得髒。其實，甚至在第一次做愛的時候，在他還不確切地明白口交是什麼的時候，他就已經吻過它，那似乎是本能的反應，人們看到喜歡的東西，會不由自主地用嘴去碰它。當我們還年幼，我們用嘴唇和牙齒熟悉這個世界。

夏明朗非常專注地在做這件事，從下往上，用心地舔過，含進去，慢慢吞吐，同性之間的性愛就是有這個好處，不用教，自己就知道要怎麼做最快樂。因為缺氧的緣故，陸臻不由自主地想要仰起頭，可是視線移不開，臉上漲得通紅。

「你要把我弄死了。」陸臻小聲低喊，聲音分了岔，劈裂嘶啞，他已經站不直，手指抓撓在光滑的瓷磚上，骨節繃得發白。夏明朗含著他的東西沒辦法笑，只是抬起眼睛來看他，把笑意寫在眼底。陸臻臉紅得快要燒起來，猛抽氣，嘴裏全是壓抑的呻吟。空氣裏彌漫開少年的青澀的氣息，像是新生的竹子被劈開的味道，青蔥而濃郁，夏明朗把滲出的那點晶瑩液體抿進去，味道出乎意料的還不壞。

陸臻把手指插到夏明朗頭髮裏，開始不自覺地用力，夏明朗配合地深吸了一口氣，開始像書裏說的那樣做吞咽的動作，火熱的柱體深入到喉嚨的深處，他很驚訝地發現居然沒什麼想要嘔吐的感覺，自然，也不覺得噁心。

陸臻的呻吟聲漸漸地漫出來，混合著含糊的呢喃：隊長……

萬般深情的叫法，讓夏明朗幾乎有種調戲下屬的罪惡感，偶爾，他會聽到幾聲細不可聞的「明朗」，怯生生的，淡得像清風一樣，散在空氣裏，令他心口發燙。

夏明朗心想，看來以後要教導他學會在做愛的時候叫他名字，現在的他不是什麼隊長，只是夏明朗。是陸臻的夏明朗。

陸臻的身體在彈跳著，隨著夏明朗的節奏，聲音漸漸拔高，夏明朗感覺到他按在自己肩膀上的手指越掐越深，似乎是快要忍不住了，他於是努力往深處吞。

「明朗？」陸臻艱難地低下頭去看，夏明朗垂眸跪在他身前，表情專注而誠懇，黑而密的睫毛顫動著，像是眼風微挑地在看著他。一瞬間的失神，陸臻失聲低叫，只覺得魂予神授，身體輕得像飄起來，精液毫無預警地爆發，夏明朗來不及收口，被嗆到了一些，捂著嘴咳嗽，渾濁的液體從嘴角溢出來，被手背擦去。

「吐出來啊？」陸臻伸手撫著他的臉，聲音啞得一塌糊塗。

夏明朗舔了一下嘴角，笑道：「我吞了。」想要站起來，卻發現跪久了腿有點麻，索性就靠坐到了牆邊。

陸臻貼牆滑下去，喘著氣，靠在夏明朗身上，沉浸在高潮過後慵懶的柔軟中。

「有沒有嚐過你自己的味道？」夏明朗伸手托住陸臻的脖子。

陸臻愣了一下笑出來：「沒，還有嗎？分我一點。」

夏明朗俯身壓上去。

濃膩的吻，舌頭溫柔地攪動著，交換唾液和體液、血液……夏明朗初次嘗試，總有失手的地方，嘴角磨破了一些，剛才做得興起不覺得，現在微微嚐到了鐵腥味。

陸臻稍微動了一下，半跪到夏明朗面前，捧起他的臉，四目相對時，眼神單純而平靜。

「舒服嗎？」夏明朗笑著問。

陸臻沒說話，湊過去舔他嘴角的傷口，一下一下的，像一隻溫柔的貓。身體又開始發燙，從皮膚相觸的地方傳開，指尖燙得生疼。

「你都濕了。」陸臻終於放開他，結結巴巴地紅著臉，是最可口的蘋果，由毒蛇藏起來的那種。

「我馬上洗一下。」夏明朗安靜地看著他，溫柔的純黑的眼眸，像是沉了一夜的星光那樣閃爍著。

「哦哦。」陸臻匆匆忙忙把自己沖乾淨，像逃命一樣地衝了出去。

夏明朗看著陸臻倉惶逃竄的背影，摸了摸嘴角，不可思議的滿足。

作者按：關於這一段，魚片兄給了少校一個評語：你的新鮮和你的慾望把你變得像動物一樣無法逃避，像戲子一般毫無廉恥，像饑餓一樣冷酷無情……

望天，於是我在想，隊長當時的心情大概就應該是：我想給你一個家，做你孩子的父親，給你所有你想要的東西，我想讓你醒來時看見陽光，我想撫摸你的後背，讓你在天堂裏的翅膀重新長出。

2.

夏明朗洗完澡出來的時候，陸臻仍然撲在被子裏，臉朝下，直挺挺的，穿著標配的軍綠色短褲，背脊上的皮膚健康而光滑。夏明朗走近手指沿著他的脊柱劃過，陸臻馬上像觸到電似的轉過身。夏明朗剛洗過澡的身體帶著水氣，讓人的眼神柔軟，髮梢上滴著水，砸在肩膀上閃出細碎的光，一路往下，肌肉分明的深色皮膚上泛著淋漓水光，像某種動物，強壯的，動感的，豹子或者奔騰的馬。

夏明朗坐在他床邊擦頭髮，邊擦邊甩，水滴飛濺出來，有很晶瑩的色彩，陸臻一眨不眨地看著他，夏明朗一雙眼睛在毛巾下面閃著光，笑：「你現在看著我幹嘛？」

「呃……我們做吧？」陸臻道。

做有很多種方式，可是如果像這樣鄭重其事地說出來表達一種邀請，那通常指的是最後一種。至於這最後一種，做得並不多，雖然快感來臨的時候比任何一種方式都更加劈頭蓋臉，可是每次陸臻做完了都要睡很久，蔫蔫的，不是很舒服的樣子，做愛這種事不過是尋求快樂，如果成本過高，不必太強求。

「你明天還有訓練。」夏明朗提醒他。

陸臻拍頭倒下，非常懊惱的樣子。

「要不然這樣吧，」夏明朗看著他的眼睛，「我讓你上啊！」

陸臻一下子彈了起來，瞪大眼睛。

夏明朗被他瞪得愣了一下，他聽說過有一種人叫純零，於是他忽然不能確定陸臻是否想要進入他，而如果他不願意……夏明朗承認，他覺得有點失落。

不過他的失落只維持了三秒鐘，三秒鐘之後陸臻以一種前所未有的熱情撲倒了他，暴雨狂風一般的吻堵得他幾乎喘不過氣來，靈活的手掌往下滑，調情的手法相當有技術，於是不久以後夏明朗意識到，陸臻其實從來都不是偏零而是偏一，他願意被進入只是因為那是夏明朗，就像夏明朗會喜歡這個男人也只因為他是陸臻。不過當時的夏明朗沒來得及想這麼多，事實上他很樂意讓陸臻吻，這樣糾纏的接吻讓他覺得很陶醉，被需要被渴求的感覺。

相比較自己的遲疑不決，陸臻的全套動作非常流暢，皮膚摩擦，情動，血熱，心火熾烈，夏明朗覺得他已經被挑逗到十分，翻過身，最容易進入的角度，包裹著大量潤滑劑的手指緩緩推入，異樣的，難耐的，無法形容的感覺從身體內部爆裂開，夏明朗頓時僵硬起來。

不是疼，疼不是什麼問題，關鍵是怪異，全然陌生的怪異。

夏明朗的身體很好，於是他身體的內部像一個禁地，從未有人觸及過，包括他自己。

「難受？」陸臻一直在觀察他的神色。

夏明朗搖了搖頭，示意他繼續。

其實，是真的很難受，可是，很簡單的道理，如果陸臻可以為了他堅持下來，那麼沒有理由他就忍不住。既然他們相愛，他們在一起，他就必須要讓陸臻到達那個地方，從來沒人觸及過的所在，這是多麼順理成章的事。如果接吻的終點不是做愛，如果還有別的更親密的舉動來標記他們之間的關係，他也會很樂意地選擇那件事來證明他們的長相廝守。

陸臻十分溫柔，體貼細膩，牙齒輕咬著他的耳朵和脖子，安撫所有敏感的部位，讓他分心。手指的頻率漸漸加快，又加入了一根，開拓摸索，進出抽動時的動作充滿了淫靡的想像。

仍然不是疼。

酸、麻、癢、無力的麻痺感從腰部開始擴散到四肢，肌肉在顫抖，幾乎支持不住。夏明朗悲憤地發現為什麼不是疼痛，那才是他熟悉的感覺，而不是像現在這種，複雜難言的，怪異的刺激，以及對陌生的隱密恐懼。

「放鬆，放鬆點……」陸臻小心地吻他的背脊，尋找關鍵的位置。

夏明朗拼命想要轉移注意力，腦子裏亂七八糟地在轉，忽然意識到陸臻現在耐心的謹慎與自己曾經的急躁，他本以為已經是做得很夠了。

「我以前弄得你很疼嗎？」夏明朗悶悶地問，半轉過頭來看，陸臻臉上又紅了一層，翹起嘴角：「還好。」

手指輕按，終於找到了對的地方，類似射精的快感讓夏明朗的身體抽搐似的一彈，眼前發白。

我靠？！這又是怎麼回事？還沒完沒了？

陸臻終於鬆了口氣，動作的幅度加大，重點刺激，還不待夏明朗適應過來，陸臻將他的身體分得更開，在入口處磨蹭了一下，掐著腰進入。

夏明朗忍不住一口咬上枕頭，把床單抓得一團亂，這，這，這，不能慢一點嗎？

被貫穿的滋味，熾熱的堅硬的，無法忽視的物體進入到他的身體裏，內臟被攪動擠壓，從身體裏面被人握緊的感覺。

夏明朗如此清晰地感受到陸臻的溫度和形狀，還有那種陌生的，來源於自己身體內部的觸覺，原來沒有感覺的地方產生了感覺，原本以為不存在的在叫囂著它的存在，每一處凸起和皺褶藉助那種火熱堅硬的摩擦而變得可感，酥痲的，酸疼的，種種說不清道不明的觸感充斥在神經回路裏面。

全然陌生，然而，如此深刻。

好像一個隱密的門被打開，他重新認識了自己。

夏明朗張開嘴無聲叫喊，他是真的叫不出聲，連喊都喊不出來。

這，說實話，太刺激了，超出他的想像。

箭在弦上的時候，再溫和克制的人也會變得狂野。陸臻固執地挺進，每退出一點，就會進入更多，高溫濕膩的粘膜吸附似的包裹著前端敏感的部分，推拒產生的壓力讓他異常興奮，這麼熱這麼緊，怎麼忍得住？

他大口地喘息，理智漸漸被激情所吞沒。

「隊長。」陸臻抱著夏明朗的腰呢喃似的含糊地說，「你裏面真緊。」

我靠！什麼意思？

夏明朗收束心神咬牙忍耐的當口上聽到這一句，滿頭的血一下子就衝了過去，差點就想把這小子從身上踢下來，轉回頭卻看到陸臻沉醉的表情，半咬的嘴唇滴血似的紅，眼神迷亂。

夏明朗忽然意識到，那句話，應該，也算是在稱讚吧？

雖然……了一點。

可是？

記得之前陸臻和他做的時候，總是喜歡問：舒服嗎？覺得舒服嗎？

那聲音沙啞濕潤，他總都是陶醉的當成呻吟來聽，居然忘記回答他？混蛋之極！

夏明朗半轉過身想去吻陸臻的嘴，腰部扭轉，產生幾乎是緊絞的壓力，那種緊密細膩地壓榨簡直像是甜蜜的酷刑，陸臻低呼了一聲，衝撞的動作更加兇狠而俐落。

夏明朗卻是著迷在他的臉上，血色高漲的膚色幾乎是半透明的，微皺著眉，沉迷溺斃的模樣性感得無可救藥。夏明朗從嗓子眼裏乾到底，熾熱的火苗沿著血管燒起來，劈裏啪啦地亂竄，一直被陸臻很好地照顧在掌心的慾望終於硬到了十分。

「讓我……轉過來，我要看著你……」夏明朗聲音低啞地嘶喊，掙扎起來。

陸臻七手八腳地壓住他，低吼：「你要弄死我啊！」

說著，用力一下深頂，絞到最深處，然後猛地抽出來。夏明朗頓時失神，好像身體被抽空似的飄浮感。

陸臻把他翻了個身，調整好姿勢之後又想猛力深入。

「媽的，你輕點兒！」夏明朗不自覺地收縮肢體推拒著他的進入。

陸臻忽然把上半身壓下去，手指插進夏明朗的髮根裏捧住他的頭，眼底被情慾燒得幾乎發紅，他低吼：「夏明朗，現在是我在上你。」

俯身，咬上他的唇，舌尖直壓到底。

夏明朗被他吼得失神半分，陸臻抓到機會用力深挺，夏明朗被他壓著舌根，什麼聲音都發不出，連喘息都嗚咽得像呻吟。

這小子……還真猛啊！

他於是在這種幾乎要把人撞散的衝擊中模糊地想。

魂魄飛散，眼前是陸臻起伏的臉，耳邊是他沉重的低喘，唇上還沾著他的唾液，胸口偶爾相碰，「砰砰砰」沉重的心跳聲，被包圍了……身邊全是陸臻的氣息。

夏明朗抬起手，指腹貼著陸臻臉側的皮膚劃到底，捏在下巴上，往自己面前勾，反正是嚐了，就吃個夠本吧！夏明朗把手臂圈到陸臻的脖子上。舌尖激烈地碰撞糾纏，與之相配合的是下面快速的戳刺動作，忽然速度放緩，每一下都是又深又重，最後深入到底，釋放在甬道的最深處。

高潮爆發的瞬間，夏明朗清晰地看到陸臻的眼睛裏一片空白，清澈深黑的眸子裏清清楚楚地印出他的臉，然後，脫力似的，緩緩闔攏。

夏明朗勒著陸臻的脖子，含住他滑膩的舌頭緊緊地勾著吻，一手帶著陸臻的手掌擼動自己的慾望，專挑最刁鑽的地方下手，很快地釋放在陸臻手心裏，兩具濕淋淋的身體喘息著相擁在一起。

掌心裏火熱的液體讓陸臻醒過神。

「呀！」他忽然驚叫了一聲，把自己撐起來，捧著夏明朗的臉，懊惱得幾乎要哭的樣子。

「怎麼了？」夏明朗頓時緊張。

「對不起，」陸臻眨了眨眼睛，濃密的細吻落在他的嘴唇和下巴上，「我居然把你給……」

夏明朗悶聲笑，胸口起伏，陸臻簡直失望透頂，那麼滿心期待的第一次，居然會做得如此失手，留下如此惡劣的壞印象。

「沒事，沒事，我覺得很好！」夏明朗一邊笑，一邊撫著陸臻的背脊，「我覺得很不錯，很……」

夏明朗轉著腦筋搜腸刮肚地想，他覺得自己必須得想出一個足夠勁爆的詞來安撫這個傷心的傢伙，要不然他都快哭了，可是無奈他現在的整個大腦有如高烈度戰爭之後的戰場，一片硝煙狼籍，血液裏還流淌著未盡的火苗。

「很？」陸臻睜大了圓圓的眼睛，滿含期待。

「很……wonderful！」

「真的？」陸臻眼睛發亮。

「真的，我確定！」夏明朗點頭，手指插進陸臻的頭髮裏，慢慢地梳，這小子出了太多汗，髮根盡濕。

陸臻的嘴角迅速地翹起來，神采飛揚，像一隻驕傲而滿足的貓，他用鼻子蹭蹭夏明朗的脖子，表達他的稱讚：「隊長，你裏面的感覺非常棒。」

夏明朗來不及對後半句話表示蕩漾首先被前兩個字刺得心臟一軟，忽然發現糾正稱呼這個問題十分的迫切，要不然把兩者建立了聯繫之後，滿操場都有叫他隊長的，不是得瘋掉？

不過，其實他也忽略了，這兩者早就建立了聯繫，卻只有一個聲音能讓他瘋狂。

「叫我名字。」他說道。

「哦，明朗？」陸臻因為說得太刻意，首先把自己酸倒，一陣惡寒。

夏明朗看著自己手臂上的雞皮疙瘩一顆顆爆起來，無奈的：「算了，你以後這種時候就別叫了。」

「那我叫你『哎』，你知道是叫誰嗎？」陸臻嘻笑。

「廢話。」這種時候你還能叫誰？

夏明朗低頭咬咬陸臻的嘴唇，起身去洗澡，身形一動，體內流動的熱流頓時令他全身一僵，陸臻的前戲已經很細緻，可是異物進出時留下的火熱鈍痛卻在高潮過後變得越來越明顯。

夏明朗低下頭去撫陸臻的臉：「我以前，是不是把你弄得很疼。」

難怪每次都要睡足一整天。

陸臻臉上又紅起來：「還好，現在好多了。」

「疼要說！」夏明朗捏著他的下巴。

「一開始都這樣的，後來就好了，我一開始做的時候把人整得還要慘，沒事的，怕疼就不做了。」陸臻握著夏明朗的手，眼神單純而清澈。

夏明朗愣了愣，莫名其妙地心頭一麻，像是被蚊子叮了一口，他揉亂陸臻的頭髮，起身去洗澡。

是啊，當他遇上他的時候都已經二十四歲，二十四歲的漂亮男孩，他那麼好，那麼討人喜歡，怎麼可能是張白紙。

夏明朗把冷水閘開到最大，劈頭蓋臉地沖下來，這他媽的粘粘呼呼的心理是不是就叫嫉妒呢？

他不無自嘲地在想！

可是很快的，他發現，他妒嫉的不是某一個特定的人，他嫉妒一段歲月，陸臻從稚童到少年的時代他沒有見過，從少年到男人的階段他完全錯過，他妒嫉所有令陸臻變成現在的陸臻的一切。一想到那些飄散在流光中的畫面，那稚嫩柔軟的身體慢慢變得結實強韌，夏明朗就覺得莫名失落。

夏明朗忽然發現他簡直希望可以一出生就認識他，把他帶在身邊，看著他從小到大，不錯過一分鐘。

可怕的佔有慾！

夏明朗想了一會，失聲笑出來。

冰涼的水流沖過高潮過後躁熱的身體，夏明朗閉上眼睛回味方才的感覺，多瘋狂的行為，身體被打開，被另一個男人進入，被挑逗被撥弄，讓他在自己身上得到快感。

可是，那又怎麼樣？不過是相愛的人做的快樂的事，有什麼好羞恥的，更無所謂侮辱。

夏明朗把自己身上擦乾走出來，發現陸臻已經趴在床上睡著了，均勻的呼吸聲表達著他睡得有多沉，看來這小子是真的沒留力，已經精疲力竭。夏明朗貼在陸臻背後睡下，把他汗津津的身體抱在懷裏。

小傢伙，從今往後，你就是我的了。

你未來的路，我會陪你走下去。

男朋友與女朋友

夏隊長的電腦硬碟崩潰，這是一件震動整個一中隊的大事。雖然最重要的那些檔都有備分，然而對於一個電子工作者來說，崩了電腦其損失基本上約等於燒了房子，或者說，撬了老婆。

好在，還有陸臻！

神通廣大，無所不能的小陸少校！

於是陸臻同志拎著咱家文盲隊長的本子，去了資訊中隊，打算群策群力，盡可能地挽回損失。不過基於夏隊長還有一個報告打到一半，好在不是什麼絕密檔案，陸臻只好貢獻自己的私人本子讓他先把差使給辦了。

流年不利，夏明朗氣鼓鼓地把報告打好，保存的時候居然又出千年難遇的保存事故，夏隊長憤怒地對著空氣打出一拳，調出隱藏文檔去追WORD裏自己的保存文檔，還好還好，損失不大，把最後幾行重新打過之後，夏明朗順利地完成了餘下的工作。

於是乎，就有點無聊了。

人無聊的時候都喜歡玩，眼下的手頭就有一個電腦，鬼使神差地，夏隊長瞄了一下緊閉的門，豎起耳朵聽了聽走廊裏的腳步聲，然後帶著犯罪的快感，開始偷翻陸臻的檔案夾。

陸臻的電腦分佈的非常有條理，一個磁碟是學習的，一個磁碟是娛樂，那些亂七八糟的小說、音樂、電影、資料、報告、工作計畫，全都分好文件夾，當然這些夏明朗全無興趣。

夏明朗東看看西看看，一路找到圖片收藏，裏面有畢業照，家庭照，陸戰的海岸，麒麟的黃昏……夏明朗看得興致勃勃欣喜不已。他看到了臉頰圓鼓鼓包子一樣扛著紅牌的陸臻，他看到了小細胳膊小細腿兒白白淨淨眉目靈活的陸臻，他看到了曾經稚嫩青澀的少年，花瓣一樣的嘴唇和濕潤的眼神。

夏明朗看得心癢難耐，當然，他完全百分之百地贊同現在的陸臻身材最好樣貌最佳，但是這完全不衝突他對曾經已經消失在歲月流光中的那些陸臻的喜愛和渴望，最好，從他出生的第一秒就認識他，一分鐘都不錯過，他很樂意陪著陸臻一路成長到此。夏明朗一張張翻著照片，心裏盤算著怎麼找個適合的藉口讓陸臻開放他的收藏，讓他拷一份藏在自己手上慢慢看，這孩子小的時候可真招人疼啊！

檔拉到最後，基底那條線上，顯出一個半透明的隱藏視頻檔，夏明朗順手點上去，雙擊，風暴打開，跳出抖動而清晰的畫面……

修長青澀的少年陸臻正靠在床頭看書，聽到聲響抬頭，滿臉驚喜無限：「呀，你真的買了啊？」

畫外人聲音質清亮：「是啊，想帶點東西走，把帶不走的東西拍下來都帶走。」

陸臻笑得滿眼亮晶晶：「也包括我嗎？」

「只有你。」

語聲纏綿，畫面切近，夏明朗看到陸臻伸出手，鏡頭忽地一轉，跌到了床上，然而仍在盡職盡責地運轉著，一些潮濕粘膩的聲響被記錄下來，夏明朗死死盯著畫面，聽到自己的血管裏嗞嗞作響。

半晌，鏡頭又被拉起來，陸臻貼近細看自己的嘴唇，聲音軟弱地抱怨：「又腫了，你讓我等會怎麼回家？」

「你等會可以不回家的。」

小小少年陸臻咬著嘴唇猶豫不決。

我靠！那傢伙什麼意思！夏明朗只覺滿頭青煙繚繞，血管一根根爆開，不自覺握緊了拳頭：別答應他，那混蛋不懷好意，踢死他，踹死他！！！！

「那我媽會問的！」小小少年的眼神軟化了。

夏明朗心中一記呻吟，不要啊！

「我都要走了，」畫外音壓得低低的，與陸臻相似的柔軟口音，「後天，後天的機票，下次再看到你，就得是耶誕節了，你就不想我，後天……後天哦？」

陸臻咬著嘴唇眨巴著眼睛，濕漉漉的明亮而有些憂傷的眼神，忽然畫面一黑，視頻已經放到終點。

夏明朗氣得一拳砸在桌子上，茶杯檔案夾震得紛紛跳起，跌落了一地。他翻天覆地找，愣是沒找到下集，心中一口邪火鬱在胸口，上下不得。

夏明朗牙咬得啐啐響，猶豫再猶豫，咬牙再咬牙，到底還是把檔案留了下來，然後，取消隱藏檔，刷的一下，半透明變成了全透明，曾經的秘密，又一次消失無蹤影。

夏明朗把菸拿出來開始抽，氣勢洶洶，殺氣騰騰！

冷靜冷靜冷靜！

夏明朗頭疼地按著太陽穴，誰能沒點過去呢？對吧？瞧那樣兒，還是陸臻早不知道多當年的事兒呢？翻舊帳？這太丟人了！對！丟人，丟死人了！

可是，可是這知道和看到永遠都是兩碼事啊！！永遠的兩碼事！！

夏明朗只知道自己目前七竅生煙！

那混蛋，這輩子最好別撞他手心裏，要不然，千刀萬剮了他！！

那麼小小孩子都下得了手，那是民族幼苗啊！

懂不懂？

不是人！

（可憐的藍教授在遙遠的大洋彼岸打了個寒顫！）

陸臻費盡了九牛二虎之力，終於把夏明朗的硬碟救回了80％，找不回來的都是些大檔，電影遊戲什麼的，丟了就丟了，大不了再給他下一點，如是一想，陸臻自覺厥功甚偉，得得瑟瑟地回去表功。

可是一開門進去，滿屋子煙霧彌漫簡直跟失了火沒兩樣，陸臻不反對夏明朗抽菸，可也別這麼抽吧，好像跟自己的肺有仇似的，於是心情不爽地把筆記本一扔，先越過人去開窗。

「把門鎖上！過來！！」夏明朗低聲說了一句，聲音嘶啞。

「怎麼了？電腦沒事了。」陸臻有些莫名其妙，不過還是聽話地把大門反鎖。

「幹嘛？不舒服？」陸臻轉過身發現夏明朗已經抬起了頭，眼睛裏滲著點血絲，臉色陰沉，頓時有點擔心。

陸臻走過去，還沒來得及靠近，整個人已經被夏明朗抓住領子拽了下去，牙齒磕在一起，幾乎把嘴唇磕破，陸臻吃痛，下意識要掙扎，脖子，腰，所有能折轉的關節都已經被鎖死。

唔？

陸臻睜大眼睛，夏明朗已經長驅直入地闖進去，兇狠猛烈，吮吸糾纏。

今天……嗯，今天這是怎麼了？

陸臻的呼吸隨之急促起來，慢慢闔上眼，專心回吻，爭奪控制權。

夏明朗一直吻到陸臻再沒有一點掙扎地軟倒在他身上，才戀戀不捨地鬆開，心滿意足地看到陸臻漂亮的淡色薄唇已經被他揉腫變成了鮮紅色。

「你……」陸臻回過神來，只覺得舌頭都要讓他給咬斷了，下意識地摸摸下唇，大怒，「我靠，你讓我等會怎麼出去見人？」

這話，不說還好，一說……

夏明朗眼睛一瞇，眸光含血！

陸臻警惕：「你不會想在這裏做吧？這是辦公室！！你，你今天怎麼了？」

夏明朗用力閉一下眼睛，嘆氣，把陸臻拉到懷裏抱住，威脅似的：「別亂動！」

陸臻一頭霧水，只能讓他這麼抱著。

抱了一會兒，又抱了一會兒，直抱得陸臻暈乎乎的差點要睡著，夏明朗終於確定自己奔騰的血液已經安於束縛，方才慢悠悠溫吞吞地問道：「你以前，有沒有喜歡過別人？」

「嗯？」陸臻反應不及。

「不想說啊！」夏明朗拉長音調。

「哦，沒有，只是覺得你怎麼忽然問這個。」陸臻覺得莫名其妙。

「忽然想到，不想說也沒關係。」夏明朗語氣泛酸。

陸臻雞皮疙瘩起了一胳臂，只好坦白：「嗯，以前有過一個男朋友。」

「就一個？」夏明朗喜憂參半，百味雜陳，喜的是就一個說明挨千刀的混蛋還不多，憂的是就一個說明此人地位不凡影響深遠。

「就一個，連你在內是第二個。」陸臻不會主動提舊事，但是陸臻最大的優點與最大的缺點都是不說謊。

「你挺喜歡他的吧？」

「嗯，當時是的。」陸臻老老實實。

夏明朗看到「Biu」一支小箭插進他胸口，心想，老子真他媽自虐。

不過，自虐是戀愛中的男人永恆不變的追求，夏隊長抱著不達目的誓不休的精神，在自虐的道路上越走越遠，於是他又一次鼓起勇氣問道：「那當時為什麼分手？」

陸臻陷入沉默，半晌感慨一句：「我也不想的啊！」

「Biu」一聲，又一支小箭插進夏隊長胸口，夏明朗欲哭無淚，心想，老子果然自虐。

「嗯，那怎麼？」夏明朗含糊應道。

「主要是工作上的事，他想讓我回城在軍區裏工作，可是我想留一線。其實，怎麼說呢，也不是沒有餘地挽回的，協調一下，總是可以找到辦法，不過當時年紀還小，不太知道怎麼為別人著想，只知道我想要什麼就直接說，你要是不同意我也沒辦法，然後，他大概就灰心了吧，你也知道，我不是會去挽留的人。」

夏明朗在心中感慨，他明白陸臻的規則，陸臻是最乾脆的人，要就要，不要就是不要，在他的字典裏沒有威脅也沒有妥協。他像一個正直的商人，明碼標價，童叟無欺，他從不獅子大開口，也不跟任何人討價還價。他一路退讓，亮出來的直接就是底線，如果有人習慣性以為他的底線還能再商量，就會得到教訓。

在陸臻這個十字路口，只有紅綠燈，沒有黃燈。

「聽起來，你好像很遺憾。」

「是啊，當時是我沒處理好，要不然……」陸臻忽然意識到他現在正對著誰玩真心話大冒險，馬上掐滅了下半句，小心翼翼地瞧著夏明朗。

夏明朗沉默半晌，豪邁地把最後一刀插入胸口：「那如果，他不跟你分手，你是不是就不會看上我了？」

陸臻哭喪著臉，眼淚汪汪地看著他。

「說實話我保證不生氣。」夏明朗誠懇發誓，雖然他是多麼地期待著這個誠實寶寶為他開口戒。

「應該，就不會了吧！」陸臻可憐兮兮地，聲音細若蚊吟。

夏明朗嘆了口氣，沉默地把陸臻抱得更緊。

陸臻著急：「哎！」

「我沒生氣，」夏明朗偏過頭去咬他耳垂，「我只是在慶幸他那時候不夠執著。」所以，不需要再去問了，我和他，你更喜歡哪一個？

過去的他當然是過去的最愛，現在與未來是自己的，擁有廣闊前景的人應該要大度一些，夏明朗非常成熟地安慰自己，雖然傷心小箭還插在心頭未去。

自己的老底都讓人揭翻了，陸臻心有不平，遲疑了一下，下定決心盡可能理直氣壯地問道：「你以前有過幾個男朋友？」

夏明朗大驚失色地幾乎跳起來：「我為什麼會有男朋友？」

陸臻被他嚇了一跳，愣愣的：「呃，那女朋友？」

夏明朗平過氣來，點了點頭：「嗯，女朋友有。」

「幾個？」陸臻興致勃勃。

「小時候也算？」夏明朗為難。

「多小？」

「高中！」

「當然算！初中也算！」陸臻斬釘截鐵。

夏明朗掰著手指冥思苦想。

夏明朗唸唸有詞兩眼望天。

半晌，中校頹然道：「不記得了。」

少校大為不滿：「不記得是什麼意思？」

「不記得的意思就是，很多！」夏明朗坦白從寬。

陸臻眨巴一下眼：「很多？五個？」

夏明朗搖頭。

「不會有五十個吧？」陸臻大驚。

「那倒沒有，」中校明顯不忿，「是你要把初中高中都算上我怎麼可能還會記得清？要是光算念軍校那陣的大概還有數，主要就是念書的時候閒得慌，後來到這兒成天忙得像怎麼似的，兩百公里之內沒幾個母的，老子想找也找不著啊！」

陸臻憤怒了：「什麼嘛，我還當你是……你當初對著我可真夠能裝的，我都那樣了！！你，你還……」

「那不一樣啊！」夏明朗連忙分辯，「之前那是找女朋友的標準，看著有點好，那就湊合一下；對你那就是挑老婆的標準，有點不對勁，就別麻煩結這個婚了。」

陸臻瞠目，結結巴巴地說道：「誰，誰，誰是你老婆？」

夏明朗無奈：「我是你老婆行了吧？」

陸臻張大嘴，瞧著目前看起來既不英明也不神武的夏中隊長，忽然意識到這種互揭老底的行徑是多麼地無聊啊無聊。於是他迅速地咳嗽了一下，異常鎮定地指著夏明朗的筆記本說道：「哦，那個，你的電腦修好了。」

尷尬的夏隊長英明神武地反應過來，一本正經地點頭：「嗯，不錯，晚上請你吃飯。」

「哦……食堂的飯本來就不要錢……」

「呃，宵夜！」

陸臻默默地點了點頭，雖然他本來想說食堂的宵夜好像也不要錢。

寒風過境……夏明朗沉痛地決定，就讓那些曾經的男朋友和女朋友都永遠地停留在歲月流光之中吧！擁有現在和未來的人，要大度，嗯，都要大度！！

他們的槍

麒麟基地又要換裝了，這次配合軍工試點，用03換95，95沒槍托，臥射又高，打槍的時候煙火貼臉薰得眼睛受不了，總而言之就是，槍是好槍，毛病不少，廣大人民群眾普遍要求改進。

事實證明我黨我軍還是很能想群眾之所想急群眾之所急的，於是03進階版應運出爐，這槍有折疊托，瞧模樣生得不像95倒像是八一杠家的小孩，不過像歸像，到底還是5.8mm的子彈，和95一個槍族。

原本夏明朗是覺得這換裝啊，好事兒啊，應該沒什麼操作難度，03版突擊步槍試槍的時候他就去開過會，那槍雖然也不算什麼十全好槍，和95比起來可說是各有千秋，不過加上了折疊托，看著苗條端正點兒，用槍的時候更舒服。所以夏隊長很是輕鬆地就把這個事交給了陳默去推廣，可沒想到的是，不應該有麻煩的這個事，它就是出了麻煩。

那個麻煩是方進。

原因很簡單，方進嫌03長得醜，03版突擊步槍的槍口設計和往年的不一樣，它不是圓柱形鳥籠狀的，它是個小喇叭口，於是這個小小的改動不知道觸及了方小爺哪一根神經狂放電，他就是橫挑鼻子豎挑眼，把那槍貶得一錢不值，提起來就兩字：難看。

一開始陸臻聽見方進這麼說，還以為他在開玩笑，可是眼看著越說越怒上了，陸臻終於確定，方進這回是真的抽了。

娘唷，顏控也不是這麼個控法啊，再說這槍不是生得挺俊俏的，陸臻自己倒是越看越愛，跑去跟方進說理，被方進不屑地從上看到下，意思是，你老兄的審美一向偏離大眾的眼光。

於是夏明朗很生氣，後果很嚴重。

陳默本來是想這事不急，有得好緩，反正方進是用88通用輕機的，換裝本來就不關他鳥事，他要抱怨也是窮抱怨，就算是考慮到方進這囧人在群眾中頗有號召力，可是方進十個手也比不上夏明朗一個指頭的偶像效應，所以只要夏明朗首先換裝成03，後面的事一切好辦。

可是夏明朗既然怒了，這個事就總得折騰一下，於是接下來的幾次小規模叢林演習，方進都被強制性地派發了一把95，然後整個狙擊組像是跟他槓上了似的，就算是放過別人也要先把他揪出來。本來95加上光學瞄準鏡，臥射就高了不是一點兩點，再加上夏明朗親自下手，次次爆頭，方進被空包彈打得頸椎都要折斷了。幾回下來，方進終於哭了，抱著陳默的大腿不放，討到了問題的關鍵。

關鍵在於，他不能質疑隊花的品味，質疑隊花的品味就是質疑隊長的品質，這是個很要命的事。

方進嘴上沒把門，他既然能無意中得罪隊花一次，就保不齊能再得罪上第二次，於是這舉白旗的大業就光榮地交給了陳默。其實陸臻這人挺大度，陳默還沒說什麼，他就輕描淡寫地揮了揮手，為表達自己真的心無芥蒂，就拿著毛油氈陪著陳默一起養起了槍。

基本上陳默對槍的迷戀與鄭老大對刀的迷戀是相似的。

於是一來二去，話題就怎麼也繞不開，槍，人，槍與人。

方進原本在上次換裝之初用的是95式班機，一開始還很得瑟，結果幾次演習下來就被他打入了冷宮。噪音大硝煙重，這個還好克服，方進最吃不消的是這槍不能換槍管，打上兩百發槍桿子就熱得不能用了，還不能用鏈彈，換彈匣又麻煩，說好聽點是班機，其實火力壓制效果就是個大點兒的衝鋒槍。

所以他現在一般都用88型的通用輕機槍，雖說是重了點，可是打起來爽啊！

小候爺上天入地，最要緊的就是一個爽字。

陸臻同學手長腳長，身長幾近歐美標準，無論是95還是03他都玩得很順手，不過可惜的是這兩種槍都不太適合左右手互換用槍，陸臻雙手雙能的功力完全無法體現。

所以陸臻最愛的槍，是手槍，左右手全能，二十五米之內飛蟲勿近，他現在配的是9mm的黑星92，但心心念念的是偉大的衝鋒式手槍格洛克18，那華麗麗的三十三發大彈匣是他心口永恆的朱砂痣。

要說起來，他們這群人裏最正常的就是徐小花，小花是人適應槍的典範，無論是85狙還是88狙，他都可以用得好像骨血相融一般。

可是陸臻記得曾經問過一次，問徐小花最愛的槍是什麼，徐小花想了半天，給了個完全意料之外的回答：八一杠。

為什麼？

因為簡單。

於是滄海奔流最終還是回歸純真本色。

陸臻卻覺得徐知著更像85狙，修長，漂亮，不易攜帶可是精度絕佳，是一種優點與缺點都一樣鮮明的槍。

那天陸臻與陳默擦了一個下午的槍，聊了整個中隊的人，都說看一個人用的槍就知道他是什麼人，那麼夏明朗呢？

陸臻與陳默不約而同地相對無言。

在麒麟裏，狙擊手的標準配制是QBU88，但是夏明朗通常都會在95步槍裏挑一把精度比較高的留給自己做狙擊槍用，在六百米範圍內，他可以用突擊步槍打出狙擊槍的效果，沒人想得通他是怎麼做到的，這是個既成事實，所以大家也只能接受。

不過針對不同的搭檔與不同的作戰要求，夏明朗還有三把正式的狙擊槍配合使用：JS 7.62mm，JS 12.7mm，JQ 12.7mm，一般來說打演習的時候他會帶上12.7mm的反器材狙擊槍，重彈重狙，使用專業子彈時，一千米以內，他可以打碎一只雞蛋。

JQ是JS的簡版，槍身短點，也輕了不少，當然火力強度也要差一些，所以如果不和黑子這一類的重裝步兵搭檔（因為陸臻沒能力給他背槍），又或者是摩托化動機不高的時候，夏明朗還是背著JQ出門的機會多，畢竟是輕了五斤多啊。

至於JS 7.62mm，口徑小槍身輕，真到了決生死的時候，夏明朗還是相信它。

可是，當然的，夏明朗會用的槍不光光是這幾把，在陸臻的印象中夏明朗好像是為了槍而生的，他對任何槍都有種天生的親切感，拿起來就能打，而且是超乎於常人的準確度。

「你覺得他最擅長是哪種槍？」陸臻好奇，他想問。

陳默抿了嘴，沉默良久之後鄭重地回答：「我不知道，」他頓了頓，補充了一句，「他是隊長。」

陸臻心想，您真是廢話。

於是，那天夜裏陸臻少校在收工之後順便就去隊長寢室串了門，當然主要是受陳默所託為小侯爺向主上求個情，等到正事辦完，頂著好奇寶寶的名頭，陸臻還是忍不住問了出來：你最擅長的是哪一種槍。

夏明朗一開始很認真地在想，陸臻等待。

夏明朗想了一會開始走神，陸臻疑惑。

夏明朗走神了一會兒開始望天，陸臻終於不耐煩，桌子一拍。

夏明朗挑了挑眉毛笑道：「我最擅長用什麼槍，你真的不知道？」

陸臻眨了眨眼睛，又想了想，耳朵尖上忽然竄出了一點紅，十分懊惱地嘀咕：老流氓。

夏明朗慢慢靠近，語言帶著磁力誘惑般地繞在耳邊，像叢蔓草，荒煙般滋長。

氣息似的聲音：怎麼樣，我們試試槍？

陸臻面無表情，瞪了他一會兒，忽然笑道：七〇年代出廠的老槍，我信不過。

哦？

夏明朗皺了眉，他說：偉大的AK47到今年已經六十一歲，是我的兩倍。

陸臻滿眼帶笑，貼到夏明朗身前，用鼻梁蹭他的鼻尖。

「我擔心你是95班機，」他的手解開夏明朗軍褲的皮帶探進去，「槍管強度不夠，還沒開打就過熱。」

夏明朗喘息了一聲，雙手掐住陸臻勁瘦的後腰往懷裏帶：「你還沒試怎麼知道？」

陸臻低頭咬住夏明朗的嘴唇，舌尖上擠了幾個字探進去。

「我不需要試，其實槍還是新造的好。」

擦槍，哪有不走火的！

不是嗎？

國家圖書館出版品預行編目資料

麒麟之生死與共／桔子樹著.
——第一版—— 臺北市：宇河文化 出版；
紅螞蟻圖書發行，2011.7
面　　公分——(Homogeneous novel；2)
ISBN 978-957-659-853-1（平裝）

857.7　　100012711

Homogeneous novel 02

麒麟之生死與共

作　　者／桔子樹
美術構成／Chris' office
校　　對／楊安妮、朱慧蒨、桔子樹
發 行 人／賴秀珍
榮譽總監／張錦基
總 編 輯／何南輝
出　　版／宇河文化出版有限公司
發　　行／紅螞蟻圖書有限公司
地　　址／台北市內湖區舊宗路二段121巷28號4F
網　　站／www.e-redant.com
郵撥帳號／1604621-1　紅螞蟻圖書有限公司
電　　話／(02)2795-3656（代表號）
傳　　真／(02)2795-4100
登 記 證／局版北市業字第1446號
港澳總經銷／和平圖書有限公司
地　　址／香港柴灣嘉業街12號百樂門大廈17F
電　　話／(852)2804-6687
法律顧問／許晏賓律師
印 刷 廠／鴻運彩色印刷有限公司
出版日期／2011年 7 月　第一版第一刷

定價 280 元　港幣 93 元

ISBN 978-957-659-853-1　　Printed in Taiwan